우리는 언제나
과정 속에 있다

우리는 언제나 과정 속에 있다

미메시스

푸하하하프렌즈 지음

ㅍ_ㄹ_ㅗ_ㄹ_ㄹ_ㅗ_ㄱ_

푸하하하프렌즈는 2013년 윤한(진), 한승(재), 한양(규),
세 명의 대표 건축사가 공동 설립한 건축사 사무소다.
이후에 김학(성), 윤나(라), 온(딘)성, (홍)현석, 최영(광),
조영(호), 전중(섭), 김민(식), 이호(림), 이호(정)이 합류하여
2023년 총 열세 명의 동료가 함께하고 있다. 함께했으나
지금은 회사를 그만둔 장서(경)과 박혜(상)을 포함하여 총
열다섯 명의 동료가 같이 일했다.

푸하하하프렌즈 구성원들에겐 공통된 특징이 있다.
자신이 하는 일에 대해 열정을 드러내는 데 주저함이
없다는 것이다. 그것이 특별히 자랑할 만한 일인가
싶지만, 자기 직업에 대해 열정을 드러내는 사람이 무척
드문 요즘이다. 그 점이 우리 자신을 특별하게 여기게끔
한다.

『우리는 언제나 과정 속에 있다』는 푸하하하프렌즈가
설계한 주요 건물에 대한 소개와 함께 프로젝트와 관련한

생각과 그동안 있었던 일들, 그리고 삶과 건축 전반에
관한 단상 등을 담았다. 건물이 지어지는 솔직한 과정을
느낄 수 있도록 부족함마저도 솔직하게 드러내고자
했다. 구성원 각자의 이야기로 기록하며, 최대한 생생한
이야기가 담길 수 있도록 책의 방향을 정하지 않고
이야기를 모았는데, 다행히 모두 글솜씨가 좋아 누구의
글도 빼놓지 않고 수록할 수 있었다.

글을 읽기에 앞서 어느 회사나 마찬가지로 직급과
소득의 차이가 존재하고 생각보다 많은 다툼이 발생하는
곳이라는 점을 일러둔다. 꾸미거나 변명하거나 우리끼리
신나서 이야기하지 않도록 몇 번이나 되돌아 보았지만,
차이와 갈등을 꾸미려는 구차한 시도가 여전히 녹아 있을
수 있음을 밝힌다.

차 례

01

연희동 꼭대기 집

연희동 꼭대기에 있는 집으로,
푸하하하프렌즈의 첫 번째 리모델링 완공
작이다. 50년 된 낡은 집을 개조하여 주차
자리를 마련하고 내부를 좀 더 밝게 트인
공간으로 바꾸었다. 공사 중 경험 부족으로
만족스럽지 않을 결과물을 마주하여 고심 끝에
설계부터 다시 시작하였다.

재시공 전 . 철재 계단의 첫번째 단이 애매한 높이로 튀어나와 있었다.

우리의
소중한 꿈

재

재시공 전. 물이 고이지 않도록 담장 위를 볼록하게 만들었다.

「우리 집은 유진 인테리어에서 설계한 집이에요! 흑흑흑.」
정아 씨는 결국 눈물을 보였고, 나는 비참한 심경이었다.
유진 인테리어는 사실은 인테리어 사무실은 아니고
보일러 배관이나 수도 배관 등을 고치는 연희동 설비 업체
이름이다. 유진 인테리어의 대표 마철갑 사장님이 공사
중에 자주 들러서 이것저것 일러 주었는데, 처음 하는
공사이다 보니 겁이 나기도 하고 그래서 우려되는 모든
부분을 임기응변식으로 바꾸었다. 이를테면 담장 위에
물이 고이면 나중에 담장이 갈라질 수도 있다는 말을
들었을 때는 너무 걱정된 나머지 담장 위에 물이 고이지
않도록 아예 담장 위를 볼록하게 만드는 식이었다. 그러다
보니 집 부분 부분이 모두 다른 괴물로 탄생한 것이다.
가끔 더럽게 못생긴 자동차들을 길에서 보면 저 차는 무슨
생각으로 저렇게 만들었을까, 하면서 욕했는데 그보다
더한 짓을 해버리고 말았다. 어느 날 정신을 차리고
보니 저렇게 되어 있었다고 이야기할 수밖에 없고, 정아
씨로서는 보이스 피싱을 당한 사람처럼 〈나도 모르는

볼록한 담장을 시멘트로 모두 덮어 버렸다.

사이에 흘려 버렸다〉고 말할 수밖에 없었다. 우리가
하자는 대로 하다 보니 이건 뭔가 싶었을 거다.

정아 씨네 집은 우리 집에서 걸으면 5분 정도 거리에
있었다. 정아 씨네 집에서 우리 집으로 가는 길에 주변을
둘러봤는데, 그 길에 있는 모든 평범한 집들이 정아 씨
집보다 나아 보였다. 그동안 눈여겨보지 않고 지나가던
길에 있는 모든 집이 하나하나 자세히 보이기 시작했다.
1960년대에 군인들을 동원해서 대충 지었다고 알려진
집과 허가방*에서 지은 집마저도 그 집의 모든 부분과
담장, 그리고 손잡이 벽돌 하나하나까지 모두 정아 씨네
집과 바꾸고 싶은 정도였다. 차라리 게으르고 의욕 없는
성격이었다면 집을 망치진 않았을 텐데……. 고민하다가
양규한테 전화했다. 당시 양규는 건축사 시험을 준비하고
있었다. 주말에는 하루 종일 건축사 학원에 처박혀
있었고, 매일 아침저녁으로 건축사 시험 준비를 하느라

* 반복적이고 성의 없는 디자인으로 비슷한 건물을 찍어 내는 설계 사무소.

볼록한 담장을 재시공한 후.

무엇에도 신경 쓸 겨를이 없었다. 그리고 첫째 아이도
아직 어린데 둘째 아기도 막 태어난 참이었다.

　양규는 내 목소리를 듣고 무슨 일이냐고 물어봤고
나는 우선 자기 생활에만 매몰되어 있는 양규에게 분통을
터트린 후 아무래도 공사를 다시 해야 할 것 같다고
이야기했다. 양규도 현장 사진을 볼 때마다 이게 맞나
싶었다고 했다.

　「그런데 아무래도 이윤은 포기해야 할 것 같아.」

　양규에게 조심스럽게 말했다. 잘못을 만회하기 위해선
이윤은커녕 우리가 받은 돈보다 훨씬 더 많은 돈이 필요할
터였다.

　「음, 그래. 당연히 그래야지. 우리 마음에도 들지 않는데
우리가 책임져야지.」

　그리고 나는 양규한테 내일부터 현장 소장이 되어
달라고 말했다.

　「응, 그래야지…….」

　쉽지 않은 일인데도 양규는 흔쾌히 수락하고 다음

철재 계단을 재시공한 후.

날부터 현장 소장이 되어 주었다. 양규는 새벽에 일찍
집을 나서 현장으로 향했고, 매일 〈연희 김밥〉에서 김밥을
사 와 현장에서 나란히 앉아 먹었다. 〈여기 김밥은 밥이
맛있는 건지 뭐가 맛있는 건지 모르겠는데 이상하게
맛있다〉며 매일 감탄했다. 나는 하루 종일 현장에서
설계를 바꿨고, 양규는 현장에서 일정을 조율하고 공사를
진행했다. 그리고 출퇴근길 지하철에서 건축사 시험
준비를 했다.

그다음엔 한진이에게 전화했다. 한진이로서는 화가 날
만한 일이었다. 한진이는 김해 〈흙담〉 현장에서 혼자
분투하며 좋은 퀄리티로 공사를 진행하고 있었는데,
서울에서 책임감 없이 일하다가 일을 그르쳤다는 말이,
게다가 그걸 모두 때려 부수고 다시 하겠다는 말이 이해할
만한 건 아니라고 생각했다. 그러나 망설임은 없었다.
　「씨발, 그거 어디 가서 우리가 했다고 말하기도
쪽팔리지 않겠냐? 우리 돈으로 다시 하자.」

이 담장은 정말 이상했는데 누구도 용기 내어 이상하다고 말하지 못했다.

우리 돈으로 다시 하자고 말한 건 오히려 한진이었다.
바로 다음 날 공사를 도와준 유진 인테리어 마철갑
사장님에게 담장부터 부수고 다시 공사해야 한다고
말하자 마철갑 사장님은 오히려 신났다. 담장은 김해
흙담 현장에서 제작한 독특한 콘크리트 블록을 서울까지
공수해 와서 쌓은 것이었다. 마철갑 사장님은 담장을
쌓으면서 계속 투덜거렸다.

「젠장, 이건 발로 차면 다 부숴질 거야.」

마철갑 사장님은 담장을 허물어야 한다는 말을
듣자마자 〈나와 봐, 나와 봐〉라고 작게 말하며 이단
옆차기로 담을 부숴 버렸다. 커다란 블록들이 우당탕
도로로 쏟아져 나왔고, 마철갑 사장님은 엄청 힘이 센
사람처럼 거만한 표정을 지어 보였다.

정아 씨는 둘째를 임신한 상태로 현장에서 함께 일했다.
인건비를 아끼기 위해 마스크를 쓰고 직접 사포질했다.
거친 현장에서 자란 덕인지 나중에 태어난 둘째 아이는

연희동 꼭대기 집

정아 씨와 함께 목수를 도와 가구를 만들었다.

유달리 침착해 보였다. 우리는 정아 씨에게 원수이자
동지였다. 정아 씨는 그저 작은 집을 사서 아름답게
고치고 세 가족이 행복하게 살고 싶었다. 그래서 직접
설계 사무소를 고르고 그들과 즐겁게 설계했었는데,
공사를 시작하고 보니 경험도 없고 줏대도 없는
자식들이었다. 당장 꼴도 보기 싫었지만 우리 아니면 이
사태를 해결해 줄 사람도 없었다. 우리 역시 마찬가지로
이 건물을 방치하면서까지 우리의 부족함을 동네방네
자랑하고 싶지 않았다. 그 후에 많은 시공자와 건축주의
관계가 이와 비슷한 경우로 얽혀 있는 것을 알게 되었다.

대체로 우리는 동지애와 전우애로 똘똘 뭉쳤지만
함께 일하다가 싸운 적도 많았다. 동네 사람들이 구경
나올 정도로 큰 싸움도 여러 번 했다. 정확히 무슨 일로
싸웠는지 잘 기억나지 않는다. 집주인의 고충은 말할 것도
없고, 나 같은 경우는 늘 죄인인 주제에 큰 소리를 냈다.
잘못한 건 잘못한 거고 이제부터는 잘하고 싶었다. 모두

정아 씨는 인건비라도 아껴 보려고 사포질을 돕기 시작했는데
사포질이 심신 안정에도 도움되는 것 같았다.

날카롭고 긴장한 상태였기에 함께 일하다 가도 툭 하면
큰 싸움으로 번졌다. 싸움은 야구의 벤치 클리어링이랑
비슷했다. 서로 때리지 않고 소리만 질러 댔다. 소리 지른
김에 스트레스를 푸는 것 같았다. 우리도 힘들어 죽겠다는
하소연을 마구마구 해댔다. 양측 모두 분노가 해소되면
다시 돌아가 하던 일을 했다. 정아 씨는 씩씩거리면서
자기 자리로 돌아가 마스크를 쓰고 사포질했고, 나는
도면을 그렸다. 양규는 마스크를 쓰고 벽돌을 잘랐다.
넓지도 않은 집에 세 사람이 등지고 일했다. 다시 한번
말하자면 이건 스포츠와 같은 싸움이었고, 그때 우리는
모두 지쳐 있었다. 아군도 적군도 없었다. 상대가
누구라도 공사를 방해하면 언제라도 싸울 준비가 되어
있었다.

작고 아담한 집은, 공사할 때는 그저 좁은 현장일 뿐이다.
좁은 곳에서 끙끙대면서 나무를 자르던 목수 아저씨는
어느 날 대담하게도 장비를 도로로 끄집어내서 일하기

완성된 주방의 모습.

시작했다. 밖에서 일하니까 넓고 시원하기까지 하다면서,
허허허, 허허허! 웃으며 노래까지 불렀다. 어쩐지
신나는 하루였다……. 매일 시끄럽게 싸우고 밤늦게까지
공사하더니 이제는 나와서 톱질까지 해대네? 이웃의
스트레스도 엄청났을 것이다. 이웃집에 사는 누군가
창문을 열고 거친 말을 했는데, 죄송하다고 말하고 조용히
넘어갔어야 했지만…… 이번엔 또 뭐야? 하는 식으로
겁도 없이 우르르 길거리로 뛰쳐나왔다. 목수 아저씨는
키가 작았고 정아 씨가 키가 무척 컸다. 나는 위아래
모두 체크무늬 옷을 입은 이상한 사람이었다. 양규는
잠시 김밥을 사러 가고 없었다. 돈을 아끼려고 김밥을
먹는다지만 이 새끼는 사실 연희 김밥에 중독된 상태였다.
이웃과 거칠게 다투는 동안 목수 아저씨의 말발은 이웃을
더 열받게 했다. 〈야, 이 새끼야! 이 시간에 집에 처박혀
있지 말고 나가서 일해〉라고 했던가. 휴우, 그러자 일은 더
커졌다.

완성된 거실의 모습.

양규가 김밥이 든 비닐봉지를 덜렁거리며 신나는
표정으로 올라왔을 때 집 앞에는 경찰이 와 있었고, 구청
관계자도 여럿 나와 있었다. 그리고 아무것도 모르는
양규를 둘러싸고 이것저것 묻기 시작했다.

연희동 꼭대기 집

양규와 마철갑 사장님.

유진 인테리어
마철갑 사장님

딩시 한신이는 김해에 머물며 현장에 쓰일 벽돌을 만들고 있었다.

우리도 옛날에 쭈그리고 앉아서 공구리(콘크리트)
비비던 시절이 있었는데 그땐 누가 우리 그림대로
공사해 주는 사람이 없으니까, 아무것도 모르고 공사하던
시절이었어요. 어떤 작업자가 코가 빨개서 막걸리 마시며
수도를 연결해 줬는데 하루도 안 지나서 수도가 터지니까
대충 굴러다니는 걸로 틀어막으려고 폐기물 자루를
뒤적거리고 있더라고요……. 됐으니까 그냥 가시라고.
아, 막걸리는 들고 가시라고 하고 코가 빨간 사장님을
돌려보내고 근처 설비 가게에 가서 수도 터진 것 좀 손봐
달라고 했어요.

그때 처음 만나게 된 분이 바로 마철갑 사장님이에요.
물론 마철갑이 사장님 본명은 아니에요. 양규가 설비
사장님 연락처 물어보길래 알려 주고, 이름은 잘 몰라서
거짓말로 말했는데 사장님 전화번호를 공유하면서
이름도 같이 전달되어서 우리 주변 사람들은 전부 다
마철갑 사장님으로 알고 있어요.

연희동 꼭대기 집

마철갑 사장님 차를 타고 신나게 퇴근하는 양규.

마철갑 사장님은 〈현장이 어디야?〉 물어보신 후에 〈그 집 주인이 화교잖아?〉라며 되게 멋지게 말씀하신 후 오토바이에 시동 걸고 뒤에 타라고 하셨어요. 그리고 수도를 금세 고치고 떠나셨어요.

사장님은 다음 날도 현장에 찾아오셨어요. 부릉부릉. 공사는 얼마나 했어? 가만 있어 봐, 그렇게 섞는 거 아니야, 내가 사모래(시멘트와 섞기 위한 모래) 좀 가져다줄게. 부르릉! 그리고 다음 날도 찾아오셨어요. 부릉부릉. 내일은 뭐 해? 그리고 다음 날도 찾아오셨어요. 부릉부릉.

그렇게 매일매일 찾아오셨어요. 매일 찾아와서 물어봐 주시니까 뭔가 고맙긴 한데 약간 부담스럽기도 하고……. 마치 영화 「밀양」에서 송강호 같았다고나 할까요. 그때 저는 전도연 같았어요. 뭔가 꿍꿍이가 있는 건 아닌지 의심스럽기도 했는데…….

공사 진 현장을 둘러보는 (전도연 같았다는) 승재의 옆모습.

그렇게 10년이 지났는데도 아직 꿍꿍이가 뭔지
모르겠어요. 오늘 오랜만에 사장님이랑 수다 떨었어요.

0 2

동화마을
주택

한양규의 첫 번째 리모델링 프로젝트로 인천 동화마을에 작은 단독 주택을 설계했다. 불법으로 지어진 건물의 많은 부분을 철거하고 본래 집의 형태를 찾아 주려고 했다. 20평에 불과한 작은 면적에서도 다양한 삶을 즐길 수 있도록 집 안에서 각 기능을 분리했다. 문을 여닫으면 문이 벽이 되기도 하는 등 집의 쓰임이 계속 변하도록 계획했다.

첫 현장 방문. 형태를 알아볼 수 없는 집의 어느 구석에서 주저앉고 말았다.

시ㄹ치-ㄱ 기ㅅ구ㄹ으ㅣ
바ㄹ다ㄹ

건축물을 실측하려면 몇 가지 명심해야 할 사항들이 있다.

첫째, 마감재를 철거하라

보통 실측이 필요한 경우는 인테리어, 리모델링, 대수선 등의 작업을 진행할 때다. 이 경우 철거를 진행해야 마감재에 가려진 속을 알 수 있고, 설계 오차를 최소화할 수 있다. 인천 동화마을 주택은 세 번(실내 한 번, 실외 두 번)에 걸쳐 철거를 진행하고 나서야 원래 집의 모습을 확인할 수가 있었다.

마감재 철거 1. 건물의 본래 형상을 추측할 수 있는 단서.

마감재 철거 2. 천장을 뜯어 보니 원래 집의 외벽 위치를 확인할 수 있었다.

동화마을 주택

마감재 철거 3. 지붕 마감재를 철거해 보고 불법 증축 영역을 알게 됐다.

마감재 철거 4. 외부 화장실이 불법 확장되었다.

마감재 철거 5. 옆집 지붕이 우리 건물에 올라타 있었다.

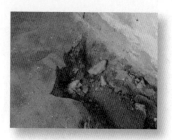

마감재 철거 6. 바닥 마감을 철거해 보니 1층에 슬래브가 없는 것을
확인할 수 있었다.

마감재 철거 7. 옆집 땅에서 2층으로 올라갈 수 있었다.

마감재 철거 8. 원래 모습을 찾아가는 중.

동화마을 주택

둘째, 크게 재고 나누어 재라

실측은 생각보다 귀찮고 하기 싫은 일이다. 열심히
해도 결과가 좋지 않고 오차가 계속 생기기 마련이다.
그래서인지 현장에 가면 레이저 자를 이용해 가로 한 번,
세로 한 번, 높이 한 번 재고 돌아오는 때가 많다. 하지만
여기에서 멈춘다면 나중에 몰려올 폭풍을 변명으로
막기에 끝이 없어진다. 레이저 자로 큰 치수를 쟀다면,
모든 변의 치수를 줄자로 직접 재야 한다. 이것을 〈사방
재기〉라고 부르는데, 여기에서 중요한 점은 사방의 치수를
각각 더해서 오차가 얼마나 존재하는지 확인해야 하는
것이다(우리는 캐드라는 프로그램을 이용해 도면을
그리기 때문에 수직 수평이 정확히 맞아떨어지지만 실제
건물은 그렇지 않다). 이때 주의해야 할 점은 건축물의
형태를 머리로 추측하지 않는 것이다. 이 부분과 저
부분이 맞겠지, 하는 순간 모든 틀을 무너뜨리고 만다.
반드시 치수는 있는 그대로 표기해야 한다. 인천 동화마을
주택은 아래와 같이 말도 안 되게 요철이 많았고, 뒤틀려
있는 부분도 많았다. 모든 치수는 있는 그대로 재고,
치수의 합을 그 자리에서 확인하면 아래 그림과 같은 1차
실측도를 완성할 수 있다.

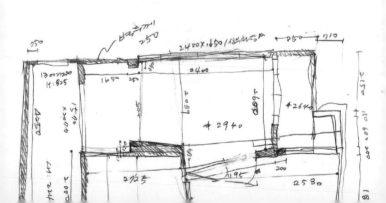

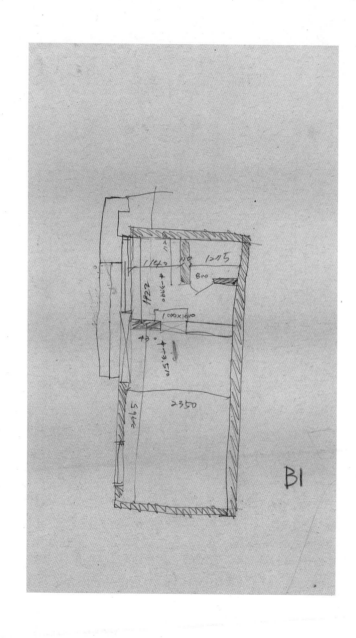

동화마을 주택

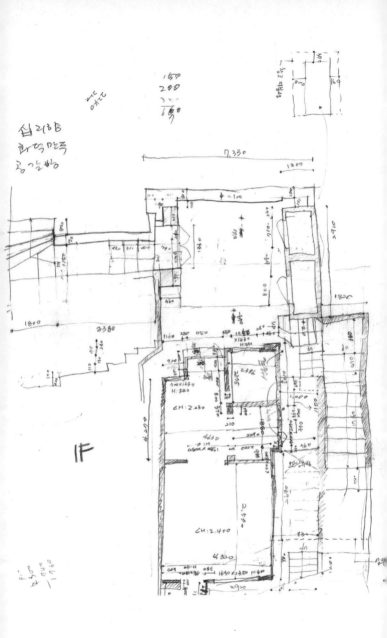

섭리b
화덕만들
콩그는방

IF

CH:2.230

CH:2.400

4300

36

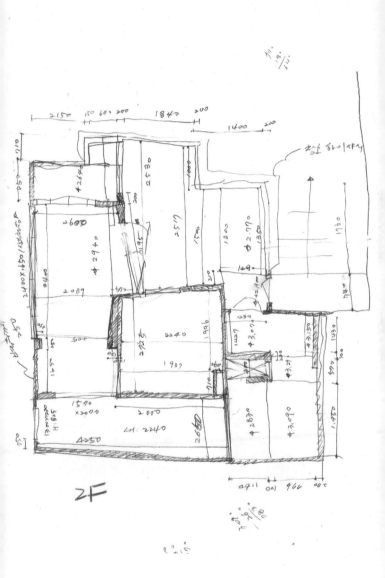

2F

동화마을 주택

셋째, 모서리의 각도를 구하라

치수를 정확히 파악했다면, 뒤틀려 있는 부분을 찾아낼
수 있는 단서는 바로 각도이다. 하지만 각도기로 현장에서
치수를 재는 것은 상상할 수 없는 일이다. 각도기로
확인할 수 있는 모서리의 각도가 제한적(↓)이기 때문이다.

그래서 개발한 방법이 있다. 그것은 바로 종이를 접어서
각도를 저장해 오는 방법(↙)이다. 저장해 온 종이를
꺼내어 사무실에서 각도기로 체크(↘)하면 간단한

방법으로 각도를 구할 수 있다. 실측도의 모서리와 종이
각도기를 넘버링(→)하면 훨씬 편하다.

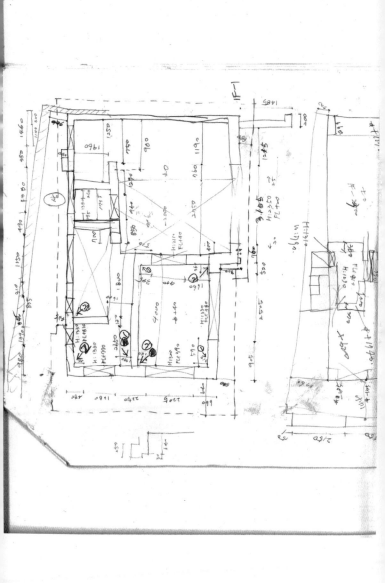

동화마을 주택

넷째, 이미지를 미리 그려 가라

실측 초보자들이 흔히 하는 실수가 평면 치수만 실측하는
것이다. 이 실수는 굉장히 위험한 일로 이어질 수 있는데,
누수와 결로 등의 하자를 발생시키는 요인이 되기도 한다.
이런 실수를 줄일 수 있는 유일한 방법은 건축물의 입면과
단면을 실측하는 것이다. 평면 실측과 달리 입단면 실측은
치수를 확인해 가며 그리기 어려우므로 미리 적당한
범위를 그려 가는 것이 좋다. 이 작업은 건축물의 내외부
관계, 평면과 입면과 단면을 번갈아 가며 확인하기에 아주
좋은 방법이다.

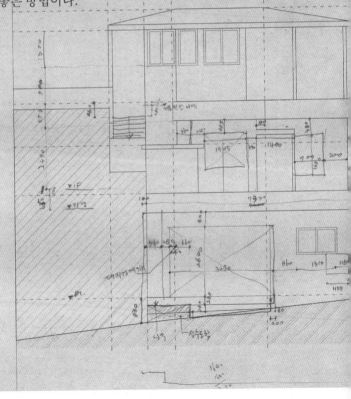

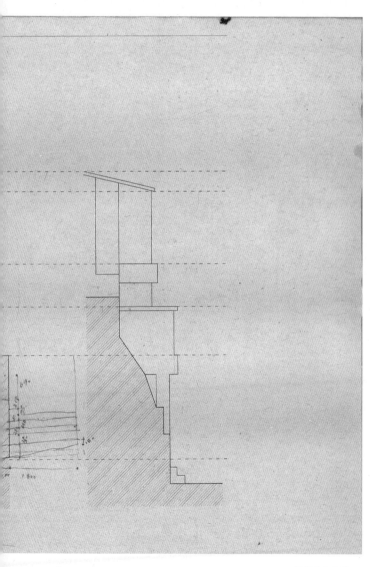

동화마을 주택

다섯째, 두 번이고 세 번이고 다시 재라

종이로 실측을 마쳤다면 캐드를 이용해서 도면으로
옮겨 봐야 한다. 이렇게 한 번 정리가 되면 1차 실측이
정리됐다고 보는데, 안타깝지만 현장에 다시 가야 한다.
아무리 치수 확인을 잘해도 엇나간 조각들은 반드시
있으므로 두 번이고 세 번이고 다시 재고, 다시 확인해야
한다. 인천 동화마을 주택은 이 과정을 통해 1층과 2층의
외곽선이 다르다는 사실도 미리 확인할 수 있었다.

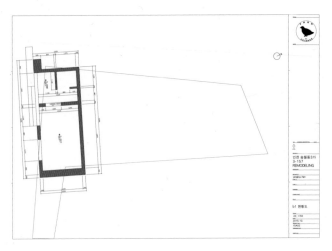

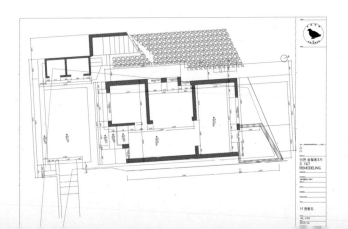

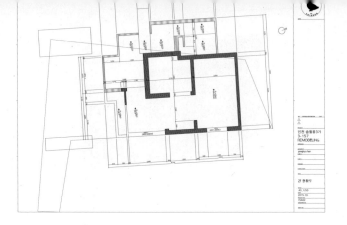

인천 송월동3가
3-157
REMODELING

yanghou han

건 현황두

A3, 1/50
2015.10
15A02

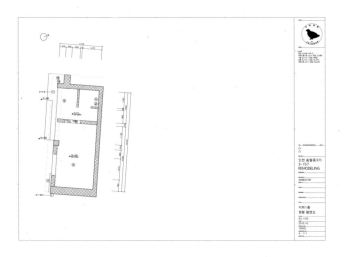

인천 송월동3가
3-157
REMODELING

yanghou han

지하1층
현황 평면도

A3, 1/50
2015.10
15A02
A - 111

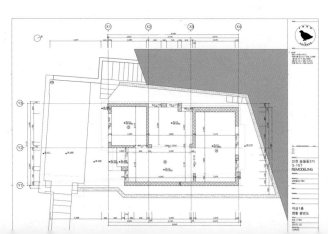

인천 송월동3가
3-157
REMODELING

yanghou han

지상1층
현황 평면도

A3, 1/50
2015.10
15A02

공사 전 집의 모습.

야ᇰ규ᇰ의 비사ᇰ

이 집의 안락사를 제안하다.

양규의 수줍은 미소를 떠올리면 측은함과 애틋함이 동시에 따라온다. 모든 이야기의 중심에 있지만 주연이 되기를 거부하는 남자. 오늘은 왠지 양규 이야기를 하고 싶다.

푸하하하프렌즈를 시작하며 양규는 새벽에는 우유 배달, 낮에는 이발소, 밤에는 라면 장사를 하겠다고 했다. 잘나가는 회사를 때려치우고 우유 배달을 하겠다는 양규의 말에 내심 놀랐지만 양규는 진심인 것처럼 보였다. 〈왜? 그걸 하고 싶어?〉 하고 어렵게 이유를 물어보면 돌아오는 건 늘 대답이 아닌 허리를 완전히 젖힌 펀치였다. 한번은 〈야, 이 멍충아! 생각을 해봐라. 우유 배달해서 하루 얼마 번다고 그걸!〉 하고 뭐라고 한적이 있었는데 이번엔 대뜸 로우킥이 날아왔다. 더 이상 묻지 말라는 무언의 경고였다. 딱히 어디 이유가 있었을까. 한번 뱉은 말은 쉽게 거두지 않는 허세였음을 왜 그때는 몰랐을까?

초창기 양규는 사사로운 욕심이 앞섰던 나와 승재와는

동화마을 주택

안락사를 다시 제안하다.

달리 쓸모 있는 사람이 되기로 한 듯 보였다. 어린 시절의
트라우마인 가난을 딛고 어른이 된 양규는 주식도
실패하고(요새 또 시동 걸었음), 회사 동료와 시작한
사업도 실패(승재가 사고 침)*하고 일찍 결혼해 회사까지
그만두는 상황에서 반복되는 실패가 두려웠을 것이다.
　「지금부터 내가 발이고, 너희가 머리여. 내가 돈은
어떻게든 해볼 테니께 너네는 저 높은 곳으로 날아가.」
　　하지만 양규가 놓치고 있는 게 있었으니 승재와 나는
머리는커녕 머저리에 가까운 놈팡이들이었고 내일 없이
오늘만 살아가는 철없는 아이들이었다. 양규를 더욱
절망에 빠뜨린 것은 승재와 나는 오히려 그게 좀 멋있다는
생각까지 하고 있었다는 점이다. 내일을 위해 양규는 매일
계획을 세웠고 우리는 보란 듯이 계획을 틀어 놓았다.
양규는 야위어 갔고, 우린 그런 양규를 질책했다.

* 　양규는 친구와 번역 사업을 했는데, 양규가 승재에게 물어본 영어 문장을 승재가
　 번역기로 돌려 버렸다. 양규는 승재가 영어를 아주 잘하는 줄 알았다.

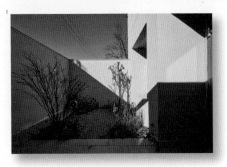

공사 후 앞미당에 작은 뜰을 조성하다.

승재와 나는 일찍이 을지로를 어른들의 세계로 인정하고
있었는데 이 집 저 집 들러 물건을 사 와서 대단한 것처럼
양규에게 설명하는 것을 좋아했다. 양규가 〈그래서 이걸
얼마 줬다고?〉 하면 둘이 우물쭈물하다 양규에게 처맞는
일상. 하지만 거기서 끝나지 않는다. 넌 왜 멋있는 것도
못 알아보고 또 분노 조절도 잘 안 되느냐며 때린 것에
사과를 요구하면 양규는 또 우리에게 고개를 숙였다. 매일
반복되는 분노와 반성의 굴레에서 양규는 살고 있었다.

    아마 나와 승재를 따로 부르는 것을 포기한 것도
이때부터였을 것이다. 우린 〈야, 이 씨부럴 놈들아!〉가
되어 있었다. 한 명이 잘못해도 둘이 같이 맞곤 하였다.
다행히도 승재나 나나 그나마 역지사지를 이해하는 상식
정도는 있었기에 양규에게 맞는 것이 억울하게 느껴지진
않았다. 아니 솔직하게 말하면 괜히 기분이 좋아지곤
했다. 한번은 허벅지에 피멍이 들 정도로 맞고 집에
와서 아내에게 걸린 적이 있었는데 아내는 때린 양규도
실실 쪼개는 나도 도저히 이해할 수 없다고 말했다. 그

동화마을 주택

길에서 바라본 집의 모습.

이야기를 다음 날 양규에게 했더니 왜 그런 걸 들키냐며
또 맞아야만 했다. 그때도 역시 양규에게 맞으면 기분이
좋다는 생각이 들었다.

피멍의 1년이 지나자 양규는 완전히 지쳐 버렸다. 양규는
연남동의 한 이자카야로 승재와 나를 불러냈는데 조금
불길한 예감이 들었다. 연남동에서 술을 마신 날은
꼭 크고 작은 싸움이 있었던 터라 연남동+술은 우리
사이에서 금기시되는 것 중 하나였기 때문이다. 자리에
앉은 양규는 슬퍼 보였다. 밝은 대화를 이어 가려고
노력했으나 헤어질 결심이라도 한 듯 말끝마다 울먹임이
섞여 있었다. 그러던 중 내 입에서는 나도 놀랄 만한 말이
튀어나왔다. 〈나약한 놈, 도움이 필요한 아이랑 같이 있고
싶지 않아〉라고 했던가. 그날의 테이블은 마치 물속에서의
대화 같았다. 숨을 뱉으면 죽는 걸 알면서도 기어이
한마디 하기 위해 숨을 뱉어 버리는 어리석은 아이들.
양규는 소주병을 잡고 일어났고 승재는 양규의 소주병을

계단 하부를 수납 공간으로 사용.

잡은 손목을 잡고 무섭게 노려보았다. 그리고 나는 꼬로록
가라앉아 버렸다.

　다음 날 양규의 머리는 완전히 고장 나 버린 듯했다.
똑같은 말을 반복하며 우리가 하는 말을 전혀 소화하지
못하고 있었다. 승재와 나는 양규의 머리를 고장 낸 것에
자책하며 심각하게 정신과 상담을 고려했다. 나는 영원히
양규를 잃을지도 모른다는 두려움에 매일 밤 울먹이며
잠에 들었다. 불안한 날들이 이어지던 어느 날 양규는
결심한 듯 둘을 세워 놓고 선언하였다.

　「이제부터 내가 머리다. 이 씨부럴 놈들아!」

인천 동화마을 주택은 양규의 대선언 이후 진행한
프로젝트로, 사실상 양규의 데뷔작이다. 동화마을 주택은
나와 승재만큼 무모한 의뢰인이 꼼꼼히 확인하지 않고
계약한 집이었고 어디서부터 잘못되었는지 가늠조차
되지 않을 만큼 문제투성이 집이었다. 인테리어
의뢰였지만 신축을 검토했고 그것조차 신통치 않아

　　　　　　　　　　　　　　동화마을 주택

완공된 후 건물의 모습.

대수선으로 방향을 바꾸고 행정 오류부터 잡아 나가야
했다.

영하 18도의 기록적인 추위를 기록한 어느 겨울날,
우리는 처음 현장을 방문하였다. 아직 인수인계되지 않은
낡은 집엔 사람이 살고 있었다. 알 수 없는 곳에서 방문이
나왔고 방문을 열면 누군가 이불을 뒤집어쓰고 추위에
떨고 있었다. 두 번째, 세 번째 방에도 누군가 이불을
뒤집어쓰고 있었다. 우리는 이 집을 ⟨이불 단열 집⟩이라고
불렀다. 나와 승재는 치료 불가한 시한부 환자의 치료를
맡은 의사의 심정이었고 조용히 안락사를 조언하는
쪽이었으나 양규는 조금 다른 감정을 느낀 듯하였다.

「그래도 할 수 있는 데까지 해봐야쥬. 포기해서는 안
돼유.」

마치 스스로 최면을 걸듯 양규는 혹한의 날씨를 뚫고
왕복 세 시간 거리를 매일 현장에 나가 실측을 하기
시작하였다. 하지만 시중에 나와 있는 모든 약을 다
처방해도 차도가 보이지 않자 양규는 팔다리를 모두

하늘에서 본 모습, 작은 마당이 여럿 보인다.

자를 것을 환자의 보호자에게 제안하였다. 불법 증축된
암 덩어리를 덜어내자 40평 주택은 18평이 되었다.
가끔 동맥을 잘못 건드려 피가 분수처럼 솟아오를 때도
양규는 압박 치료를 멈추지 않았다. 양규는 의뢰인에게도,
시공자에게도, 현장을 지나가는 똥개에게도 감정을
이입하고 그 대상이 되기를 두려워하지 않는 친구다.

　　그래서 양규 마음속에는 1백 명의 사람이 산다. 언제
쏟아질지 모르는 눈물이 두려워 음악도 가려듣는 연약한
친구. 비록 잠깐 정신 상태를 의심하긴 했지만, 그래서
양규의 건축에는 사람 냄새가 나지 않는다. 감정이
배제되어야 양규는 똑바로 서 있을 수 있다. 철저한
구조와 형식, 그리고 엄격한 질서는 남아 있게 된 것이지
추구한 것이 아니다. 구조주의 건축가들과 양규와의
차이도 여기에 있다.

동화마을 주택

03

흐림담

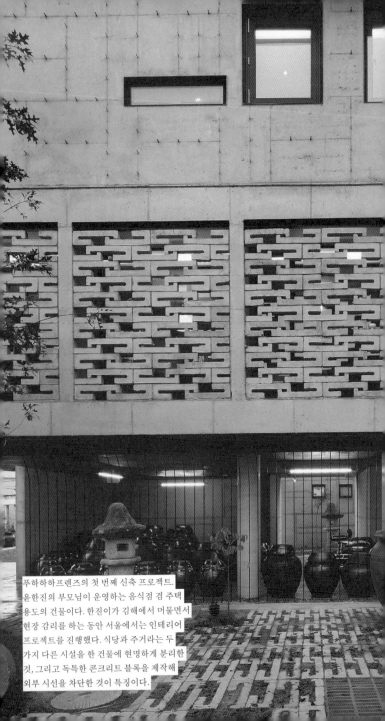

푸하하하프렌즈의 첫 번째 신축 프로젝트.
윤한진의 부모님이 운영하는 음식점 겸 주택
용도의 건물이다. 한진이가 김해에서 머물면서
현장 감리를 하는 동안 서울에서는 인테리어
프로젝트를 진행했다. 식당과 주거라는 두
가지 다른 시설을 한 건물에 현명하게 분리한
것, 그리고 독특한 콘크리트 블록을 제작해
외부 시선을 차단한 것이 특징이다.

3rd Floor

2nd Floor

1st Floor

엄마가 찾아낸 자신의 무덤 자리.

어_ㅁ마으ㅣ 므ㅜ더_ㅁ

신입 사원을 뽑는 날이었다. 책상에 쌓여 있는
포트폴리오들을 뒤적거리다 마음에 드는 한 친구의
프로젝트를 올려놓으니 딘성이가 입을 열었다.

「아니 소티키 됴탁으로 납꼬땅 하는 거는 반틱
아니에요? 허커허커허커.」*

〈응, 역시 그렇지?〉 하고 넘어갔어야 했는데 뱉어 낸
말은 〈네가 뭘 알아!〉였다. 오늘의 기부이 건축이 될 수
없듯이 죽음 또한 건축이 될 수 없는 듯하다. 그런 면에서
딘성이의 반칙 선언이 이해되지 않는 건 아니지만 나는
그건 그저 어려운 일이기 때문이라는 생각이 든다.

졸작을 준비하던 2009년에 이모부가 돌아가셨다.
이모부에 대한 기억은 이제 오래되어서 낡은 장면
정도로만 남아 있다. 명절날 외갓집, 이모부는 항상
안방과 거실 사이 문지방 옆에 조금 불편해 보이는
표정과 양반다리로 앉아 있었다. 황색의 장면. 그건 너무
오랫동안 반복되어서 이제는 그 장면이 마치 이모부의
전부인 것처럼 느껴진다. 두 아들이 중학생일 때 이모는
혼자가 되었고 엄마는 40대 과부는 축복이라며 축하로
위로를 대신해 주었다. 나는 그저 사촌들의 어깨를
토닥거려 줄 뿐이었다.

이모부의 장례를 마치고 화장터로 향하던 적막한
운구차 안에서 나는 갈피를 못 잡고 있던 졸업 과제의
방향을 겨우 정할 수 있게 되었다. 그렇게 봉안당이
주제가 되었다. 그냥 그렇게 되었다. 몇 번 생각해

* 〈아니 솔직히 졸작으로 납골당 하는 거는 반칙 아니에요? 하하하.〉

흙담

보았지만 역시 이게 맞는 표현이다. 그냥 그렇게 되었다.

조약돌로 징검다리를 만드는 마음으로 봉안당을 하나씩 나열해 놓은 것이 내 졸업 과제의 전부였다. 설명할 방법이 없었기에 손잡이가 어떻다는 둥 이음새가 어떻다는 둥 작은 이야기들로 빈 곳을 채워 넣고 4년의 학교생활을 마무리했다.

내게 죽음은 항상 먼발치에서 곁눈질로 보는 현관 앞의 손님과도 같았다. 이모부의 죽음도 외할머니의 죽음도 결국 타인의 몫이었다. 나는 그저 장례식장 구석에 앉아 누군가의 죽음도 장례식장에 나오는 돼지머리 편육도 겨우 소화할 뿐이었다. 키우던 강아지들이 어느 날 사라졌을 때도 개장수들의 꼬임에 넘어갔을 것이라고, 그저 이해되는 상황이었을 뿐 마음속 어디에도 작은 소용돌이 하나 일어나지 않았다.

승재는 〈야, 만약 양규가 죽으면?〉 따위의 말을 킥킥거리며 곧잘 하곤 한다. 대부분 학성이가 승재와 나를 내치고 회사를 먹겠지? 정도의 시시한 결론으로 마무리되지만 나는 그럴 때마다 양규가 죽으면 양규의 죽음이 내게 무엇으로 채워질지 상상해 보곤 한다. 하지만 한 번도 죽음과 마주 서본 적 없는 나에겐 그것이 수비드 숙성 대패 삼겹살을 상상하는 원시인만큼 닿기 힘든 상상임은 틀림없다.

양규가 죽으면, 역시 학성이가 회사를 먹으려나⋯⋯.

외할머니가 돌아가시고 난 뒤 엄마의 마음에는 어떤 소용돌이가 일어난 것처럼 보였다.

「너 나랑 좀 같이 가자. 보여 줄 게 있다.」

연잎만큼 넓은 모자를 쓰고 목장갑을 낀 엄마는 어디론가 가는 길 내내 앞장서서 걸었다. 버찌를 따서 손자에게 먹이고, 산딸기를 따서 손자에게 먹이고, 친구네 밭이라며 오이 몇 개를 따 와서 손자에게 먹이는 엄마를 보면서 나는 아이가 탈 날까 〈작작 좀 먹이시오!〉 하고 가는 길 내내 소리를 쳐야만 했다. 승재네 엄마는 뒷동산에 가면 이쁜 꽃을 보며 시를 쓰신다는데 우리 엄마는 왜…….

「저기다!」

엄마가 가리키는 손끝을 따라 시선을 옮겨 보니 척 봐도 어설퍼 보이는 무덤 하나가 보였다. 주변은 오래되어 빛이 바랬는데 무덤만은 아직 물기가 채 마르지 않은 붉은 흙빛을 띠고 있었다.

「뭔데?」

「내 들어갈 자리.」

가짜 무덤은 진시황쯤 되는 위인들만 만드는 것인 줄 알았는데 우리 엄마는 도대체 어떤 세상에서 살고 있는 것인가(2톤짜리 달마상 충동 구매한 적 있음). 때마침 얼굴에 수건을 칭칭 감은 한 무리의 아줌마들이 파워 워킹을 하며 엄마에게 인사를 건넸다.

「경희야! 뭐 하노?」

「여기 내 들어갈 자리 보러 안 왔나!」

「옴마야, 경희야! 못 보던 무덤이 하나 생겼길래 내는 또 언제 누가 죽었나 캤다 아이가. 아따! 자리 잘 잡았네.
향도 좋고 위치도 좋네!」

집들이라도 온 것처럼 〈평면 잘 빠졌네〉 같은 소리를
아무렇지도 않게 말하는 아줌마들을 보고 있자니 왠지
나만 이상한 사람이 된 기분이 들었다. 얘기인즉슨, 원래
이곳은 외증조할아버지를 모셨던 산소였고 외할아버지가
손수 꽃나무들을 주변에 심으셨는데 얼마 전에 이장하며
주인 없는 묘가 되었단다. 그 자리에 엄마는 굴착기를
불러 스스로 자신의 무덤을 세웠다. 두 아들에 폐를
끼치고 싶지 않은 지극히 현실적인 실행이었겠지만 나는
그것이 왠지 낭만적으로 느껴졌다.

엄마의 무덤을 마주하고 난 이후 내 안에 작은 소용돌이가
일어났다. 더 이상 건축이 재밌지 않다. 부질없음을 매일
되뇐다. 보잘것없는 계획을 하는 것도, 그것을 대단한
것인 양 설득하는 것도, 그리고 막대한 돈을 쏟아붓는
것도, 땅을 파헤치고 이웃과 싸우고 시공자와 기 싸움하는
것도, 생각해 보지 않은 질문을 받는 것도, 모든 문제의
중심에 서 있는 것도 지친다. 이전에는 지칠 때면 『서양
건축사』 책을 펼쳐보았다. 화석처럼 변하지 않는 풍경이
되어 버린 건축, 5천 년 전 인류의 위대한 업적을 보고
있자면 그것에 조금 위로받곤 하였다. 하지만 지금은
엄마의 건축에서 나는 무한한 위로를 받는다.

흙담은 10년 전 엄마를 위해 지은 집이었는데 그 안에 더
이상 엄마는 없다. 가짜 무덤에는 엄마가 없지만 엄마가

있다. 나의 건축이 가짜이고 엄마의 가짜 무덤은 진짜임을
알게 되어 다행이다. 가짜 무덤 위에 손자와 나란히 앉아
있는 엄마에게 물었다.

「엄마, 내가 묘비 하나 멋있게 만들어 볼까?」

「좋~~지!」

나는 언젠가 엄마의 죽음과 마주하게 되겠지. 그리고
나는 그곳에 엄마 집을 다시 지을 생각이다.

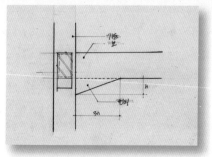

헌치의 역할.

ㄱㅟ여ㅇㄴ 지ㅅ

불의의 사고로 한진이의 빗장뼈가 부러지는 일이 있었다.
당시 한진이는 극심한 고통을 호소했기에 어딘가 잘못된
것을 바로 알았다. 나는 베어 그릴스급의 기지를 발휘하여
내 이스트팩 책가방을 앞으로 메도록 하였고 다친 팔을
가방 안으로 집어넣어 지퍼를 잠갔다. 그렇게 팔을 고정해
움직이지 않도록 하고, 그 상태로 망원 유수지에서부터
마포구청역 근처 병원까지 걸어갔다. 우리는 모두 팔이
다친 줄 알았지, 빗장뼈가 부러진 줄은 몰랐다. 빗장뼈가
부러진 줄 알았으면 가방을 메게 하지 않았을 것이다.

　병원에서 엑스레이를 찍었는데 한진이 목에 가느다란
금속 물체가 빛을 반사했다. 총알인가? 숟가락인가?
한진이는 거의 죽어 가는 목소리로 신음하며 말했다. 어릴
때 아주 작은 호리병을 삼킨 적이 있었다고. 그 장소가
화장대였는지 주방이었는지 잘 기억은 나지 않는다고
하는데, 한진이의 키보다 조금 높은 선반에 놓인 호리병에
한진이의 시선이 닿았고 그것을 집어 꿀꺽 삼켰다고 한다.
주둥이가 얇고 긴, 구리 재질의 호리병으로 인사동 골목
어딘가에서 흔히 팔 법한 국적 불명의 호리병이었다.
그다음부터 말할 때 약간씩 쇳소리가 섞여 나오게
되었다고 했다.

　「음, 정말 다행이군요. 아마 저 호리병이 없었더라면
환자분은 목이 부러졌을 거에요.」

　한진이의 목에 걸린 호리병은 목에서 내려오는
모멘트를 어깨까지 부드럽게 연결하는 헌치 역할을
겸하고 있었다.

　혹시 이 글을 읽는 사람 중에 한진이보다 오래

살아남을 사람이 있다면 나중에 한진이가 죽고 난 후 호리병 속을 꼭 확인해 보라고 말하고 싶다. 그리고 그 속에 담긴 이야기를 읽어 보길 권하고 싶다. 한진이는 말 많으면서 살찌지 않는, 전형적으로 까다로운 노인네 체질이라 그리 빨리 죽을 것 같지는 않아 남기는 말이다.

한진이의 호리병 속엔 그가 삼키지 못한 이야기들이 담겨 있다. 한진이는 상처가 되었던 어떤 이야기들을 잊지 못하고 오래도록 기억해 두는데, 그건 그가 속이 좁아서가 아니고 이야기들이 아직 그곳에 걸려 있기 때문이다. 그 이야기들은 삼키고 싶어도 삼킬 수가 없는 고통이다.

「한진아, 호리병 속에 뭐가 있는지 하나만 꺼내서 보여 줄래?」

나는 한진이에게 물었고 한진이는 쇳소리가 섞인 목소리로 〈아, 잠깐만 기다려 봐〉 하면서 고개를 좌우로 도리도리 흔들었다. 그리고 침 삼키는 것처럼 목젖을 꿀꺽꿀꺽하다가 작은 쪽지를 하나 퉤! 뱉어 냈다. 아주 작은 쪽지가 하나 굴러 나왔다. 한진이는 어깨가 불편했으니까 내가 대신 쪽지를 펴주었다. 하나, 둘, 셋. 쪽지는 세 번이나 접혀 있었다. 쪽지에 써진 글자는 다음과 같았다.

〈곰팡이〉

「이건 뭐야?」 나는 물었다.

「아, 이게 아직도 여기 걸려 있었네! 옛날에 내 얼굴에 여드름이 많아가 별명이 곰팡이였다! 근데 뭐 인젠 아무렇지도 않은데?」

한진이는 종이를 꼬깃꼬깃 구겨 창밖으로 날려 버렸다.

한진이가 입원한 병원은 신촌 연세병원이었고 창밖은
8차선 도로였다. 나는 대신 창문을 닫아 주었다. 〈한 개만
더 보자〉고 한진이에게 말했고 한진이는 별일도 아니라는
듯이 다시 고개를 흔들었다. 도리도리 꿀꺽꿀꺽 침 삼키는
것처럼 목젖을 움직이다가 또 하나 종이를 뱉어 냈다.
다쳐서 그런지 한진이는 좀 아파했다. 이번에도 종이는 세
번 접혀 있었다.

　　〈씨발새끼야〉

　　「이건 뭐지?」 내가 물었다.

　　「야, 옛날에 우리 회사 다닐 때 그때 팀장 새끼
기억나나? 그 씹새끼!」 한진이는 표정을 구기며 짜증
난다는 투로 이야기했다.

　　「어, 그 안경 쓴 새끼. 걔가 왜?」

　　「그 새끼가 나한테 맨날 이렇게 욕했던 거 니 모르나?
맨날 내를 부를 때 씨발새끼라고 불렀다. 와, 여기 걸려
있었네.」

　　한진이는 꽤 드센 성격을 가진 사람이지만 또
한편으로는 많이 참는 사람이기도 했다. 독립하기 전에
함께 다니던 직장에서 험한 사람과 일하며 유독 험한
소리를 많이 들었다. 그때 들은 말들이 아직 호리병에
남아 있었다.

　　「근데 연말에 내가 딱 얘기했지, 욕하지 마시라고.
이야! 근데 이렇게 해결될 줄 알았으면 진작에 말할 걸
그랬지. 금마도 다 사과했고, 이제 뭐 별거 없다! 야, 창문
좀 열어도!」

　　한진이는 다시 꾸깃꾸깃 종이를 접어 창밖으로

　　　　　　　　　　　　　　　　　　　흙담

던져 버렸다. 〈곰팡이〉, 〈씨발새끼야〉, 너무 원색적인
이야기뿐이라 재미없었다. 나는 호리병에 걸린 쪽지를
한 개만 더 꺼내 보자고 했다. 〈방금 어디 쳐다본 거에요?〉
같은 지질한 이야기 하나쯤 나오길 바라면서.

「도리도리, 꿀꺽꿀꺽. 아, 욱신거린다. 이번엔 진짜
마지막이다!」

한진이가 온 힘을 다해 툭 뱉은 쪽지는 제법 멀리
떨어져 문밖으로 굴러 나갈 뻔했다. 데구루루 굴러
나가려던 것이 문틀에 톡 부딪혀 튕겨 돌아왔다. 이번엔
꽤 묵직한 내용일 것 같았다. 한 번, 두 번, 세 번, 네 번,
다섯 번, 여섯 번, 무려 여섯 번이나 접혀 있었다. 한진이도
무슨 내용인지 궁금했는지 얼른 종이를 채갔다. 난
〈뭐라고 쓰여 있어?〉라고 물었고 한진이는 종이를 펼쳐서
보여 줬다.

구깃구깃한 종이에 〈귀여운 짓〉이라고 쓰여 있었다.
한눈에 알 수 있었다. 그건 내가 한 말이었다. 회사를 나와
우리가 처음 맡게 된 프로젝트는 한진이 엄마가 운영하는
식당을 설계하는 일이었다. 회사를 그만두면서도 사실은
딱히 뭘 해야겠다는 생각은 없고, 단순히 이제 뭐 하고
살까 심심한 궁리만 하던 차였는데, 그래서 〈양규야,
넌 라면집 할래? 나는 서점 할까?〉 이런 한가한 소리만
하고 있었는데, 한진이가 〈엄마가 시골에 식당 좀 지어
달라고 하던데!〉라고 말했다. 내가 충격받은 건 우리가
설계를 맡게 되었다는 사실이 아니고 한진이에게 엄마가
있다는 사실이었다. 한진이는 늘 마르고 꼬질꼬질한
사람이었기에, 당시까지만 해도 한진이가 평범한

가정에서 자라났을 거라는 생각은 해보지 못했다. 늑대가 주워서 키웠다거나 벼락 맞고 떨어진 나뭇가지가 갑자기 걷게 되며 한진이가 되었다고 했다면 차라리 그편이 나에겐 덜 놀랄 만한 이야기였다.

처음엔 재밌게 설계했다. 마치 공모전을 하듯이 나와 양규와 한진이가 각자 안을 만들어서 어머니 앞에 들이밀었다. 내가 한진이 어머니에게 모형을 들이밀면서 〈어머니, 이건 말이죠〉라고 이야기하면 양규가 나서서 〈근디 어머니 이건 말이에요〉라고 하며 자기 계획안을 보여 드렸다. 그러면 〈엄마, 임마들 말 들을 필요 없다!〉 하면서 한진이가 끼어들었다. 그러나 승자는 우리 중에 없었다.

저 멀리 하얀 한복을 입고 흡사 도사님처럼 보이는 할아버지가 체구 좋은 아주머니의 보필을 받으며 나타났고, 한진이네 어머니는 그리로 후다닥 달려가셨다.

「저기 오셨다!」

할아버지는 흰 수염을 쓰다듬으며 눈알을 위로 하고 나침반 같은 걸 뱅글뱅글 돌리셨고 한진이네 어머니는 옆에 조용히 서서 그가 뭐라고 이야기해 주기를 기다리셨다. 우리는 꿰다 놓은 보릿자루처럼 하얀 모형을 들고 멀찍이 서 있었다. 할아버지는 한참을 구시렁거린 후 한진이네 어머니를 향해 뭐라고 작게 말씀하셨다. 그러자 그 옆에 할아버지를 모시고 온 아주머니가 할아버지의 말을 다시 한번 크게 반복했다. 〈건물은 여기에 앉혀야 한대요.〉(쏙닥쏙닥), 〈입구는 이쪽으로.〉(쏙닥쏙닥), 〈여기가 돈이 들어오는 방향이래요.〉(쏙닥쏙닥), 〈1층은

흙담

건물의 주요한 부분이 풍수지리를 통해 삽시간에 결정되는 과정을 지켜봐야만 했다.

비워 둬야 해요.〉(쏙닥쏙닥), 〈안 그러면 불난대요.〉
어머니는 그 이야기를 모두 귀담아들으시고 환하게
웃으셨다.

「감사합니다. 정말 감사합니다. 너희들 잘 들었제?」

우리가 처음 설계한 건물은 사실 그 할배의 작품이다.

그다음부터 상세한 설계는 한진이가 도맡아 했다.
아무래도 엄마 마음은 한진이가 더 잘 알겠지 생각하며
한발 물러났다. 아닌 게 아니라 정말 그랬다. 설계
중에 한진이와 생각이 다른 부분이 있어서, 한진이네
어머니에게 물어보면 열 번이면 열 번 모두 한진이와 같은
생각이었다.

「어머니, 창문이 더 커야 하지 않을까요?」

「아니, 지금이 딱 좋다. 창문이 크면 춥기만 춥다.
바꾸지 마라.」

「어머니, 현관이 너무 작지 않으세요?」

「아니? 안 그래도 이 정도가 딱 좋다고 생각하고
있었다.」

한진이와 한진이 어머니는 서로 연동된 맥북과
아이패드 같았다. 둘 사이에서 낄 자리를 찾지 못하고
빙빙 돌던 나는 그냥 궂은 일을 도맡아 하기로 했다.
인허가를 접수하고, 도면을 그리고, 시청에 내려가서
협의하고……. 재밌는 일 하자고 그만둔 회사인데, 하는
일은 직장에 다닐 때와 그렇게 다르지 않았다. 조금도
재미없었다. 한진이도 마냥 행복해 보이지는 않았는데,
함께하기로 한 건축을 혼자만 하고 있으니 미안해하는
것 같기도 했다. 그래도 함께 만들어 가는 기분을 느끼기
위해 내 의견을 디자인에 반영하기도 했는데 한진이네
엄마는 딱 그 부분만 집어서 〈한진아, 요건 왜 요래 생긴
건데?〉라고 물어보셨다. 그러면 곧 제거되었다.

당시까지 회사를 그만두지 않고 있던 양규는 인터넷
뱅킹으로 밥값을 입금하고* 회사에서 도면을 몰래
출력하거나 A4 용지를 몰래 훔쳐 오는 등 우리 중 가장
미천한 일(범죄)을 하고 있었다. 나는 함께 일하는
동료로서 종종 한진이의 디자인을 비평했지만 실은
악성 댓글을 다는 마음이었다. 한진이가 오밀조밀하게
난간을 디자인하고 있을 때였다. 처음 하는 설계라서
건물 이곳저곳에 이미 욕심이 그득했다. 벽도 바닥도
창도 평범한 것이 없었다. 아닌 게 아니라 난간도 평범한
난간이 아니었다. 독특한 모양에 다양한 기능을 포함했다.

「귀여운 짓 좀 그만해라.」

난 한심하다는 듯이 말했고, 그 말은 또르르 굴러

---

* 양규는 인터넷 뱅킹으로 자금을 관리하는 역할을 맡았다. 주로 밥값을 관리하며
작작 좀 먹으라고 다그치는 역할이었다.

흙담

내려가 한진이의 호리병에 턱 하니 걸려 버렸다.

「뭐? 귀여운 짓?」

우리의 싸움은 그때부터 시작되었다. 당시 한진이는
우리의 단 하나뿐인 기회를 쥔 사람이었고, 한진이가 하는
일이 우리가 하는 일의 전부였다. 한진이의 모습이 우리의
모습으로 비칠까 걱정했고 그래서 내가 지워질까 봐
전전긍긍했다. 오랜 시간을 지나오며 몇 번의 기회를 통해
모든 구성원이 각자의 설계를 선보이기 전까지 그 싸움은
계속되었다. 백 년 전쟁에 버금가는 7년이었다.

서로 할퀴고 상처 입고 그래서 자신을 의심하게
되면서도 스스로를 지키기 위해 부단히 노력했다.
한진이는 자신을 지키기 위해 상처를 상처로 돌려주었다.
양규는 자신을 지키기 위해 마우스를 목숨처럼 지켰다.*
당시 양규는 마우스를 뺏기고 자신의 화면을 멍하니
지켜봐야만 하는 일이 잦았다. 서로를 향해 날카로운
표창을 집어 던지듯이 날카로운 말을 던지고 몸으로 받아
내며 그렇게 단련해 왔다.

그래서 지금 나와 양규와 한진이는 웬만한 일로
다투지 않는다. 한진이의 몸에는 흉터가 가득하고 양규의
몸에는 굳은살이 가득하다. 한진이가 표창을 온몸으로
받아냈다면 양규는 밤마다 모든 상황에 대비하여 표창을
피하는 연습을 했다. 나도 상처를 많이 받긴 했지만, 보통

*   양규가 설계를 하고 있으면 한진이가 다가와 양규 마우스를 빼앗아 잡고 디자인을
    품평하거나 변경하곤 했다.
** 〈한승재 님은 말을 속에 담아 두지 못하는 성격으로 알면 말해야 하고 말해서
    문제를 일으키는 타입입니다.〉한승재 사주 풀이 중에서(출처: 아시아경제 사주
    운세, 1만 2천 원 결제).

먼저 도발한 쪽은 거의 내 쪽이었기에 할 말이 없다.**

　매일매일 다투던 그때는 정말 악몽 같은 시절이었다며, 불안했고 초조했었다고, 그때 그렇게 말해서 미안하다고 뒤늦게 한진이에게 사과했다. 한진이도 병상에 누워 그때를 회상하며 말했다.

　「뭐, 근데 이미 지난 일 이제 와서 생각하면 생각할수록 아직도 열받는다.」

　응? 도대체 그게 무슨 말이지? 한 번, 두 번, 세 번, 네 번, 다섯 번, 여섯 번, 한진이는 쪽지를 여섯 번이나 접어서 다시 꿀꺽 삼켰다.

　「그걸 왜 다시 삼켜!」

　쪽지가 또그르르 굴러 내려가다가 통! 하고 호리병을 울리는 경쾌한 소리가 났다.

흙담

흙담의 외벽 상세도. 처음 설계하는 사람처럼 보이지 않으려고 최대한 상세하게,
그리고 최대한 복잡하게 재료를 표기했다.

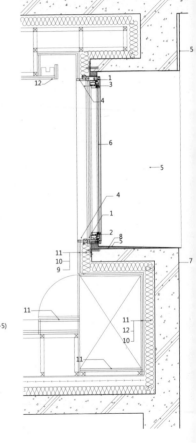

1   120X30 AL. Hidden Frame with Fluoride Resin
2   Casement System Window
3   Roll Screen Window
4   THK15 Birch Plywood with transparent coat
5   THK 3mm AL.Plate with Fluoride Resin
6   THK22mm Low-E Transparent Insulated Glass (5+12+5)
7   Exposed Concrete with water repelling agents
8   Urethane Foam
9   THK 6mm STL' 60X120 Angle
10 THK90mm Insulation
11 THK9 Birch Plywood with transparent coat
12 THK12.5mm Plaster Board 2PLY

외벽 상세도 1

1	THK 56 전벽돌 Bricks
2	THK 30 배수판 Drain Board
3	THK 27 시멘트몰탈 Cement Mortar
4	THK 3 방수시트 Waterproof Sheet
5	ThK 6 120X100 AL.Plate
6	성형 콘크리트블럭 Concrete Block
7	쇄석자갈 Concrete Gravel
8	THK 3 Al. 100X60 U-Angle
9	Ø 12 Stl. Rebar
10	THK22mm Low-E Transparent Insulated Glass (5+12+5)
11	THK 3 Al. Plate
12	THK145 Insulation
13	THK9 자작나무합판 위 코팅 Plywood 2ply with transparent coat
14	Light box
15	THK3 Stl. 25X25 Angle
16	Dryvit
17	노출콘크리트위 발수방수 Exposed Concrete with water repelling agents
18	120X30 AL. Hidden Frame with Fluoride Resin
19	ThK 6 120X45 AL. U-angle
20	ThK 6 150X190 AL. U-angle

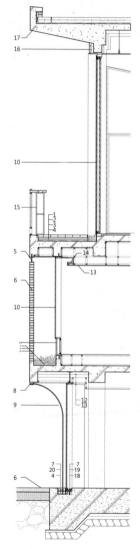

외벽 상세도 2

흙담

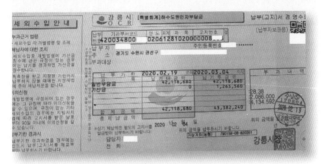

〈하수도 원인자 부담금〉 고지서(참고 이미지).

하수도 원인자
부담금

친구들은 먼저 독립하고 매일 현장으로 출근하던 당시, 나는 여전히 dmp 건축사 사무소에 다니고 있었다. 몸은 이곳에 있지만 마음만은 푸하하하프렌즈라는 생각으로 틈이 날 때마다 열심히 일했다. 아침이면 그날 일어날 일들을 체크하고, 점심시간이면 협력 업체에 송금하고 세금 계산서를 발행했다. 일주일에 한 번은 통장 사본과 엑셀로 정리된 공사 명세들을 한꺼번에 출력해서 형광펜으로 지워 가며 틀린 부분을 잡아내곤 했었다.

그러던 중 흙담의 허가 조건 사항에 무슨 돈인지 51,550,120원(정확한 금액)을 납부하라는 내용을 확인했다. 그게 뭔지도 모르고 화부터 났다. 일단은 숫자에 놀란 게 사실이고, 당시 우리의 설계비보다 비싼 금액을 내라는 것도 이해되지 않았다. 한진이하고 승재한테 의견을 물어봤지만, 딱히 관심이 없었다. 그냥 낼 만하니까 나왔겠지 식이다. 내가 있어서 안 하는 건지, 진짜 숫자에 관심이 없는 건지 얘네는 이때부터 이랬다.

나는 바로 하수과에 전화해서 그 돈의 정체에 관해 물어봤다. 하수과 담당자는 귀찮은 듯이 식당을 새로 지으면 하수 처리하는 비용으로 당연히 내는 돈이라고 통보하듯 말하고 전화를 끊었다. 그러고 나니 화가 더 났다. 그렇게 따지면 전국에 있는 식당들은 다 5천만 원을 내고 영업을 시작한다는 말인데, 언제 그 돈을 벌어서 메꾸나 싶었다.

다시 전화해서 물어봤다. 전국의 식당들이 다 그랬을 리가 없다면서. 하수과 담당자는 전국의 식당들이 다 그렇게 돈 내고 가게를 한다고 말했다. 이번에는 한숨까지

흙담

쉬면서 말했다.

화가 더 났다. 식당이 생길 때마다 나라에 5천만 원씩 돈이 생기는 꼴이 된다. 말도 안 돼. 대한민국이 진짜로 못된 나라처럼 보였다. 온 동네 가게들이 다 5천만 원으로 보였다. 도무지 이해가 가지 않아서 건축법, 하수도법 다 뒤져 봤지만, 모두 외계어였다. 인터넷 검색도 미숙한 나에게는 네이버 지식인도 아무런 도움을 주지 않았다. 나에게 남은 유일한 무기는 전화뿐이었다.

나는 또 전화했다.

「원래도 식당이 있었고, 그 자리에 같은 식당이 같은 이름으로 다시 생기는데 또 돈을 내야 합니까?」

「…….」

이번에는 대답도 없다.

「뭐라꼬예. 원래 식당이 있었다고예?」(뭔가 상대의 허점이 아주 얇게 드러난 느낌이 들었다.)

「그렇다니까요. 그것도 같은 가게라고요! 주인도 같고, 이름도 같은 가게!」(강하게.)

「건축물대장에 없는데에!」(상대의 헛점이 한 번 더 드러난 느낌.)

「신축할라고 철거했지요!」(더 강하게.)

「쪼매만 알아보고 연락드리겠습니다!」(나이스.)

뭔지는 모르겠지만, 분위기가 내 쪽으로 넘어와 있었다. 물론 어떠한 근거도 없이.

잠시 후 하수과 담당자로부터 전화가 왔다.

「선생님, 이전 식당에서 내신 금액이 있으셔서 추가로 내실 금액은 5백 몇십 몇만 원(정확한 금액은 기억이 안

남) 되겠습니더.」

　이겼다. 내가 이겼다. 그리고 식당이 생길 때마다 5천만 원씩 세금을 낸다는 오해도 풀렸다. 승재하고 한진이는 나를 엄청나게 칭찬해 줬다. 설계비보다 더 큰돈을 아꼈다며.

0 4

디ㅅ_이ㅈ_
네버대ㅅ
1

주택과 갤러리로 사용하던 건물을 대수선하여
패션 브랜드 디스이즈네버댓의 사옥으로
사용하도록 하였다. 의류 판매장과 사무실이
함께 있는 건물로, 사용 목적에 맞게 건물의
외형부터 구조까지 모두 바꾸었다. 콘크리트
패널로 둘러싸여 갑갑하던 외장재를 걷어 내고
햇빛과 바람을 내부로 적극 유입하였다.

디스이즈네버댓, 한양규.

지옥에서 온
베란다*

* 이 글은 『도무스 코리아』 N.11(2021) 가을 호에 수록한 글이다.

디스이즈네버댓, 한양규.

〈역사는 베란다에서 이루어진다.〉 10년 전 승재가 한
말이다. 아마도 양규를 베란다에 가둘 명분을 찾던 승재가
급조한 말이었을 테지만 꽤 오랜 시간이 지난 지금 다시
생각해 보면 제법 그럴싸한 말을 한 것 같다는 생각이
든다.

당시 승재는 자신이 한 말을 증명이라도 하듯이 틈만
나면 양규를 베란다에 가두어 두곤 했다.

양규는 베란다가 보이면 무언가에 홀린 듯 베란다로
나가 맨손 체조를 했고, 그사이 승재는 조용히 베란다
문을 잠그는 식이었다. 이 모든 과정이 아름답게 느껴질
정도로 자연스럽고 치밀하게 이루어졌다. 아무도
양규가 베란다에 나갔는지 몰랐으며 아무도 승재가
문을 잠그는지 알 수 없었다. 그렇게 양규는 그저 갇힐
뿐이었다. 그리고 그 문은 웬만해서는 다시 열리지
않았다. 옥탑방에서 옹기종기 모여 설계하던 초창기 시절,
베란다에 갇힌 양규는 필사적으로 반대편 쪽창에 몸을
구겨 넣으며 실내 진입을 시도하였다. 결코 베란다 문이

디스이즈네버댓, 한양규.

열리지 않을 것임을 이미 알고 있었기 때문이다. 양규의
상반신이 쪽창 틀에 걸릴 때쯤 승재는 기다렸다는 듯이
양규에게 비비탄을 퍼부었다. 처절한 몸부림의 양규.
결국 그의 진입 시도는 성공한다. 그리고 승재는 피멍이
들 때까지 두들겨 맞는다. 이 루틴은 매일 반복되었다.
나는 어떻게 이 과정이 매일 반복될 수 있는지 신기할
따름이었다. 반복되니까 역사가 되는, 그런 이치인지……

알 수 없는 일이다. 지금 생각해 보면 양규에게 사무실
쪽창은 우리의 그것과는 조금 다른 의미였을 거란 생각이
든다. 문제는, 쪽창마저 없는 무자비한 리얼 베란다에
갇히게 되었을 때 터지고 말았다. 밤새 술을 마시기로
각오한 어느 날 밤, 여지없이 또 베란다에 갇힌 양규는
얇디얇은 유리 한 장을 사이에 두고 밤새 베란다에 쭈그려
앉아 있어야 했다.
　　양규 성격에 유리 한 장 부수는 건 일도 아니었지만,
하필 그 집이 우리 엄마 집이었던 탓에 양규는 얌전히

거제도 게스트 하우스, 한승재.

간혀 있어야만 했던 것이다. 이러지도 저러지도 못하던
양규에게는 틈틈이 방에 들러 안주를 채워 주시던 엄마가
유일한 구원의 희망이었지만, 안타깝게도 엄마는 승재의
행동이 귀엽기만 하셨던 것 같다. 〈아이고마~ 느그 와이리
짓궂노~〉깔깔 웃으시며 그냥 나가 버리니……. 양규는
모든 걸 내려놓고 차가운 베란다 바닥에 주저앉아 밤새
우리가 노는 모습을 지켜볼 수밖에 없었다. 추억이
되려면 절대 어설프게 해서는 안 된다는 게 승재의
논리였고, 양규도 그 부분은 어느 정도 받아들이는
듯했다.

양규의 베란다 라이프를 나도 함께하게 된, 드물게 운
좋은 기회가 있었다. 셋이 출장 차 지방 숙소에 머물게
되었을 때의 일이다. 승재는 나와 양규를 숙소 베란다에
가두었는데, 당황해하던 나와 달리 양규는 곧바로 실내
진입 프로세스에 착수했다. 그때 지켜본 양규의 변화는
다음과 같다.

디스이즈네버댓 1

괴산 27호, 한양규.

1단계, 눈이 뒤집힘.
2단계, 숨소리가 커지며 뇌에 산소를 집중 공급.
3단계, 두뇌 회전 풀 가동.
4단계, 지형지물 탐색.
5단계, 빠른 결정과 지체 없는 움직임.

양규는 〈현관문은 아즉 안 잠갔을 것이여, 내가 먼저
뛰어내릴 테니께 쫓아와라잉〉 하곤 2층 베란다에서
화단으로 뛰어내리더니 그야말로 쏜살같이 달려 아직
잠겨 있지 않은 현관문을 열고 쳐들어가 발가벗고 샤워
중이던 승재를 쓰레빠로 마구 내리쳤다. 2분 만에 일어난
일이었다. 승재는 윽 소리를 내며 수압 약한 샤워기 물로
반격했으나 양규는 아랑곳하지 않고 승재의 둔덕진
곳만 골라 무자비하게 패는 장면을 보면서, 나는 패는
것도 맞는 것도 이들은 하루 이틀 단련된 것이 아니구나,
그렇구나, 역사는 반복되는 것이구나, 생각하였다.

집 안에 골목, 한승재.

이 둘에게 베란다는 어떤 의미일까? 두 건축가의
작업에서 베란다는 어떤 모습일까? 승재가 최근에
설계한 연희동 주택(집 안에 골목)에서 베란다는 동네와
집 구석구석을 연결하는 장치로 작동한다. 승재는
연결에 관해 얘기하며 〈필사적으로〉라는 표현을 쓰면서
베란다라는 장치를 이용한다. 승재의 공간에서 베란다는
더 이상 가두는 공간이 될 수 없는 부분이 흥미롭다.

    양규가 작업한 디스이즈네버댓 사옥을 보면 베란다는
무목적 공간으로 등장한다. 특별한 기능이 없고 응시하는
시점이 없는 공간. 자연이 흐르는 공간이며 주변의 풍경을
흐릿하게 만드는 반투명 창으로 둘러싸인 그야말로
시적인 울림이 있는 공간. 그동안 베란다에서의 시간이
양규에게 무엇을 주었기에 이렇게 시적으로 해석되는
것인지 역시 흥미롭지 않을 수가 없다.

    두 친구의 치열한 베란다 싸움 과정이 본인들의
작업물을 통해서 저마다 이렇게 드러나고 있다는 것을
얘네 둘은 알고 있을까?

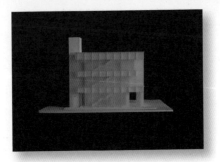

디스이즈네버댓의 모형.

학성이의
일기

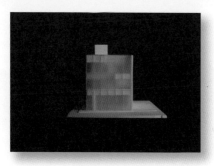

측면에서 바라본 모형.

첫 리모델링 프로젝트였다. 기존 건물이 멀쩡하게 서 있는
상태에서 설계하려니 쉽지 않았다. 나와 현석이는 몇날
며칠을 고민하며 설계에 몰두하고 있었다. 그러던 어느 날
팀 회의 중에 양규 형을 비롯해 우리 팀원이 모두 모였고,
우리 뒤에 한진이 형이 소리 소문 없이 다가와서 골똘히
생각에 잠긴 표정을 짓고 서 있었다.

　「와, 이게 말이다. 나 이거 답 알 것 같은데?」

　순간 정적이 흘렀다. 프로젝트 초반 각자의 설계안을
보여 줄 때 다른 팀에서 왈가왈부하는 건 금기시하는
일이다. 프로젝트에 골몰하는 팀원의 민감한 영역을
침범하기 때문이다. 게다가 가장 달콤한 기회를 뺏어
버리는 꼴이 된다. 그의 답을 들을 것인지, 아니면 듣지
않고 우리의 생각대로 밀어붙일지에 대해서 눈치 싸움이
벌어졌다. 정치적인 고민, 혹은 자존심이 얽힌 고민이었다.
고민도 잠시 성격이 급한 한진이 형은 벌써 생각하는 걸
말하고 있었다. 신기하게도 내가 진행하던 방향과 조금
비슷한 구석이 있었기에 진행 중이던 설계를 보여 주었다.

　　　　　　　　　　　　디스이즈네버댓1

아티스트의 작업실 및 개인 주택으로 사용하던 기존 건물.

그러자 한진이 형은 당황한 기색이 역력했고, 속으로 나는 찰나의 빈틈으로 비집고 들어오려던 형을 제대로 막은 것 같은 뿌듯함을 느꼈다. 그 순간 한진이 형이 〈와! 너 베꼈네! 베꼈어!〉라며 급격하게 태세를 전환하며 소리 질렀다. 〈베꼈다〉라는 말은 우리 집단에서 아주 큰 상처가 될 수 있는 말이다. 그간의 시간과 노력이 무너지는 순간이기도 하다. 이로써 한진이 형에게 받은 수많은 상처 중 하나가 추가되었다. 억울했던 나는 형이 이야기하기도 전에 이미 이렇게 설계를 진행 중이었다며 항변했다. 그렇게 서로의 얼굴이 붉어진 채 첫 리모델링 프로젝트의 큰 방향이 정해졌다.

디스이즈네버댓 건물을 설계할 때는, 돌이켜보면 연희동이라는 아담한 동네에서 너무 크게 드러나지 않는 건물로 설계하고 싶었던 것 같다. 평소 연희동을 좋아해 자주 놀러 가는데 그럴 때마다 나와 디스이즈네버댓이 많은 부분 닮았다는 생각이 든다. 성깔이 있는 것도, 튀는

커튼 월 예시.

것도 아니고 존재감이 없는 것도 아닌 중성 상태랄까.

디스이즈네버댓에서 드러나는 것은 채워진 것이 아닌 우리가 비워 놓은 공간이다. 하마처럼 뚱뚱하고 뒤뚱한 비례를 가진 애매모호한 건물에 아주 얇은 커튼 월*을 덧붙였고, 커튼 월과 건물 사이에 여러 겹의 공간들을 만들었다. 빈 곳은 밖에서는 보이지 않는다. 반투명의 커튼 월을 통해 단지 비워져 있음을 느낄 수 있을 뿐이다. 외부에선 선명히 보이지 않지만 분명 그 속에선 많은 일이 일어나고 있다.

승재 형은 나에게 감정을 깊숙이 숨기는 사람이라고 한다. 한진이 형은 나에게 드러나지 않는 사람이라고 한다. 양규 형은 나에게 더 강하고 독한 사람이 되어야 한다고 한다. 나는 원래 독하고 드러나는 사람이었다. 대학 시절, 나는 오로지 설계에만 전념하며 지냈다. 사람들과

---

* 건물의 하중을 지지하지 않고 단순히 공간 칸막이 커튼 구실을 하는 바깥벽. 주로 유리 소재의 벽체다.

디스이즈네버댓 1

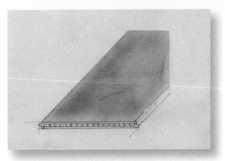
베이스 패널은 시멘트를 주 원료로 압출 성형하여 고온 고압에서 증기 양상을 한 것으로 경량이면서 강도가 높고 표면이 미려한 조립식 패널이다.

어울리거나 음주 가무는 일절 하지 않았고 나의 모든 일상을 설계에 집중했다. 적어도 내가 있는 곳에서는 일류가 되고 싶었다. 그러나 어느 순간 나는 이기적이고 자기밖에 모르는 사람, 인격적으로 아주 부족한 사람으로 오해받고 있었다. 나는 누구에게도 어떤 피해도 주지 않은 것 같은데 내가 왜 그런 사람이 되어야 하는지 의아했다. 그럴수록 나는 더욱더 날카로운 사람이 되어 깊숙이 나만의 방으로 들어갔다. 그런 이유에서였을까? 어느 순간부터 나를 드러내고, 강하게 이야기하고, 나의 의견을 강요하고…… 이런 것들이 조금씩 두려워졌다. 다시 내가 그런 사람이 되어 버리진 않을까 종종 걱정한다.

나는 날카롭고 강했던 나를 조금 지우는 연습을 했던 것 같다. 나의 자리에서 조용히 책임을 지고 내가 할 수 있는 최선을 다하려고 노력했다. 그런 와중에 〈푸하하하프렌즈〉라는 건축사 사무소를 운영한다는 형들을 만났다. 형들은 나와 아주 달랐고 나에게 부족한 다른 좋은 면을 많이 지니고 있었다. 결정적으로 형들은 나를 있는

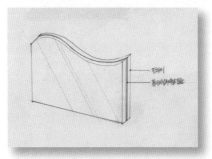

접합 유리는 판유리 사이에 투명한 PVB 필름이나 탄성 필름을 넣고
높은 온도와 압력으로 결합하여 만든 유리.

그대로 인정하고 받아들여 주었다. 때로는 너무 방어적이고,
지나치게 자신을 숨기는 나의 성격을 지적하고 놀리면서도
미워하지는 않았다. 내가 다른 사람들과 이곳에서 오랫동안
함께하고 있는 이유라고 할 수 있다.

나에게 디스이즈네버댓 프로젝트는 의미가 남다르다.
디스이즈네버댓은 오랫동안 실무에 몸담으며 점점
희미해져 가던 건축에 관한 생각을 다시 해볼 기회를
준 프로젝트였다. 그중 가장 기억에 남는 건 우리가
계획한 커튼 월과 기존 건물의 재료인 콘크리트 패널이
만나는 방식에 대한 고민이었다. 실리콘이라는 쉬운
재료로 두 재료를 범벅 하여 뭉툭하게 마감하고 싶지
않았다. 처음 현장 소장님은 그 방향을 내게 제안했다.
가장 쉽고 안전한 방법이다. 하지만 절대 받아들일
수 없었고 생각하는 의도를 계속해서 이야기하고 또
이야기했다. 기존의 두껍고 단단한 콘크리트 패널에 얇고
날카로운 유리가 만난다면 두 재료가 만나는 지점은 더

마이너스 몰딩으로 마무리한 모서리.

얇고 날카로워야 한다고 생각했다. 커튼 월에 사용된
유리는 접합 유리였기에 두 개의 유리 중 한 유리만 날
판으로 더 길게 만들어 접합했다. 삼각형으로 마이너스
몰딩*을 만들고 두 재료가 만나는 부분에서는 실리콘
없이 얇은 유리 한 판만 보이도록 말이다. 현장에서는
추후가 걱정된다며 마이너스 몰딩 영역을 실리콘으로
채우자고 했지만 나는 끝까지 만류했다. 건물의 모서리는
지금까지도 문제없이 날카롭게 날이 서 있다.

이 책의 출판을 위해 모두가 참석한 회의 자리에서 한진이
형이 갑자기 나에게 물었다.
　「학성아, 내 생각에는 말이다. 너는 잘 드러나지
않는 사람인 것 같아. 궁금해서 그러는데 네가 맡은
프로젝트에서 했던 것들이 뭐야? 진짜 궁금해서 그래!
공격하는 게 아니고 이야기해 보고 싶은 거야!」

*　다른 성질의 재료가 만나는 부분을 옴폭 들어가게 시공하는 방법. 재료 사이에
　그림자가 생기며 서로 다른 재료의 성질이 더욱 돋보이게 된다.

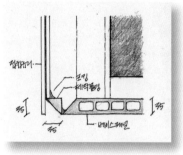

커튼 월 단면의 세부 스케치.

너무나 갑작스럽게 나의 청문회가 열렸다. 나는
순간적으로 귀가 빨개졌다. 앞서 말했던 〈베꼈다〉라는
한진이 형의 말이 겹쳐 지나가며, 나의 수년에 걸친
노력이 무너지는 것 같았다. 간만에 상처를 받았다.
목소리를 크게 내야만 사람이 드러나는 게 아니라고,
그렇지 않은 사람도 각자의 자리에서 많은 일을 한다고
형에게 소리쳤다. 훨훨 타오르는 감정을 조금은 억누른
채 모두가 보는 앞에서 어필해야만 했다. 내가 이
프로젝트에선 이걸 했고, 저 프로젝트에선 저걸 했고…….
내가 이걸 왜 설명하고 있는지 의아했지만…….

0 5

성수연방

1970년대 성수동에 지어진 한 공장을 대수선하여 근린 생활 시설로 사용할 수 있도록 하였다. 중정을 향한 건물의 발코니를 확장한 후 두 개의 발코니를 하나로 연결하였다. 건물보다는 건물 가운데 공간인 중정에 주목했다. 발코니를 지지하는 독특한 모양의 기둥은 건물의 구조를 장식 요소로 사용했던 한국 근대 건축의 특징을 차용한 것이다.

성수연방 A동 시공 과정 1.

ㅂ 빌딩
사건 일지

던

본인 온진성 사원은 ■■■ 프로젝트 담당자로서 사용 승인 신청과 준공 검사 과정에서 발생한 사건에 대해 아래와 같이 경과를 서술합니다.

성수연방 A동 시공 과정 2.

2018-11-06-화요일

본인은 아침에 출근하자마자 한승재 소장으로부터
내일 사용 승인을 반드시 접수해야 한다는 내용을
전달받았습니다. 이유를 물으니 ■■■■■■■
■■■■■■■ 뿐만 아니라, 발주처가 사업 일정 때문에
최대한 빠르게 사용 승인을 접수해 달라고 독촉했다는
것입니다. 본인은 갑작스러운 건 그렇다 치고 이전까지
얘기해 오던 일정과 다를 뿐만 아니라, 무엇보다도
아직 공사가 다 끝나지 않았기 때문에 그래도 되느냐고
되물었습니다. 한승재 소장은 우선 접수하고 준공 검사가
나오기 전까지 공사를 마무리 지을 수 있을 거라고
확신했습니다. 이때 절차상 적절하지 않다면 아무리
상급자의 지시일지라도 죽는 한이 있을지언정 따르지
말았어야 했는데, 그러지 못하여서 죄송합니다.

성수연방 A동 시공 과정 3.

2018-11-07-수요일

본인은 전일 한승재 소장으로부터 지시받은 사용
승인 접수를 진행하였습니다. 아직 마무리되지 않은
부분이 걱정됐지만, 오늘내일 중으로 공사가 마무리될
것이라는 한승재 소장의 말을 믿고 접수해 버렸습니다.
찝찝하였지만 만약 설사 마무리가 되지 않더라도 큰일은
일어나지 않을 것이라는 한승재 소장의 말에 조금은
안심하였습니다. 다음 날 ██████████ 갈
예정이라 어딘가 정신없어 보인다는 점, 얘기할 때
무언가 눈동자에 초점이 없었던 점 등 명백한 이상
징후가 있었음에도 소장님의 판단을 의심하지 않아서
죄송합니다.

2018-11-08-목요일

특이 사항 없었습니다. 특이 사항이 없어서 죄송합니다.

오후 4시경 한양규 소장과 가벼운 잡담을 하고
있었습니다. 그때 한양규 소장의 휴대 전화가 울렸습니다.
〈여보세요〉라는 말 이후 약 30초간 정적이 흘렀습니다.
그러더니 퉁명스러운 말투로 〈그래서요? 제가 안 갈
건데요? 건축사가 꼭 가야 한다는 법 있나요?* 도면을 왜
세가 뽑아 가야 하는데요?〉라며 대뜸 화를 내었습니다.
저는 본인과 관련된 일인 줄은 꿈에도 모르고, 전화 종료
후 무슨 일이 있는지 물었습니다. 그는 S 빌딩 프로젝트의
███ 승인을 업무 대행하는 건축사(이하 특검)로부터
전화 왔다며 다음 주 월요일에 나온다고 얘기하였는데,
왜 담당 소장도 아닌 자기한테 전화했는지 모르겠다며
〈도면을 뽑아서 언제까지 나와서 기다리고 있어〉라는
고압적인 태도가 매우 불쾌하였다고 말했습니다. 그래도
저에게 전화번호를 주며 다시 한번 전화해 보라고
하였습니다. 이에 본인은 즉시 특검에게 전화하였습니다.
전화로 저의 소속과 담당자임을 밝혔지만, 그는 이미
화가 머리끝까지 나 있는 상태라 제대로 된 의사소통이
불가능했습니다. 그는 건축사가 아닌 일반 직원 따위가 왜
전화하느냐면서 다음 주 월요일에 혼자 가서 검사할 테니
오든지 말든지 알아서 하라고 엄포를 놓았습니다. 제가
당시 어떻게든 특검을 어르고 달랬어야 했는데, 그러지
못해서 죄송합니다.

---

* 당시 푸하하하프렌즈의 건축사는 한양규가 유일했기에 모든 프로젝트는
  한양규의 이름으로 접수했다.

성수연방 B동 시공 과정 1.

2018-11-11-일요일

제 생일날입니다. 회사의 명운이 달린 위급한 와중에
생일이라서 죄송했습니다.

2018-11-12-월요일
14:00-17:00

오후에 방문 예정인 특검 준비가 한창인 와중 한양규
소장은 주말 동안 ███████에 있는 한승재 소장으로부터
부탁받았다며 자신이 함께 특검에 가겠다고 하였습니다.
지난 통화로 걱정이 많았는데, 그래도 처음 경험하는
특검을 한양규 소장이 함께한다니 든든했습니다.

　　오후 2시경 현장에서 한양규 소장과 함께 특검을
맞이하였습니다. 특검은 저희를 보더니 〈당신이
건축사야? 안 나온다면서 왜 나왔어?〉라며 역정을
내었습니다. 〈내가 알아서 볼 테니까 당신들 나 따라오지

마〉라고 소리를 꽥 지르더니 줄자를 꺼내어 건물의 모든 곳을 측정하기 시작했습니다. 심지어 파이프 샤프트 P.S.의 점검구 속으로 기어들어 가더니 그곳의 안목 치수까지 다 재보았습니다.* 그리고 도면과 실제 현장의 다른 점을 지적하기 시작하였습니다. 당연히 우리가 준비한 도면은 실제 현장 치수와는 어느 정도 차이가 있을 수밖에 없습니다. 제가 어떻게든 이유를 대려 이야기를 꺼낼 때마다 특검은 〈내가 여기 오든 말든 신경 안 쓴다며? 내가 따라오지 말라고 분명 말했잖아〉라고 하여, 저는 어떤 말조차 꺼낼 수가 없었습니다. 죄송합니다.

가장 큰 문제는 3층 철골조 부분으로, 3층 일부분에 단열 공사가 완료되지 않은 상태였습니다. 특검은 ███ 하나 잡았다는 듯 한양규 소장에게 〈당신 이거 ███ ███ 사유야! ███ 갈 수도 있는 거 알아? 난 이거 그냥 못 넘어가. 구청에 가서 그대로 보고할 거야〉라고 소리쳤습니다. 그리고는 곧바로 택시를 잡고 구청으로 떠났습니다. ██되었음을 감지한 한양규 소장은 지인인 선배에게 전화를 해보더니 사태의 심각성을 깨닫고, 당장 구청으로 따라가자고 하였습니다. 도착하니 특검은 이미 엘리베이터를 타기 위해 기다리고 있었고, 한양규 소장은 잠깐 앞에 있는 카페에 가서 얘기하자고 읍소하였습니다. 그러고는 내일까지 미비한 시공 상태를 모두 보완하겠다며 조금만 시일을 주기를 빌었습니다. 이때 한양규 소장은 어느 순간부터인가 특검의 호칭을 〈선배님〉이라고 바꿔 부르고 있었습니다. 한 시간 정도의

* 보이지 않는 곳까지 까다롭게 검사했다는 의미.

눈물 나는 노력 끝에 화가 조금은 누그러진 특검은 오늘
지적 사항을 저녁까지 전부 조치하고 ██████ 보고할
것을 지시하였습니다. 만약 기한까지 완료하지 못하면
다음 날 바로 구청에 보고하여 조치할 수밖에 없다며
으름장도 놓았습니다.

2018-11-12-월요일
17:00-22:00

한바탕 소동을 겪고 사무실로 복귀하니 저녁 7시가 넘어
있었고, 사무실엔 아무도 남아 있지 않았습니다. 한양규
소장은 일단 늦은 저녁에 다시 연락하기로 하고 현장에서
바로 퇴근하였습니다. 우선, 현장에 전화하여 미비한
작업을 진행할 것을 지시하고, 저는 도면을 현황에 맞게
다시 처음부터 그려 나갔습니다. 도면을 그리기 위해
일정을 짜보니, 도저히 혼자서 오늘 안으로 할 수 있을지
자신이 없었습니다. 하지만 어떻게든 해내야만 했습니다.

　도면을 그리면서 정말 많은 생각을 했습니다. 제일 먼저
한양규 소장이 ████████당하여 회사가 폐업하는 상상을
하였습니다. 뿔뿔이 흩어지는 직원들을 생각하니 가슴이
미어질 것 같았습니다. 하지만 무엇보다도 힘들었던 건
한양규 소장이 ████을 차고 ████에 들어가는 그림이 자꾸
머릿속에 떠올랐을 때입니다. 남겨진 유수와 라운이*가
엉엉 우는 장면을 생각하다 보니 갑자기 가슴이 조여 오고
숨이 안 쉬어지기 시작했습니다.

＊　한양규 소장의 두 아들로 당시 각각 7세와 5세.

이런 경험은 태어나서 처음이라 너무 무서워서 한승재 소장에게 전화를 걸었습니다. 한승재 소장은 ██████ ██ 안이라서 당연히 통화 연결이 되지 않았습니다. 그다음으로 한양규 소장에게 전화해서 살려 달라고 꺽꺽대며 말했습니다. 한양규 소장은 놀란 목소리로 〈자! 딘성아, 잘 들어. 나를 따라서 숨을 쉬는 거여! 쓰읍, 하아. 쓰읍, 하아〉 하고 응급 처치를 해주었습니다. 이에 조금 진정이 되자 〈부담 갖지 말고 다 안 되면 안 되는 대로 가면 뒤어, 내가 다 알아서 혈게. 그리고 좀 있다가 10시쯤 특검 사무실로 찾아갈 게게 준비하고 있어〉라고 하였습니다.

2018-11-12-월요일
22:00-23:00

10시가 되자 한양규 소장은 로체를 몰고 사무실에 도착하였습니다. 평소 근검절약을 위해 절대 승용차를 타지 않는 그이지만 아마도 사태가 사태이다 보니 몰고 온 것 같았습니다. 근무한 지 1년 만에 한양규 소장의 차를 처음 보았습니다. 그리고 저와 함께 특검의 사무실인 ██████으로 출발하였습니다. 도착하여 사무실에 들어가자, 피곤한 얼굴을 한 직원 한 명이 우리를 본 척도 안 하고 〈소장님실로 들어가세요〉라고 안내하였습니다. 소장실에 들어가자 특검이 다리를 꼬고 팔짱을 낀 채 우리를 기다리고 있었습니다. 한양규 소장은 짐짓 과장된 말투로 인사하며 친근해 보이려고 노력하였으나, 특검은 받아 줄 생각이 없어 보였습니다. 그래도 꿋꿋이 말을 이어 나갔습니다. 〈그, 찾아보니께 소장님 ■대 출신이시던데, 이 친구도 ■■■대 후배예유. 어서 선배님께 인사드려, 진성아!〉 특검은 못마땅한 얼굴로 〈아니 그거랑 무슨 상관이야, 그리고 당신은 건축사 아니잖아? 당신은 문밖에 나가서 기다리고 있어〉라고 말하였습니다. 후에 찾아보니 특검은 ■■■대 출신이 아니었습니다.

  본인은 문밖에 나가서 기다리는 수밖에 없었습니다. 그래도 소장실은 반투명한 유리 칸막이로 구획이 되어 있어서 사무실 안의 실루엣과 웅얼거리는 소리를 통해 대충 이야기가 잘되는지 아닌지를 구별할 수 있었습니다. 처음에는 특검이 툴툴거리면서 훈계하는 듯했습니다. 그렇게 10여 분이 흐르자 조금은 누그러진 듯 조용해졌습니다. 이때 갑자기 한양규 소장이 무릎을 꿇고 사죄하는 듯한 실루엣이 보였습니다. 이윽고 특검은 화를 내는 건지 타이르는 건지 볼멘소리를 내었습니다. 그리고 한양규 소장의 웅얼거림이 들렸는데 중간중간 〈선배님〉, 〈죄송〉, 〈성의〉 같은 단어가 들렸습니다. 그렇게 20여 분이 더 흐르자 한양규 소장은 진이 빠진 얼굴로 소장실에서 나왔습니다. 그리고 입 모양으로 잘 해결되었다고 말해 주었습니다. 순간 너무 안도하여 다리가 풀려 버릴 것만 같았습니다.

2018-11-13-화요일

어제 일이 잘 해결되었지만, 그래도 혹시 모를 일에 대비하고자 본인은 아침 7시에 미리 출근하여 사용 승인

관련하여 자잘한 행정 절차를 수행하였습니다. 그렇게
시간이 지나 오후 3시경쯤 드디어 ██████████
한승재 소장으로부터 연락이 왔습니다. 〈딘성아~ 형
왔어! 사용 승인은 별문제 없이 잘되었지?〉 지난밤의
가슴 조임이 다시 한번 재발할 것 같아서 〈아~ 네. 어쨌든.
잘되었어요〉라고 대답을 줄였습니다.

이상 본 사건과 관련하여 경과 서술을 마칩니다. 본인은
본 사건과 관련하여 ████하였으나 ████████████했습니다.
그럼에도 불구하고 ████████████한 점에 대하여 많이
뉘우치고 있습니다. ████████████등 다시는 이러한
일이 재발하지 않도록 노력하겠습니다.

성수연방 B동 시공 과정 2.

ㄴㅠ지ㄴㅅ-ㅇㅘ
ㅂ\|ㅌ-ㄹㅜㅂ\|ㅇㅜㅅ-

성수연방 B동 시공 과정 3.

「여기는 핫 플레이스라고 불리지 않으면 좋겠당⋯⋯.」

나는 한승재 소장의 그 말에 매번 동의한다. 그런 장소에 자주 안 가는 것도 아니면서. 스스로 내뱉는 언어의 정의가 얼마나 뒤죽박죽인가 생각했다. 그것들을 깊게 추적하여 들추어내도 며칠은 이야기할 수 있을 것만 같다. 나는 저 말을 어떻게 이해하고 있는 걸까. 나는 글을 적어 내려가면서 내 언어의 모순을 다듬으려 하고 있다.

이런 모순은 창작의 언어에서뿐만 아니라 다른 모든 곳에서 일어나고 있다. 최근 뉴진스의 「Ditto」를 찾아서 한참 들었던 것도 그 연장선이었다. 잘 듣지 않는, 오히려 피했던 아이돌 음악을 계속 찾아 듣고 있자니 스스로 의문이 들 수밖에 없다. 그러다 찾은 나름의 이유는 〈아이돌이 마침내 프로듀싱 영역에서 아주 시원하게 벗어나 가장 자연스러운 상태가 되었다〉이다. 나는 아이돌은 1980~1990년대 가수, 작곡할 줄 알며 스스로 음악을 완성할 줄 아는, 싱어송라이터의 산업적인 변종이라고 여겨 왔다. 그들이 음악에 크게 관여하지

이탈리아 피렌체의 피티 궁전은 석재 표면에 러스티케이션 기법을 사용하였다.

않은 채로 작곡가가 일방적으로 제공한 음악을 선보이며
온 감정을 담아 열정적으로 가창하는 모습은 너무나
부자연스럽다. 뒤늦게 노래에 자신의 감정과 생각을
담으려고 노력하는 것처럼 보이기도 한다. 때로는
1950~1960년대 영화 또는 과장된 연극처럼 보이기도
한다. 문화가 커질수록 연극은 점점 더 다양해진다.
뉴진스는 작위적인 몰입 없이 작곡가가 작곡한 노래를
가창하며 안무가가 짜준 안무대로 몸을 움직일 뿐이다.
노래 내용이 자기 생각인 양 꾸며 내려 하지 않고, 과장된
몸짓 없이 정교하게 주어진 것을 하고 있을 뿐이다.
옷을 잘 드러내는 모델과도 같다. 그 때문인지 뉴진스의
음악에서는 작곡가들과 안무가들, 참여한 프로듀서들의
모습이 드러난다. 가수의 고전적 이미지에 아이돌 산업을
어설프게 꿰어 왔던 것이 이토록 시원하게 깨지니
다양한 영역의 창작자들로 잘 꿰어진 종합 예술의
영역으로 받아들여지기 시작했다.
　　서울 곳곳의 건축과 인테리어는 그런 연극들로

벽지 철거 중.

가득하다. 그 원형이 모두 다른 시대의 산업적인 상황 혹은 특정 시대의 재료가 가지는 구축적인 이미지들이 만들어 내는 낭만적인 이미지임에도 그것들이 현재에도 유효한 것처럼 만들어진 장소들로 넘친다. 수명이 짧은 공간이기에 값싸고 쉽고 가벼운 재료들을 쓰면서 오래된 척, 영원할 것 같을 척들은 과거 러스티케이션*의 임계치를 훨씬 넘어서 있다. 〈핫 플레이스가 되지 않았으면 좋겠다〉는 말은 그런 척의 장소로 읽히지 않았으면 좋겠다는 말로 스스로 이해하면 되겠다. 장소가 아무리 중요한 목적을 가지고 있다 한들 구성 요소들의 본래 성질을 꺾으면서까지 그것을 받치고 싶지는 않다. 그러면 나의 또 다른 한쪽에서 언어들이 망가지기 시작한다. 다양한 판상형 재료는 무엇이며, 페인트는 무엇이고, 벽돌은 지금 무엇이 되어 있나. 척에서 완전히 벗어난 것이 있기는 한가? 몇 퍼센트를 척의 임계치로 선정할 것인가? 스스로 정한 기준의 타당성을 어디에서

* 르네상스 건물에 적용되었던 석재 표면 가공 및 조적 방법.

성수연방

천장의 철거는 여러 의미에서 공포스럽다.

찾을 것인가? 나는 글을 적어 내려가면서 이런 내 언어의
모순을 다듬으려 하고 있다.

벽지는 언제부터 미워지기 시작했을까. 들뜬 벽지만큼
신경 쓰이는 것도 없다. 오래된 음식점의 들뜬 벽지를
쿡쿡 눌러 보면 그 사이에 들어간 공기 방울들이 기분
나쁘게 울컥거린다. 안에 뭐가 있는지 알 수 없다.
공기로만 차 있을 수도, 습기가 가득 차 있을 수도,
벌레들이 가득할 수도 있다. 안에서 무슨 일이 일어나고
있는지도 모를 작은 공간들이 모든 벽에 둘러쳐져 있으니,
우리에게 느껴지는 작은 불안함의 출처로 의심되기도
한다. 내 팔뚝에 닿는 것이 이 건물의 몸이 아닌 다른
이세계라니. 내가 들뜬 벽지에서 느끼는 불쾌감은 그
모를 세계에 기인하고 있다. 들뜬 장판은 더하다. 벽지는
닿지 않을 수라도 있다만, 바닥에 넓게 깔린 장판은
피할 도리가 없다. 바닥은 더 큰 불쾌를 품고 있는 것만
같다. 나는 불룩 튀어나온 부분들을 피해 가며 발을
딛지만 소용없는 짓이다. 이 두 가지 재료는 그 기분 나쁜

인정전의 목조 건축에서 드러난 호화스러움.

이세계를 품은 채 친숙한 자연무늬로 둔갑하여 건물에
붙어 있다. 나는 건물에 닿고 싶다. 내가 무엇으로부터
보호받는지 정확하게 알고 싶다. 친숙한 자연무늬는
그것에 전혀 도움 되지 않는다. 이는 그저 치장일 뿐이다.
그러나 그것들은 불쾌할 뿐 잘못된 것이라 할 수는 없다.
때로는 오래된 건물의 벽지에서 편안함을 느끼기도
하니까. 그런 곳 대부분은 주인이 잘 가꾸어 온 모습을
언뜻언뜻 드러낸다. 개인의 진심 어린 애정이 척의 범주에
들어갈 리 없다. (그것은 싱어송라이터이다.)

그렇다면 치장재는? 치장 벽돌과 치장 석재 타일은, 돌이
그려진 벽지나 벽돌이 그려진 벽지보다 낫지 않은가
싶다. 그러나 이것들은 매번 치장 이상으로 보이고 싶어
한다. 들기 좋게 가벼우며 얇고 작게 쌓여 있는 것들을
타일장이나 벽돌공들은 가장 오랫동안 존재할 것처럼
보이게 자재를 건물에 붙여 나간다. 〈아, 역시 기분 좋은
모습이야〉라고 생각하는 동시에 〈이게 도대체 무슨 짓

비트루비우스의 『건축십서』 중
다섯 오더.

엔타블러처의 요소 구분.

이지〉라고 생각한다. 돌 벽지를 더 섬세하게 인쇄할
방법이 없어 실제로 돌을 깎아 표현하고 있는 호전적인
바보들이 되어 가는 기분은 이 일을 하며 이따금 느끼는
덧없음의 토대일 것이다.

첫 직장으로 건축사 사무소가 아닌 인테리어 사무소를
선택한 것은 벽지로 대변되는 그 어떤 것을 이해하기 위한
선택이었다. 나는 벽지와 건축의 차이를 알지 못했다.
어떤 것이 벽지가 되는 순간을 알지 못하고, 어떤 것이
건축의 순간인지 알지 못했다. 학교에서 배운 것과 다르게
공간이 언젠가는 사라질 것을 받아들인 채로 계획하는
것은 반대로 영원할 것들을 계획하는 데 큰 기준이 된다.
무엇을 점점 성숙하게 다듬는 데 좋은 것은 반대의 것을
계속 쌓아 나가는 과정이 아니겠는가. 아무튼, 수명이
짧다는 것을 인정한 채로 공간을 만들어 낼 때 나의
고민은 주로 척의 계획을 어떻게 짤 것인가였다. 그것을
이 글의 흐름에 맞게 치환하자면 다음과 같다.

암스테르담 스쿨은 노동자들이 가장
아름다운 집을 가져야 한다고 제창했다.

암스테르담의 구교회, 기둥의 단위와
비슷한 규모의 요소들 1.

치장 석재 사용 계획

방법 1. 치장 석재를 벽지처럼 드러내는 계획.

방법 2. 치장 석재를 치장 석재로 드러내는 계획.

방법 3. 치장 석재를 구조체처럼 드러내는 계획.

내게는 이 세 가지의 성격을 이해하는 과정이 벽지와
건축의 순간을 구분하는 토대가 되었다. 인테리어
영역에서는 세 가지 방법 모두 계획에 따라 자유롭게
적용할 수 있었는데, 경험하며 느꼈던 방법마다 적소를
간단히 정리해 보자면 이렇다. 치장 석재를 치장 석재로
드러낼 때는 어떤 속임도 없다. 재료 자체의 산업적,
생산적 특성을 드러내는 것이며 있을 곳에 있는 재료들은
공간에서 중립적인 배경이 되어 주며 어떤 메시지도
전하지 않는 데 목적을 둔다. 치장 석재를 벽지처럼
드러낼 때는 위에 예로 들었던 〈개인의 진심 어린 애정〉을
어떻게 만들어 내느냐가 관건이다. 이 얄팍한 방법은
치장 석재의 물성을 벗어나서 재료의 무게감과 질감을

암스테르담의 구교회, 기둥의 단위와
비슷한 규모의 요소들 2.

암스테르담의 구교회, 기둥의 단위와
비슷한 규모의 요소들 3.

잊은 채로 가상의 드라마를 만들어야 한다. 치장 석재를
구조체로 드러낼 때는 그에 들어가는 노동을 계획하여야
한다. 영원할 것 같은 구조체로 보이려면 석조 건축이
가진 심상을 꺼내야 하는데, 그 시기의 건축이 가지고
있는 중요한 속성 중 하나는 노동의 물질화에 있기
때문이다.

호화로움은 얼마나 많은 노동이 집약되었는가에
달렸다. 요즘은 아닐지도 모르겠다. 럭셔리 패션
브랜드도 마케팅으로 결정되기도 하니까. 마케팅에
수반된 과정들이 동일하게 고전적 의미의 노동력을
가진다면 모르겠지만 말이다. 누군가가 나에게 많은
시간을 들인다는 것은 감동적이며, 모든 호화로움과
경이로움은 여기에서 온다. 고전 양식의 건축이 지닌
감동은 지금의 최저 시급으로는 도저히 환산되지 않는
그 시간에 있다. 오래전 건물이야 짓는 방식 자체가 높은
수준의 노동을 요구하였지만, 지금 시기에 그렇게 할 수는
없지 않은가. 그렇기에 현재의 건축에서 노동을 계획하는

애정을 품을 만한 단위가 도처에 존재한다는 점은 파리를 동경하는 것과 같다.

것은 중요하다. 현재의 인테리어와 건축 산업은 그것을
이루는 많은 요소가 너무나 세밀하게 분업화되어 있고,
전체로부터 분리되어 가고 있다. 건축과 그것을 축조하는
자의 관계가 점점 옅어지며 건축은 기술자 각자의 노동
산실보다 건축가가 그려 낸 계획의 이미지로만 남아 주인
없는 창조물이 된다. 건축가가 건축에 가지는 어설픈
애착은 이 상황을 더 안 좋게 만들 뿐이다. 디자이너
혹은 건축가들은 이기적이게도 기술자들의 개별적인
성취가 드러나지 않도록 계획하는 것처럼 보인다. 건설
기술자는 자기가 맡은 일을 훌륭하게는 하지만 그것은
전체에 투영되지 못한다. 특히나 미니멀한 척은 건축가가
들인 설계 노동만을 돋보이게 한다. 그것은 안타까운
일이다. 호화로움을 느낀다는 것은 궁극적으로 긍정적인
감정이기에, 그 많은 노동력이 모두 가려지는 계획은
손해임이 분명하다. 그렇게 계획된 장소들을 가보면
지리멸렬한 수많은 시간이 느껴진다. 내가 서울의
대부분의 장소에서 느끼는 것은 그런 안타까운 감정이다.

성수연방

유럽의 오래된 건물에서 생활하는 모습을 상상해 보라.

이미지를 좇기 위해 잘못 계획된 노동들은 그 어느
것도 남기지 못할 것만 같다. 나는 그 증발해 버린 시간을
바라보며 스스로 계획의 단위를 건축 전체에 둘 것이
아니라, 다시 작게 쪼개야 한다는 생각에 사로잡힌다.
그것은 다시 비트루비우스가 말하는 세 오더처럼 양식
같은 것이 되어 버릴 수도 있다고 생각한다. 도리스식,
이오니아식, 코린트식으로 이루어진 기둥 양식과
엔타블러처를 이루는 아키트레이브, 프리즈, 코니스의
명확한 건축 요소 구분은 노동의 단위를 명확하게 나누어
주었기에, 건축의 개별 요소를 만들어 내는 기술자들이
들인 시간이 고스란히 드러난 것이 자연스러웠던 것
아니겠는가? 건축가가 각각 요소에 새길 문양을 그리는
것은 그런 노동의 물질화 계획이다. 그러나 석조 건축
시기의 권력도 없고 그럴 만한 기술자도 없는 지금 그런
문양 장식 같은 것들로 호화로움을 만들어 내는 계획은
지금 시기에 맞지 않은 일이다. 단지 만들고자 하는
것들의 범위를 더 잘게 나누어야겠다. 유럽의 오래된

미니멀한 공간 계획은 우리의 애정의 단위를 가구에 둘 수밖에 없게 한다.

건물에서 생활하는 모습을 생각해 본다. 나는 그 아름다운
기둥 주변에 나의 마음을 모두 둔 채로 지낼 것이다.
건축을 업으로 하는 나조차 애정의 단위가 그 기둥의
크기를 넘지 못하는데, 하물며 타인이 계획한 그 이상의
큰 공간에 어떠한 애정을 쏟을 수 있을까. 인간이 삶에서
과연 기둥보다 큰 것에 순수한 애정을 둘 수가 있을까.

성수연방

0 6

HYBE

빌딩 외부를 일부 변경하고, 내부를
조성하였다. 2만 평 규모의 큰 건물을 작은
도시라고 규정하고 원활하게 돌아가는 도시
시스템을 만드는 데 주력했다. 업무용 건물의
역사를 공부하고 수많은 사람이 즐겁게
효율적으로 일할 수 있는 환경을 고민했다.

하이브의 조명 1.

영호의 하이라

하이브의 조명 2.

회의록 작성을 해보았는가? 회의록의 가장 중요한 기능은
무엇보다 유사시에 책임 소재를 명확히 할 수 있다는
데 있다. 그렇기에 회의 시작부터 종료까지 빠짐없이
기록하는 것은 매우 중요하다.

한승재 소장은 사람들의 특징을 찾아 캐릭터 부여하는
것을 즐겨하곤 한다. 일단 그의 눈에 특징이 포착되고
나면 어느새 그의 세계 속 등장인물이 된 우리 자신을
발견하게 된다. 그 세계 속에서 윤 소장님은 새침데기
공주가 되어 있었고 현석이 형은 거대한 인명 구조견이
되어 있었다. 나 또한 얼마 가지 않아 한승재 소장의
레이더망에 걸려들었다. 입사 초였다. 실습생들과 거대한
HYBE 사옥 모형을 만들고 있었다. 입구 쪽에 내 자리가
있었지만 하루 종일 모형을 만드느라 구석의 회의실(당시
모형실)로 출퇴근하던 때였다. 그날도 출근하자마자
회의실로 가서 모형을 만들었다. 점심시간이 되어
회의실 밖으로 나오는데 한승재 소장과 눈이 마주쳤다.

유리 벽체 접합부.

인사하려고 막 운을 떼려던 참이었다.

「안…….」

「어! 영호 출근했었네! 누나, 영호가 있었어요!」

「…….」

얼굴 만면에 장난기 가득한 표정을 하고선 한승재
소장이 내 말을 가로챘다. 나에게 존재감 0 캐릭터가 생긴
순간이었다.

회의록 작성은 3단계를 거친다. 1단계 속기, 2단계 교정,
3단계 대조. 1단계는 회의가 진행되는 동안 그 내용을
빠짐없이 기록하는 단계, 2단계는 회의가 끝난 후
회의하면서 놓쳤던 부분이나 아리송했던 부분을 채워
넣고 가다듬는 단계, 3단계는 회의에 참석한 타 업체의
회의록과 대조하며 마지막으로 점검하는 단계다.

HYBE 현장이 가동되고 완공되기까지 6개월, 약 27주의
기간 동안 총 40번의 현장 방문 및 회의가 이루어졌다.

슬라이딩 도어 레일.

매주 평균 1.5번의 회의가 이루어진 셈이다. 회의는 한번 시작했다 하면 보통 하루 종일 이어졌다. 그렇게 주 5일 중 1.5일이 회의 참석으로 사라졌다. 하지만 여기서 끝이 아니었다. 속기한 회의록을 교정하고 다른 회의록과 대조하며 다듬는 일이 남아 있었고, 그것은 그것대로 하루치 분량의 일이었다. 일주일의 절반가량을 회의록 작성에 할애한 셈이었다. 그 시간이 아까워서 나는 회의가 끝나고 나면 야근하곤 했다. 하루는 전날 야근 덕에 오전 일찍 회의록 작성을 끝내고 내심 뿌듯한 마음으로 윤 소장님에게 회의록을 가져갔다. 윤 소장은 회의록을 한번 쓱 훑어보더니 상기된 목소리로 사람들을 불러 모으며 말했다.

「이것 봐봐, 애들아, 드디어 영호가 잘하는 걸 발견했어!」

「……」

그렇다면 회의록 작성은 어떤 일인가. 건축사 사무소와 같이 디자인이 주된 업무인 회사 내에선 회의록 작성은

벽체와 바닥이 만나는 부분.

상대적으로 수동적인 업무라 할 수 있다. 더군다나 푸하하하프렌즈와 같이 자기주장 강한 능동적인 개인들이 모인 집단 내에선 더욱이 주목받기 힘든 일이다.

「일은 할 만허냐?」

침묵을 깨고 한양규 소장의 질문이 들어왔다.

「네.」

어느덧 시간이 흘러 HYBE는 완공을 목전에 두고 있었고 앞으로 회의록 작성할 날도 그 끝이 보이고 있었다. 면목동 다가구 주택 사용 승인이 난 겸 한양규 소장, 현석이 형, 나 셋이 조촐하게 술을 한잔하러 가는 길이었다.

「영호야, 항상 기억혀. 우리는 머리를 뽑은 거지 손, 발을 뽑은 게 아닝게.」

「네.」

「너는 설계를 잘해서 뽑은 거여. 지금은 재미없는 일 하고 있지만 곧 새 프로젝트 시작헐 테니께 학생 때 너를 잊지 말어.」

하이브의 소명 3.

「네.」

한양규 소장의 말에 설렘과 함께 묘한 긴장감이
복합적으로 밀려 들어왔다. 나도 머리가 될 수 있을까?
나도 잘할 수 있을까? 머릿속에서 질문들이 맴돌았다.

그리고 또 시간이 흘렀다. 한승재 소장은 내게 새로운
별명을 지어 주었다.

「누나~ 나무가 말을 해요!」

한승재 소장의 세계 속에서 나는 나무가 되었다.
간혹가다 말을 해서 사람들을 당혹하게 하는 그런 나무가
되어 있었다. 나무는 비록 느리긴 해도 땅에 뿌리를 박고
하늘로 줄기를 뻗어 나가고 있다.

하이브 모형 1.

초법규적 건축을 향하여

하이브 모형 2.

21세기 현재 대한민국 도심지 소규모 건축물의 형태적 기원에는 건축 법규가 존재한다는 것을 부정할 순 없다. 주어진 대지에 건축사 학원에서 배운 대로 〈폭막가이건일가공건〉의 주문을 외우면, 내 눈앞에는 해괴한 삼각 모자를 삐뚤게 쓰고, 다리를 쩍 벌리고 있는 못난이 깍두기가 놓인다. 대한민국 건축 법규의 정수가 담긴 성스러운 주문은 다음과 같다.

폭: 도로 폭 확보 검토
막: 막다른 도로 기준 검토
가: 가각 전제 검토
이: 이격 검토
건: 건폐율 기준 확인
일: 정북 일조선 검토
가: 가로 구획별 높이 검토
공: 공동 주택 인동, 채광 관련 검토
건: 건폐율 검토

하이브 모형 3.

그렇게 만들어진 깍두기 건물은 오로지 법규만으로
만들어진 순진한 덩어리다. 사무치게 객관적이고
현실적인 그 모습이 왜 그렇게 처연하게 보였을까? 사려
깊고 따뜻한 고민 대신에 구태의연한 변명들로 점철된
모습, 현실의 조건이 운명처럼 새겨진, 생동감 없이
흐리멍덩한 존재, 본질에 대한 고민 없이 실존부터 하게
된 그 모습은 누구의 사랑도 받지 못한 채 태어난 도시의
사생아 같다. 우울한 그 모습이 무서워 바로 모델링을
지워 버린다.

　김치찌개 하나를 끓여도 사람마다 재료와 방법이 모두
다르듯이, 건축 과정도 마찬가지다. 인간이 만들 수 있는
가장 거대한 인공물인 건축물이라는 존재가 우뚝 서는
과정은 오롯이 주관적 사고의 산물일 수밖에 없다. 따라서
법규 등의 현실적인 제한 사항이 선행될 수 없다. 존재의
본질을 먼저 고민하고 정의 내리는 그 순간, 건물은
인공물에서 벗어나 자연물의 영혼을 갖게 된다.

　하지만 필연적으로 끊임없이 서성이는 법규의

유령에 시달리게 되니 정신을 바짝 차려야 한다. 설계를
발전시키면서 많은 영역은 그 권위를 받아들인다. 위에
나열한 검토 사항들은 물론이고 국토법, 소방법, 에너지법
등 이름은 참 고지식해 보여도 아주 무시무시한 녀석들과
대면하는 순간이 다가온다. 자칫하다가 유령이 여기저기
할퀴고 간 끔찍한 흉터가 건물에 영원히 새겨지기
십상이다. 그러므로 법규와 제대로 맞서려면 오히려
그것에 정통해야 한다.

무시무시한 법규의 유령에 맞서는 용사가 꼭 기억해야 할
법규 검토의 7계명은 다음과 같다.

① 무조건 법제처에서 검토하기
공식적인 원칙이 우선이다. 인터넷에 범람하는 문구는
믿지 말 것. 그것들은 대개 오래된 것이나 짜깁기한
개인의 의견으로, 잘못되면 누구도 책임질 수 없다.

· 하이브 모형 5.

② 건축법을 중심으로 상위법부터 하위법으로 꼼꼼하게
정독하기

법체계의 기본은 상위법이 큰 범위를 제한하고
하위법에서 작은 세부 사항을 설명하는 것이다. 복잡해
보이지만, 단순한 관계로 구성된다. 또한 학생 시절 교과서
읽는 식으로 띄엄띄엄 속독했다간 주어와 술어를 놓치기
십상이므로 천천히 주술 관계를 파악하며 읽어야 한다.

③ 법의 취지 이해하기

법규 해석에 개인의 주관을 개입하지 말 것. 그것은
설계할 때나 할 일이다. 법은 만들어진 이유가 분명하고
그 본질은 해당 취지이다. 객관적인 시각에서 그 취지에
맞게 해석해야 위험성을 줄일 수 있다.

④ 허가권자의 마음에서 다시 바라보기

건축 인허가 권한을 갖는 건축 주무관 역시 고민이 많은
사람일 뿐이다. 얼토당토않은 법규 해석으로 승인의

하이브 모형 6.

열쇠를 쥐고 있는 주무관의 책임감을 시험하지 말라.
허가권자가 지나치게 무거운 책임의 압박을 느끼지
않도록 힘써야 한다. 그래야 주무관을 설득할 수 있다.

⑤ 빼먹은 것은 무조건 있다

하늘 아래 같은 땅 없고, 같은 건물 역시 없다. 그러므로
해당하는 법규 사항 역시 매번 다르다는 것을 명심하라.
점검표를 만들어서 다시 보고 동료와 함께 이중 체크하라.
그것을 반복하라. 법규 검토에는 지름길이란 없다.

⑥ 하늘이 무너져도 솟아날 구멍은 있다

인간은 누구나 실수한다. 대한민국에는 이미 수많은
건물이 지어졌는데, 선배님들이라고 모두 100퍼센트
완벽했을까? 그러므로 아무런 도움이 되지 않은 자책은
때려치워라. 해결을 위해 앞만 보고 달려도 부족하다.
정신력이 제일 중요하다. 정신 차리지 못하는 자가
있다면, 당장 옆의 동료는 바로 귀싸대기를 날려 제정신이

하이브 모형 7.

돌아오게 해야 한다. 방법은 무조건 있다! 아무리 해도 못
찾겠다면 팔다리를 자를 각오를 한다. 몸뚱이는 지킬 수
있다. 대의를 위해 작은 것을 내주는 것도 방법이다.

⑦ 지레 움츠리지 말고 긍정의 마음 갖기
앞의 계명을 오히려 빠짐없이 숙지하고 있는 자들이 자칫
법령을 지키기에 급급하거나 오히려 법을 확대 해석하여
새로운 가능성을 배제할 가능성이 있다. 법령은 세상의
모든 경우를 모두 담지 못하기 때문에 느슨하게 규정하는
부분이 있다. 따라서 여전히 해석의 여지가 존재하는
영역도 많다는 것을 명심하고 조심스럽게 용기를 가져야
한다. 그 용기는 필수적으로 철저한 근거가 필요하므로
비슷한 질의 회신을 살펴보거나 적극적으로 국토교통부의
건축 정책과 민원실에 질의하여 답변을 구한다.

건축가는 누구나 꿈꾼다. 시간, 비용, 현황 조건, 법규 등의
온갖 현실적인 구속에서 벗어나 마음껏 건물을 그려 보는

하이브 모형 8.

순간을. 운이 따라 준다면 그중 대부분은 이상적인 기준을
달성할 수 있겠지만, 최후까지 남아 우리를 괴롭히는 것은
건축 법규다. 법 앞에서 건물을 짓는 만인은 평등하다.
그러므로 우리에게 진정한 자유를 부여하는 것은 신성한
제한 요건을 무턱대고 벗어나려는 행위가 아니다. 그것은
편법, 불법 건축을 만들어 낼 뿐! 오히려 건축 행위를
규정하고 제한하는 이 시스템에 통달하는 것이야말로
그 법 위에서 뛰어놀 수 있는 최고의 방법이다. 더불어
해석의 여지가 존재하는 부분은 무조건 집요하게
파고들어 우리의 의견을 피력할 수 있도록 철저하게
준비한다. 언제나 판단 근거는 법령의 원문을 근거로
해야 하고, 법을 맹목적으로 받아들인 주변 건물을 보고
졸아들지 말아야 한다. 국토교통부 질의 회신 등을 통해
근거를 수집하고 허가권자를 설득한다. 그렇게 하여 끝내
허가 승인을 받았을 때 비로소 초법규적 건축은 탄생한다.

0 7

거제도
게스트
하우스

거제도 작은 섬에 신축한 게스트 하우스.
손님이 머무는 동안 다양한 경험을 할 수
있도록 건물 입구에서 객실에 이르기까지
긴 동선을 생각했다. 게스트 하우스 내부뿐
아니라 외부에서도 많은 활동을 할 수 있도록
특히 객실 외부를 섬세하게 계획하고,
벽돌을 어긋나게 쌓아 외벽이 빛과 바람을
투과하도록 하였다.

스틸 플레이트를 레이저 커팅하여 제작한 벽돌 쌓기 가이드.

ㅂ_리ㄱㅂ_리ㄱ

본 건물에는 총 아홉 가지 종류이 벽돌 패턴이 사용되었다.
그중 벽돌 패턴 A와 벽돌 패턴 F.

구조적 장식물로 기능하는 벽돌 표피를 만드는 방법이다.

[관찰]
벽돌에 대한 일반적인 관찰

벽돌은 점토로 만들어진 단단한 물질이다. 벽돌은 햇빛에
노출하거나 가마에서 소성함으로써 성형되고 굳어지며,
어떤 재료라도 될 수 있는 흙에 가장 가까운 재료이다.
보통 주형으로 형성되는 벽돌은 대량 생산과 산업 혁명의
시작을 암시한다. 벽돌은 사람 대부분이 운반하고 다룰
수 있는 작은 크기로 제작되는데 이를 통해 특별한 장비
없이도 손으로 운반하는 것이 가능하다. 이러한 가능성은
마을 전체가 건축 행위에 참여할 수 있는 공동 건설을
가능하게 한다. 그러나 일부 스타 건축가들은 공동체적인
건축 행위의 개념을 보여 주기 위한 구실로 그것을
사용한다(물론 몇몇은 진짜지만, 그렇다). 픽셀과 같은

거제도 게스트 하우스

중정의 모습.

특성 때문에, 완성된 조립품은 플라스틱으로 보일 수
있다. 해상도는 전체 질량에 따라 다르지만 형태 대부분은
벽돌로 구현할 수 있다. 추가로, 공극률도 제어할 수 있다.
그러나 구조적 특성의 한계로 벽돌은 종종 장식이나
장식품으로 보이고 읽힌다.

[단계]
거제도 스킨은 어떻게 시작되었는가

1. 순환하는 덩어리를 만든다
단일한 개념 아래 이 프로젝트를 이해하고 싶다면, 그것은
순환이다. 이 프로젝트의 장소가 언덕 꼭대기에 있으므로
폐쇄된 바다를 내려다보고, 접근하고, 이 공간을 왔다
갔다 하는 움직임은 매우 중요했다. 그렇게 실린더 형태의
구조를 상상하게 되었다. 순환이라는 개념이 매스를
서서히 깎아 들어간다.

발코니에서 바라본 모습.

2. 구조
조각된 덩어리는 구조로 치환되었고 피부를 연상하여
원통형 구조 외골격이 만들어졌다.

3. 피부
피부는 전체 실린더를 감싸야 할 뿐만 아니라, 다양한
정도의 햇빛이 통과할 수 있을 정도로 다공성이어야 했다.
또한, 그것은 단순한 장식이 되어선 안 되는 것이었다.
그것은 이미 만들어진 구조적인 조건에 대응할 필요가
있었다.

4. 짜다
결과적으로 생성된 표피는 직조된 직물을 연상시킨다.
벽돌담이 형성된 방식은 실이 드나들며 표면을 만드는
방식을 모방하기 때문이다. 벽돌은 지그재그 방식으로
쌓았고, 반대 방향으로 번갈아 쌓았다. 그 결과 양면으로,
자유롭게 서 있을 수 있는 파사드*가 골격 구조를

완공 후 감탄을 자아내는 장면.

강조하는 구조적 장식으로 기능한다.

5. 감탄하다
빛이 다공성 파사드를 통과하는 모습을 감상하고 사진을
찍는다.

- 참고: 건축은 결코 단계별, 혹은 일방향적 계획으로
  만들어질 수 없지만, 일반적인 기본 방법을 이해하기
  위해 프로세스를 지나치게 단순화하였음.

[성찰]
기술적 문제에 관한 해결책과 사후 비판

우리가 처음 거제 프로젝트를 계획하고 모델을 만들기

---

* 건축물의 주된 출입구가 있는 정면부로, 내부 공간 구성을 표현하는 것과 내부와
  관계없이 독자적인 구성을 취하는 것 등이 있다.

벽돌을 자르고 남은 파편들.

시작했을 때, 외부 피부는 항상 전체 모형으로부터
독립적인 것이었다. 우리는 외부 파사드가 건물에 섞이는
것을 원하지 않았다. 그러나 이것 때문에 자연스럽게
두 가지 조건이 나타났다. 첫째, 파사드 내부 벽. 둘째,
파사드 외부 공간. 우리가 만든 벽돌 파사드는 양면이
모두 아름다우며 자유롭게 서 있을 수 있어서 두 번째
조건에서는 문제가 없었지만, 첫 번째 조건에서는
해결해야 할 문제가 있었다. 사람들은 바깥을 어떻게
보는가? 우리는 단열 유리 창문 위로 다공성 벽돌
파사드를 단순히 감싸면 되는지? 그럼 어떻게 창문을
열까? 고정된 창문이어야 할까? 안타깝게도 건축 자재의
과학적 진보의 한계로 인해 벽돌은 단열재이면서도
다공성의 재료가 될 수 없다. 우리는 창문이 위치한 외부
파사드의 일부를 찢기로 했는데, 이는 단열 유리 층 위에
반공 벽돌 껍질을 덧씌우는 것보다 더 나은 선택이라고
생각했다.

거제도 게스트 하우스

도로에서 바라본 건물의 모습.

완벽한 피부의 일부가 벗겨지는 것을 보는 것은 나를
괴롭게 했다. 아마도 그것은 완벽한 캔버스를 차지하는
불규칙한 패치들이 만들어졌기 때문일 것이다. 아니면
아마도 이 프로젝트의 창에 관한 나의 불신 때문이었을
것이다. 하지만 이유가 무엇이든 간에, 이 해결책은
오늘날까지도 내 마음속에 남아 있다. 나의 개인적인
내면의 갈등은 계속된다. 나는 거제 파사드 사진을 볼
때마다 다음과 같은 생각이 든다. 안에서 밖을 바라볼
것인가? 바깥으로부터 보일 것인가?

Brickbrick

How to build a brick skin that performs as a structural ornament

[Observation]
a general observation on bricks

Brick is a solid material made of clay. Molded and hardened by either exposing it in the sun or firing it in the kiln, brick is a material that is as close to earth as any material can be. Usually formed with molds, bricks hint at mass production and the start of industrial revolution. Bricks usually come in small sizes that can be carried and handled by most people. This makes it possible to transport this material by hand with no special equipment. This possibility makes communal construction possible, where a whole village can partake in the act of building. Though, some star architects use it as an excuse to show the concept of a communal act of building. of course, some are real, but yeah Because of its pixellike property, the whole assemblage can be seen as plastic. The resolution will differ depending on the overall mass, but most forms can be realized through bricks. Additionally, the porosity can also be controlled. But due to the limitation of its structural property, bricks are often seen and read as ornaments and as decorations these days.

[Steps]
a step by step guide on how the Goje Skin came about

1. Make a mass out of circulation

If one wants to know a concept and limit this project to a single concept, it is circulation. Because the site of this project is on a hilltop, looking down onto a closed ocean, the approach, and the movement to, around, and out of this space was extremely important. An omnidirectional cylindrical mass was conceived. The idea of circulation was slowly carved into the mass.

2. Structure
The carved mass was translated into structure and a cylindrical structural exoskeleton was made in anticipation of the skin.

3. Skin
The skin not only needed to wrap around the entire cylinder, but it also needed to be porous – porous enough to let differing degrees of sunlight to pass through. Also, it could not be a mere decoration. It needed to respond to the structural condition that was set.

4. Weave
The resulting skin reminds one of a woven fabric. This is because the way the brick wall was formed imitates the way a thread goes in and out to make a surface. The bricks were stacked in a zigzag, alternating layer stacking in the reversed direction. The outcome is a doublesided, freestandable façade that highlights the skeletal structure, performing as a structural ornament.

5. Admire
Admire and take photos of how the light passes through the porous façade.

- Note. Making architecture can never be linear with a stepbystep direction but for the purpose of understanding the general underlying method, the process was oversimplified.

[Reflection]
post critique on a solution to
a technical problem

When we first started drawing plans and making models

for the Goje project, the exterior skin was always something that was independent from the overall mass. We did not want the exterior façade to be tied down. But because of this, two conditions naturally emerged. 1. Façadeinterior wall 2. Façadeexterior space. There was no problem in the second condition since the brick façade we created was reversible and freestandable but when it came to the first condition, there was a problem to be solved. How does one view the outside? Do we simply wrap around the porous brick façade on top of insulated glass window? Then how will one open the window? Should it be a fixed window? Unfortunately, due to the limitation of scientific advancement in building materials, bricks can't be an insulated yet porous material. The team decided to rip parts of the exterior façades where windows were positioned – thinking this is a better choice rather than overlaying a halfporous brick skin on top of a layer of insulated glass.

It pained me to see parts of the perfect skin being ripped off. Perhaps it was because of the creation of irregular patches taking over a perfect canvas. Or perhaps it was because of my disbelief in windows for this project. But whatever the reason, this solution is still on my mind until this day. My personal inner conflict continues. Every time I look at photos of the Goje façade, I wonder. to be seen or to see?

0 8

어라우드_

다각형 모양의 땅에 세워진 공간이라 어쩔
수 없이 삼각형 모양으로 건물이 계획되었다.
대지는 실제 주민들이 이용하는 땅을 포함하고
있어, 건물을 계단식으로 계획하여 주민들이
오가는 길을 막지 않고 그대로 통행하도록
두었다. 북쪽에 면한 철길의 소음을 고려하여
북측엔 창문을 뚫지 않고 남측에 개방적인
창을 만들었다.

다양한 위치에서 본 어라운드 사옥 1.

불안전한 사람ᄃ_ᆯ*

---

*   이 글은 어라운드 대표이자 매거진 『어라운드』 편집장 김이경이 쓴 것이다.

다양한 위치에서 본 어라운드 사옥 2.

『어라운드』에서 푸하하하프렌즈를 인터뷰한 적이 있다.
정신없이 빠져드는 대화였다.

「제가 아직 불완전함에도 불구하고 이 일을 계속할
수밖에 없는 이유는 끊임없이 부딪히지 않으면 아무것도
변하지 않는다는 걸 알기 때문이에요. 산속에 들어가서
도를 닦는다고 훌륭한 어른이나 건축가가 되는 건 아닌 것
같거든요.」

같이 부딪혀 보고 싶다는 생각이 드는 인터뷰였다.
그리고 1년 후쯤 회사 사옥을 지어야 했는데, 단번에
그들이 떠올랐다. 사실 건물을 맡겨 보고 싶다기보다는
〈만나 보고〉 싶다는 마음이 더 컸던 것 같다. 사무실부터
신들린 듯한 비범함에 압도당해 다른 데는 알아보지도
않고 덜컥 이들 손에 사옥을 맡기게 되었다. 원래는
40평대 정도로 연희동과 망원동 일대를 찾았었다.

부동산에서 〈원하는 평수보다는 좁은 30평인데 볼
생각이 있느냐〉고 물어 가벼운 마음으로 구경 오게 된
연남동 끝자락. 바로 앞에 경의선 철도가 있어 기차가

어라운드

다양한 위치에서 본 어라운드 사옥 3.

지나다녔고, 담벼락이 높아 서로 마주 보는 건물이 없다는
것이 큰 장점이었다. 우리는 기차가 다니는 철도 앞이라
시끄럽지 않을지 고민하다가 결국 이곳으로 결정했다. 이
부지는 사다리꼴 모양이라는 특징도 있었다.

도통 어떤 건물이 만들어질지 가늠하기 힘들었다.
푸하하하프렌즈는 땅 모양에 맞게 삼각형 모양의 집을
설계했다. 충격적이었다. 겉으로 보기에는 분명 멋진
집이지만 나는 세모난 집에 살아 본 적도 구경해 본 적도
없었다. 〈건물이라면 네모여야 하지 않은가? 심지어
우리는 평수도 좁은데 삼각형이라니.〉

크지도 않은 면적이고 삼각형이면 죽는 공간이 많을
거라고 걱정했다. 그래도 푸하하하프렌즈는 흔들리지
않고 삼각형을 고집했고, 점점 우리도 삼각형에 대한
낯섦이 익숙함으로 변해갈 때쯤 공사가 시작됐다. 완공된
당시에는 사무실이자 주거 공간이기도 했다.

나는 꼭대기 층에 살았다. 그 당시 네 살짜리 아들은
영문도 모른 채 세모난 계단 많은 집에 살게 되었다. 네

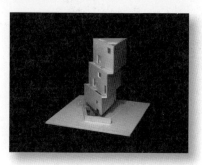

어라운드 사옥 모형 1.

살 꼬마는 이전 아파트에 살았던 시절을 거의 기억하지
못한다. 그저 이 세모 집은 너무 멋진 집이라며 자부심을
느끼는 아이로 컸다. 겨우 한글을 쓰게 된 후, 친구들을
집에 초대하겠다며 편지를 쓸 때마다 〈세모 거꾸로 계단
집으로 놀러 와〉라고 썼다.

우리 건물은 기찻길이 있는 담벼락에 책이 층층이 쌓여
기대어 있는 콘셉트로 도로에서 봤을 때 층이 올라갈수록
건물이 앞으로 튀어나와 있다. 아이는 그걸 거꾸로
계단이라고 불렀고, 이 건물을 아주 많이 사랑했다.
몇 년 뒤. 사옥 전체를 사무실로만 사용해야 했기에
다시 아파트로 이사하기로 마음먹었을 때 아이는 크게
반대했다. 이렇게 다 똑같이 생긴 집에서 살고 싶냐며,
네모난 집이 아닌 세모난 거꾸로 계단 집에서 살겠다고
고집을 부렸다.

아이의 기억에는 자기는 세모난 집에서 쭉 살았고,
네모난 집이 이상해 보였던 거다. 집 말고 다른 곳을
갈 때면 늘 〈왜 여기는 다 네모난 거야?〉라고 물었다.

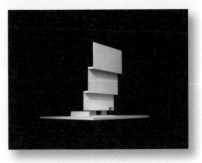

어라운드 사옥 모형 2.

우리가 익숙해서 당연하게 생각한 걸 이 아이는 반대로
생각하고 있었다. 어쩌면 내가 거꾸로 계단 집을 다르게
보기 시작한 것도 아이의 시선 때문이었는지도 모르겠다.
낯설었던 이 공간이 점점 구석구석 사랑스럽게 변해
갔으니까. 처음에는 낯섦에 불편해하던 직원들도 점점
세모난 집에 애정을 갖기 시작했다. 가구도 딱 맞는 걸
찾기가 쉽지 않아 씨오엠에 가구 제작을 맡겼다. 건물
모양을 가구 손잡이나 형태에 적용해 줬다. 당연하지
않은 것투성이라 우리는 계속 생각해야 했다. 이 공간에
어울리는 가구를 찾기 전에 이곳에 어울리는 사람이
되어야 했으니까. 당연하게 생각하지 않는 마음을 가져야
했다. 불편하다고 생각하는 것은 당연하다는 생각에서
오는 거다.

　푸하하하가 만든 이 공간은 당연한 것이 아무것도 없다.
7년이라는 시간이 지나면서 콘크리트 계단에는 이끼가
껴 있고, 흰색 타일은 빗자국으로 때가 타 있다. 나는 이런
시간의 흔적이 좋다. 언제인지 가늠이 되지 않는 새것보다

어라운드 사옥 모형 3.

짐작할 수 있는 시간의 흔적. 밖에서는 불안정해 보이지만 안으로는 탄탄하게 하나하나 쌓아 올리는 어라운드 브랜드와 잘 맞아떨어진다.

도로변에서 보는 사옥은 창문이 없어 답답해 보일 수 있지만 남향인 반대편으로는 큰 창문이 있어 햇빛이 잘 들어온다. 건물 모양은 각도에 따라 달리 보이는데 오른쪽으로 보면 삼각형 중 면이 보여 묵직하지만, 왼쪽으로 보면 꼭짓점이 보여 날카로운 이미지가 있다.

어라운드 회사를 처음 만들 때부터 지금까지 가장 중요하게 생각하는 부분이 있다. 같은 사물을 보더라도 다양한 각도로 바라보다 보면 평범한 것도 비범해 보인다는 것. 어떻게 바라보느냐의 차이다. 우리는 콘텐츠를 그렇게 바라보고 있다. 보통 집주인은 건물 안에서의 시간을 보내기에 겉모습을 보는 시간은 비교적 적다. 나는 이 건물을 자주 멀리서 본다. 이제 더 이상 당연하게 생각하지 않는 나의 마음을 귀하게 여기며.

어라운드

0 9

계산

27호

소규모 예산으로 지은 경량 목구조 건물.
건물 내부에서는 개방감을 느끼게 하면서,
외부에서는 내부를 볼 수 없도록 창문을
깊숙하게 설치하였다. 좁은 집을 효율적으로
사용하기 위해 때로는 벽이 열리며 방이
마루가 될 수 있도록 했다.

FHHH f

Han Seungjae

21.09.06

야ㅇㄱㅛㅇ-l ㄱ-ㄹㅆ-ㄱl

멀리 달아나기 (2021 서울도시건축비엔날레 큐레이터
에세이)

카페는 구옥을 개조해 만들어진 곳이었다. 건물
내장재부터 가구와 바닥까지 모두 어두운 빛깔의
합판으로 마감되어 있었는데, 샘이 날 만큼 과감하고
섬세한 디자인이었다. 회색 자갈로 가득 채워진 창밖
풍경은 눈에 거슬릴 것이 없어서 좋았다. 다가가기 쉽지
않아 보이는, 그렇지만 차갑지만은 않은 직원에게
커피를 주문하고 자리로 돌아왔다. 한 주 동안 기다려온
평온의 시간이 이제 시작되려 하고 있었다. 얇은 책을
꺼내어 테이블 위에 올려 두었다. 그리고 잠시 주변을
둘러보았다. 주변엔 혼자 온 남자들이 많았다. 대체로 잘
갖춰 입은 남자들은 다리를 꼬고 앉아 얇은 책을 읽고
있었다. 남자들은 책에 시선을 집중하고 있었고, 커피를
마실 때에도 책에서 시선을 떼지 않았다. 나는 그들의
자세와 외모를 눈여겨보았다. 지나치게 정돈된 자세와
깔끔한 옷매무새. 절제된 시선... 그들의 모든 것이 연출된

/u

Yoon Hanjin

21.09.06

이구십팔

1994년 경상남도 창녕 영산, 5일장이 열리는 시장 통 공터 옆에는 동네 아이들을 상대로 쥐포와 과자 그리고 저질 완구 등을 파는 동명상회라는 점방이 있었는데 주인장은 60대 노인으로 봉고차 운전석 시트를 개조한 의자에 앉아 아이들을 상대하였다.

그의 첫째 아들은 일찍이 서울로 유학길에 올라 박사학위를 받았다고 한다. 자랑스러웠던 장남의 이름은 김 이구. '우리 이구가 말이제..'를 입에 달고 다니던 동명상회 주인장에게 시샘이 난 몇몇 동네 어른들은 이구의 어릴 적 별명이었던 이구십팔을 빌려 이구십팔할배라고 조롱했었는데 그때마다 역정을 내는 모습이 재미있었던지 조롱을 멈추지 않았다. 그렇게 시간이 지나 동명상회는 '이구십팔'로 불러 지게 되었다. 아이들은 동명상회가 왜 이구십팔인지 알 길이 없었으나 그렇다고 딱히 궁금해하지도 않았다.

이구십팔할배는 사고 점방 주인 친구 잠시 손이 좋았다

괴산 27호 내부 전경.

버를만의 서

멍청한 게 싫다. 게으른 게 싫다.
멍청하고 게으른 건 진짜 싫다.

입이 좁은 게 싫다.
입이 좁으면 마음이 좁다고 했다.

요즘 벽돌이 싫다. 롱 브릭*은 더 싫다.
멋있지도 무겁지도 않다.
요즘 벽돌은 모서리가 너무 예리하다.
벽돌 같지 않다.
벽돌을 흉내 낸 타일은 진짜로 싫다.
모서리까지 감추려 만든 코너형 벽돌 타일은 정말 죽이고
싶다.
모두를 속이고 혼자 웃고 있는 것 같다.

가난이 싫다.
가난이 두렵지 않지만, 가난을 갖고 싶지는 않다.
부자가 가난한 자를 무시하는 것이 싫다.
가난한 자가 가난을 내세우는 거, 정당화하는 건 진짜 싫다.

감성 숙소 진짜 싫다.

같은 평면에 겉만 다르게 한 거 진짜 싫다. 차라리 신축
빌라가 낫다.

---

*   기존 벽돌보다 얇고 긴 벽돌. 원래 벽돌은 쌓는 용도로 사용되기도 하지만 롱 브릭의
    규격은 쌓기에 적절하지 않다. 그래서 대개 외장재로 쓰임이 한정되어 있다.

차는 인생에서 시간을 잘라서 버리는 것이다.
시작과 끝만 있을 뿐 과정을 삭제하는, 일종의 마취제다.

〈내가 누구 때문에 이 고생을 하는데〉라고 흔히들 말한다.
비겁한 말.
누굴 위해서 일했다는 말은 다 뻥이다.

할 수 있는 걸 다 했다는 말은 착각이다.
진짜 할 수 있는 것의 끝은 없다.

착한 사람으로 남고 싶어서 참느니
하고 싶은 대로 하고 나쁜 사람으로 남겠다.

모든 이별은 슬프고 아프다.

영감을 받으려고 하지 말고 영감을 줄 생각을 좀 해라.
영감을 어디에서 받는지 궁금해하지 말고
영감을 줄 생각을 좀 해라.

규칙은 새로운 규칙만 만들어 낸다.
규칙을 바꾸지 못할 바엔 차라리 받아들이는 게 낫다.

시작이 반이면 끝도 반이다.
끝이 없으면 시작도 없다.
피한다고 없어지지 않고
숨는다고 사라지지 않는다.

모든 사람에게 시간은 공평하지만, 모든 사람에게 기회는
불공평하다.

생각은 하는 게 아니라 나는 거다.

가구는 타고나야 한다.*
운영도 타고나야 한다.**

사람은 누구나 중요한 사람이 되고 싶어 한다.

좋아하는 거 많은 거 무조건 좋고
먹고 싶은 거 많은 거 무조건 좋다.

생각한 대로 그려지고
그려진 대로 지어지고
지어진 대로 살아간다.

새로운 건 새로워야 한다.

아무것도 하지 않으면
아무 일도 일어나지 않는다.

서울은 참 아름답다.

---

*   가구 디자인 능력을 말함.
** 경영이나 운영 능력을 이름.

10

과거를 동경하는 태도는 현재를 쉽게 부정하고,
미래를 바라보는 태도는 현재를 세심하게
바라보지 않는다. 현재를 부정하지 않고, 대강
흘려보내지 않고, 정면으로 지금을 바라보려면
어떻게 해야 할까? 흔한 상업 시설의 모습과
상업 시설의 경제적 생리를 통해 현재를
세심하게 들여다보려 한 상가 건물 신축
프로젝트다.

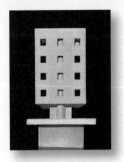

서교동 콘크리트 상가 모형 1.

혀ㄴ시ㄹ처러ㅁ
비혀ㄴ시ㄹ저ㄱ이ㄴ

재

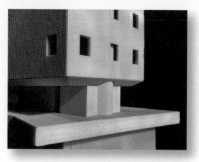

서교동 콘크리트 상가 모형 2.

네이버에 검색해서 나오는 수많은 신경 정신과 의원의
리스트와 그 아래 달린 수많은 후기를 읽으며 신경
정신과를 방문하는 건 용기 이전에 기발함이 필요한
일이라는 걸 알게 되었다. 내 몸 안에 문제가 생겨서
고통이 드러나는 다른 질병과는 다르게 어떤 문제는
안에서 오는 건지 밖에서 오는 건지 명확히 구분할 수
없으며 심지어는 이게 문제인지 아닌지도 확실치 않기
때문이다. 어떤 문제는 문제라고 생각하면 그때부터
문제가 되기도 한다.

    마치 뭘 잃어버렸는지도 모르면서 잃어버린 물건을
찾는 사람처럼 이곳저곳을 들추고 다니다 이곳에 와
앉아 있기까지 확실한 것은 아무것도 없는 상태로,
진료 대기실에서 차례를 기다리며 접수대에서 나눠 준
질문지에 동그라미를 쳐 나갔다. <매우 그렇다/ 그렇다/
보통이다/ 아니다/ 매우 아니다.>

    테스트 문항은 인터넷에서 흔히 볼 수 있는 성격
테스트처럼 쉽게 몰입하는 것이었고 재미있었다. 나도

서교동 콘크리트 상가

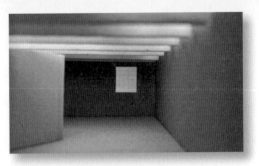

서교동 콘크리트 상가 모형 3.

모르는 나에 대해 샅샅이 밝혀내기 위해 꽤 진지하게
대답했지만 〈무력감〉 혹은 〈우울감〉 같은 가까이 하고
싶지 않은 단어가 포함된 문항에는 되도록 〈매우
그렇다〉에서 가장 먼 곳에 동그라미를 표시했다. 그리고
〈나는 물건을 잘 잃어버리는 편이다〉와 같이 별로 두렵지
않은 질문에만 최대한 솔직하게 대답했다. 대답을
거듭할수록 내가 가진 문제를 스스로 디자인해 나가는
것에 가까워졌다.

　　누군가에게는 큰 실례가 되는 말인 줄 알지만, 나에게
정신 질환의 감염 여부는 그리 중요한 것이 아니었다.
좁은 의자에 앉아 나의 불행을 디자인해 나가는 것도,
자신의 문제를 남에게 털어놓는 것도 부끄럽지 않은
것이 아니었다. 중요한 것은 단지 나를 이해시킬 수
있는 적당한 이름을 갖게 되는 것으로, 부끄러움을
무릅쓰더라도 남에게 나를 설명할 수 있는 이름이
필요했던 것이었다. 심지어 그 이름이 병명일지라도
말이다. 이름은 세상이 나에게 내어 준 한구석이다. 춥고

건물 외벽의 물 끊기 상세 1.

불편하고 햇빛이 들지 않는 자리일지라도 누구에게나
자리는 필요하니까.

　그러나 갖은 노력 끝에 나를 표현할 수 있는 어떤
이름을 갖게 된다고 해도, 하다못해 어떤 병명이라도
얻게 된다고 해도 한편으로는 어떤 이름을 통해 나를
설명한다는 게 가능하리라고 생각하진 않았다. 다른
사람에게 나를 이해시키고자 하는 노력은 어쩌면 평생
해왔다고 생각한다. 언제나 건물을 설계하며 건물
이상의 무언가를 이야기하려고 노력했고, 이따금 글을
쓰고 그 글을 발표하기도 하는 것은 사람들에게 나를
이해시키려는 노력 그 자체였다. 그 외에 하는 모든
일, 이를테면 사람을 만나고 대화를 나누는 사소한
일마저도 사람들에게 나를 이해시키기 위한 〈작업〉이나
마찬가지였다. 그러나 누군가에게 나를 이해시킨다는
것이 과연 누구에게 중요한 일인지 생각해 보면 그건
나에게만 중요할 뿐, 누구도 나에게 바라지 않은 일이며,
아무래도 수요 없는 공급이고 그건 마치 아무리 봐도 누울

　　　　　　　　　　서교동 콘크리트 상가

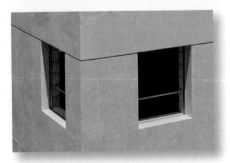
외부에서 본 발코니.

자리가 아닌 곳에 편안한 척 누워서 나는 무척 편안하다고
자랑하는 것처럼, 남들에겐 애처로운 일로 비춰지기도
했을 것이다.

〈아니요. 그런 게 아니고요…….저는 말이죠…….〉나를
이해시키고자 하는 대화는 보통 이런 식으로 흘러갔다.

설명과 설명이 덧붙여진 아주 복잡한 이름이 나에 대한
충분한 설명이 되어 줬다면 나는 이곳에 앉아 진료 순서를
기다리고 있지 않았겠지…….어쩌면 다른 사람에게
나를 이해시키는 일은 영원히 일어나지 않을지도
모른다고 생각한다. 다듬으면 다듬을수록 점점 작아지는
몽당연필처럼 가다듬으려 하면 할수록 알맹이는 점점
작아지고 결국은 아무것도 남지 않게 될 공산이 크다.
긁어 부스럼이라고, 파헤쳐 놓은 사소한 문제의 조각들만
곳곳에 널브러져 주변을 지저분하게 만들 것이다.

그러니 비참해지지 않기 위해선 변명을 그만두고 어서
자리를 잡아야만 한다. 그게 어느 자리든 간에.

행복이라고 부르는 손에 잡히지 않는 개념을 자리와

외부와 내부 사이 공간.

연관 지어 생각해 본다면 〈자신이 있어야 할 자리에
있는 것〉을 행복이라고 부를 수도 있다. 엄마와 아빠와
자식들이 함께하는 식사 자리에서, 혹은 사랑하는
사람의 품 안에서, 따뜻한 집, 익숙한 나의 방 안에서,
자신이 있어야 할 자리에 머무르는 순간을 행복이라고
부를 수도 있다. 물론 행복이 그렇게 단순한 것은 아니나
자신이 있어야 할 자리를 찾지 못하고 엄한 곳에 서 있는
것을 불행이라 여기는 것을 막을 수는 없었다. 이를테면
결혼하지 않는 자식을 걱정하는 부모님에게 결혼보다
나은 삶을 증명할 방도는 없었다. 나를 외로운 노총각
동지로 생각하고 살갑게 대하는 편의점 아저씨에게
나는 아저씨와 조금 다른 사람이라고 선을 긋는 듯이
데면데면하게 굴었다. 기타 비슷한 이유로 한가한 시간에
산책하는 것이 마치 도시에서 등 떠밀리듯 이곳저곳을
유영하는 것처럼 느껴졌고, 도시 어느 곳에도 내가
있어야 할 자리나 내가 마음을 둘 곳이 없다고 사무치게
느끼고 있었다. 내가 편하게 있을 수 있는 곳은 근사한 내

서교동 콘크리트 상가

햇빛이 들어오는 계단실.

집뿐인데, 그곳에는 나를 제외한 아무도 없으므로 시간이
잘 흐르지 않고 외로웠다.

　이것이 비단 나만의 이야기는 아니라는 것도 알고
있었지만 어쩔 수 없었다. 사실은 수천 년에 걸쳐 많은
사람이 반복해 온 고행이 이런 것이라는 것을 알고
있었다. 그간 수많은 사람에 의해 만들어진 이야기들은
모두 놓일 곳이 없던 이들이 자리를 찾는 고달픈 여정을
보여 주는 것들이었다. 물속에서도 땅 위에서도 자신의
자리를 찾지 못하던 인어 공주의 이야기나 사람도 백조도
아닌 채로 살아야 했던 왕자들의 이야기, 아버지를
아버지라고 부르지 못하던 홍길동의 이야기처럼 모든
이야기의 주인공들은 자신이 있어야 할 자리를 찾지
못한 자들이었으며 그것이 모든 문제의 시작이었다.
비록 해피엔드는 아닐지라도 그들의 문제는 자신이
있어야 할 자리를 찾으며 비로소 해결되곤 했다. 비록
자신이 놓여야 할 자리에 도달하지 못했다 하더라도,
자신의 자리를 찾기까지 인고의 시간을 보내는 것만으로,

상가 내부 전경 1.

혹은 자기가 놓여야 할 자리를 알게 된다는 것만으로
만족하고 이야기는 마무리되기도 하는데, 때로는 자신이
놓일 자리를 알게 되었다는 사실이 행복이 되기도 한다.
그러니 이름을 쟁취하고 내 자리를 찾으려고 하는 것은
어쩌면 행복하고 싶어 하는 스스로에 대한 본능적인
책임감이라고 볼 수도 있을 것이다.

　그런데 자리를 떠올리는 것조차 너무나 막연한
사람들이 있다. 〈왕자와 공주는 행복하게 오래오래
살았습니다〉와 비슷한 성급한 결말 속으로 몸을 숨기지
못하는 사람들, 이름이 없는 사람들, 자신이 누구인지
알고 싶어 하는 사람들. 자리를 떠올리지 못하는 사람들은
꿈꿀 수 있는 결말이 없어 이야기를 만들어 내지 못하는
사람들이다. 그것이 진료 대기실에서 내가 보았다고
믿는 몇몇 모습이었다. 그것은 물론 그들의 진짜 모습이
아닌 내가 상상하는 그들의 모습이고 어쩌면 그들에게
투사한 나의 모습일 것이다. 자신이 어디에 있어야 할지
모르는 사람들, 그래서 이곳에도 저곳에도 속할 수 없는

지하 계단 상세.

사람은 말 그대로 이 세상 사람도 저 세상 사람도 아닌
유령 취급을 받기도 하며 이름을 구하기 위해 이곳저곳을
떠도는 신세가 되기도 한다. 그런 사람들은 고속버스
대합실이나, 병원 대기실과 같은 어느 막연한 대기실
의자에서 서로의 얼굴을 쳐다보지 않는 사이로 만나게
된다.

　자신이 있어야 할 자리를 만들고 그 이름을 많은
사람에게 알리는 그런 대단한 일은 평범한 개인이 할 수
있는 일이 아니니까, 그러니 어느 곳에도 속하지 않는
그들이 할 수 있는 일은 남들에게 자신을 이해시키는
것뿐이다. 그들은 이해를 바라며 단지 투정이나
부릴 뿐인데 어떨 때는 드세게 투쟁하는 사람으로
낙인찍히기도 하고, 때로는 목숨 걸고 투쟁하는데도
하찮은 투정이나 부리는 것처럼 조롱당하기도 한다.
투쟁하거나 투정하거나, 어느 곳에서도 누구에게 쉽게
자리를 내어 주는 법은 없다는 걸 배우며 이해라는 것은
대화의 기술 따위로 해결할 수 있는 간단한 문제가

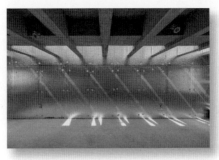

상가 내부 전경 2.

아니라는 결론에 도달하게 된다. 이해라는 건 나의 자리를
내어 주고 다른 사람을 받아들이는 일, 나의 벽을 허물어
안정과 예측을 벗어나며 벌어지는 일이다. 그것은 결코
쉽게 일어나지 않는 기적 같은 일이다.

벽을 세워 들짐승을 내쫓고, 지붕을 덮어 차가운 비와
뜨거운 햇빛을 내쫓고, 울타리를 세워 다른 사람들로부터
나의 것을 지키도록 계획하는 사람인 건축가들에게
자신의 자리를 허물고 타인을 받아들인다는 것은 오랜
시간 직업적 모순이었으며 동시에 자긍심이기도 했다.
모름지기 모두의 안전을 도모하며 한편으로는 소통하는
사회를 꿈꾸는 것이 건축가라고 교육받았다. 그러나
예전과 지금은 많이 달라 이 직업을 직업적 모순, 혹은
자긍심으로 설명하기엔 너무 멀리 와버렸다. 아파트
엘리베이터에 이웃 간의 갈등을 조율하는 안내문이
점차 구체적으로 변해가기 시작했다. 이제는 〈저녁에는
살금살금 걸읍시다〉라고 쓰는 대신 〈슬리퍼를 신거나
바닥에 카펫을 깔고 생활합시다〉라고 구체적으로 쓰이기

서교동 콘크리트 상가

상가 천창 상세.

시작했다. 〈복도에 물건 내놓지 마세요〉라고 쓰는
대신 〈복도는 공용 공간으로 우리 모두의 재산이므로
복도에 물건을 내놓는 행위는 사유 재산을 침해하는
행위입니다〉라고 쓰기 시작했다. 이렇듯 탄탄한 소유의
논리가 생활 모든 곳에 깊숙이 침투해 버렸고 더 이상
낭만적인 문구나 건축적 제스처가 세상을 흔드는
동력으로 작용할 수 없게 되었다.

　　다른 사람의 삶에 비집고 들어갈 여지와 다른 사람이
나의 삶에 비집고 들어올 여지는 점점 사라져 간다. 매일
아침 엘리베이터에서 마주치는 사람들은 서로를 놀라게
하지 않으려 지나치게 조심하며 어깨를 움츠리고, 행여나
눈이 마주칠까 휴대폰에 시선을 고정하기도 한다. 우리는
언제까지 이렇게 살아야 하는 걸까? 다행스럽게 나에게
주어진 나의 보금자리, 나의 집에 들어오면 마주하는 건
나와 느리게 흘러가는 나의 시간뿐, 그리고 휴대폰 화면을
통해서 허락된 소통뿐. 별것 아닌 것 같지만 그렇게
매일매일 소외를 확인하다 보면, 어느새 차마 입에도 담기

건물 외벽의 물 끊기 상세 2.

무서운 우울이라는 단어를 머금게 된다.

이제 건축가로서 클라이언트의 이해를 기대하고
벽을 허문다는 건 지나치게 나이브한 일이 되어 버렸고,
이해라는 것이 정말 투쟁과 같다고 느끼며 그것은 남을
피곤하게 하는 일이며, 하물며 세상을 이롭게 바꾸겠다는
것은 정말로 큰 착각이 아닌가, 건축은 혁명이라고
외치던 지난 세기의 혁명은 사실은 장난 같은 것이었고,
이제부터가 진짜 혁명이 아닌가? 진지하게 자문해
보게 되었다. 한편으로 겨우 이해받고 이해하고자 하는
일이 어째서 혁명까지 필요한 일이 되어 버렸는지……
절망적인 상황처럼 느껴졌다. 이해를 위한 것이 아니라면,
혁명의 순교자가 되고 싶지 않다면, 궁극적으로 무엇을
위해 무엇을 해야 하는지가 의문으로 남았다. 이건 둘 중
하나의 문제라고 생각했다. 이 사회의 문제이거나, 겨우
이런 일에 힘들어하는 나라는 사람의 나약함이거나.

공들여 작성한 질문지를 제출하고 십여 분 기다리고
진료실로 들어오라는 안내를 받았다. 나는 다시 한번

서교동 콘크리트 상가

외부와 내부 사이 공간 상세 1.

내가 왜 이곳까지 오게 된 걸까? 생각했고, 의사 선생님과
마주 앉아 이야기하다가 눈물이라도 터지면 어떡하지?
걱정했다. 실은 이것을 문제라고 생각하면서도 정말
심각한 문제로 받아들이고 싶지 않았다.

　진료실은 마치 카페처럼 편안한 분위기로 꾸며
놓았지만 역시 편하지 않았다. 의사 선생님은 흰머리를
숨기기에는 너무나 바쁜 중년의 여성이었고, 물론 친절한
태도와 말투로 나를 대했지만, 질문지 차트를 바쁘게
넘겨 보는 와중에는 나를 보는 둥 마는 둥 하기도 했다.
그리고 나에게 단도직입적으로 무엇 때문에 이곳에
왔느냐고 물어보았다. 마치 원하는 것을 말하고 할 수
있으면 원하는 것을 얻어 보라는 듯이. 수면제를 원하면
수면제를, 우울증 약을 원하면 우울증 약을 줄 것 같았다.
내가 티브이에서 보던 정신과 의사들은 한없이 자상하고
따뜻하게 환자를 보듬어 주는 역할을 하는 사람들이었고,
그래서 눈물이 나면 어쩌지 걱정도 했지만 이곳은
역시 병원이구나 생각했다. 다소 무성의한 대우라고

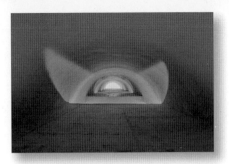

외부와 내부 사이 공간 상세 2.

느꼈지만 실은 무성의한 것이 아니었고 환자의 문제와
거리를 두려는 것 같았다. 그런 느낌이 들었던 건 의사의
표정 때문이었다. 나에게 눈을 맞추고 시종일관 나를
관찰하고 있다는 것이 느껴졌기 때문이었다. 나는 조금
우물쭈물하다가 속에 가라앉은 먼지 같은 것들을 싹싹
긁어 의사에게 보여 주었다. 앞서 이 글에서 주저리주저리
쓴 핵심 없는 내용들로, 뭐가 문젠지는 모르겠으나 뭔가
문제가 있는 것 같다고 이야기하였다. 〈그래, 나 같은
사람은 많을 테니까 정신과 의사라면 이해할 수 있을
거야〉라고 생각하며 망설임 없이 이야기했다.

「음…….」

중년의 의사는 나에게 밥은 잘 먹는지, 잠은 잘
자는지를 먼저 물어본 후 건강에는 별문제가 없다고
판단했는지, 〈음…… 어쩔 수 없죠. 그런 문제는 알아서 잘
해결하세요〉라고 이야기했다.

다만 나에게서 눈을 떼지 않은 채로.

「네?」

　　　　　　　　　　　서교동 콘크리트 상가

외부와 내부 사이 공간 상세 3.

　우울이라는 것을 입에 담기에 머뭇거렸던 건,
어디에서도 우울이 거부당할 일은 없을 거라는 생각
때문이었다. 우울을 선택하고 우울을 고백하게 되면
누군가 보듬어 줄 테고, 그러다 보면 마음에 벽이
허물어져 엉엉 울어 버릴까 걱정했지, 내 우울이 거부당할
일은 생각해 보지 못했다. 곧바로 나는 환자의 역할에서
깨어났고 나도 모르게 웃었다. 거부당해 다행이라는
생각이 들었다.

　의사 선생님은 〈요즘은 다들 힘들어요〉라며 길지
않은 위로를 보냈다. 〈그나저나 요즘 집 지으려면 얼마나
들어요?〉라는 농담 비슷한 질문과 함께.

　「주택은 평당 1천만 원도 부족해요. 요즘은…….」

　그렇게 전문가끼리의 대화를 나눈 후 나는 병원을
빠져나왔다. 적당한 병명을 얻지 못한 채.

　조금 나른하고 특이해 보였던 의사의 처방은 세상에는
〈해결할 수 없는 일도 있다〉는 아주 당연한 조언이었다.
〈가끔 돌아갈 줄도 알아야 한다〉거나 〈너무 꼿꼿한 나무는

외부와 내부 사이 공간 상세 4.

결국 부러진다〉거나 하는 세상의 논리에 합류하게 하려는
가벼운 수작과는 다른 차원의 위로였다. 어쩔 수 없다는
건 어쩔 수 없음을 스스로 깨달았을 때 할 수 있는 말이다.
이젠 나도 누군가에게 그런 말을 할 수 있지 않을까?

　희망은 불현듯 발견되기도 하지만 때로는 공들여
발명되기도 한다. 때로는 단념하며 비로소 희망을 품을 수
있다는 사실을 알게 되었다.

　행복이 무언인지 누구도 정의 내릴 수는 없다. 불행이란
명백히 존재하는 것이지만 행복은 어느 곳에 다다라
어떻게 만나게 되는지 누구도 알지 못한다. 그저 행복의
기미가 엿보이는 것, 그것을 행복이라 부르는지도 모르며
그것을 다른 말로 희망이라고 부르기로 한다.

　너무 무거운 몫이 아니라면 개개인이 해결해야 할
몫의 문제도 조금 남겨 둬야 하며, 한편으로는 희망을
잃지 않도록 노력해야 한다. 자리를 찾는 일보다, 세상을
바꾸는 일보다, 가장 우선으로 해야 할 일이다.

11

여유 공간은 공간 사이에 가변성을 부여해
줄 수도 있으며, 삶 속에 여유를 제공해 줄
수도 있다. 책을 읽기 좋은 작은 정원, 날씨를
느낄 수 있는 아트리움, 그리고 아이들과 빨래
말리기 좋은 앞마당 등······. 이런 공간들이
바로 여유를 불러오는 불필요한 공간들이다.

ㅁㅁㄷ 내부 계단.

건축학 개론

ㅁㅁㄷ 현관 세면대.

푸하하하프렌즈
건축학 개론

( )구 ( )동 (이름:)

다음 문제는 개인의 성향을 분석하기 위한 기초
문제입니다. 주어진 보기를 보고 자신의 성향과 일치하는
곳에 체크하시오. (각 1점)

보기) 나는 ( ) 공간이 더 좋다.

1. 폐쇄적인   개방적인

○────○────○────○────○

2. 조용한   시끌벅적한

    ◯————◯————◯————◯————◯

3. 차가운   따뜻한

    ◯————◯————◯————◯————◯

4. 일반적인   독창적인

    ◯————◯————◯————◯————◯

5. 어두운   밝은

    ◯————◯————◯————◯————◯

6. 나를 위한   가족을 위한

    ◯————◯————◯————◯————◯

7. 아기자기한   시원시원한

    ◯————◯————◯————◯————◯

8. 소통하는   몰입하는

    ◯————◯————◯————◯————◯

보기) 나는 (   ) 사람이다.

---

9. 부지런한   게으른

    ◯————◯————◯————◯————◯

10. 내성적인   활달한

○────○────○────○────○

11. 보수적인   진보적인

○────○────○────○────○

12. 환경에 적응을 잘하는   적응을 잘 못하는

○────○────○────○────○

13. 단순한   복잡한

○────○────○────○────○

14. 아날로그적   디지털적

○────○────○────○────○

15. 바쁜   한가한

○────○────○────○────○

16. 청결한   수더분한

○────○────○────○────○

17. 무서움을 타는   무서움을 타지 않는

○────○────○────○────○

다음 문제는 각 공간의 이해를 함양하기 위한 응용
문제입니다. 아래 주어진 보기를 읽고 질문에 적절히
답하시오.

ㄱ. 거실　　　ㄴ. 주방　　　ㄷ. 현관

ㄹ. 침실　　　ㅁ. 서재　　　ㅂ. 다용도실

ㅅ. 화장실　　ㅇ. 옷방　　　ㅈ. 식당

ㅊ. 외부 공간　ㅋ. 세탁실　　ㅌ. 차고

ㅍ. 수납　　　ㅎ. 파우더 룸

18.　나열된 집의 각 구성 요소를 나의 삶에 영향을 많이
　　미치는 순서에 따라 배치하시오. (3점)

　　（　　）—（　　）—（　　）—（　　）—
　　（　　）—（　　）—（　　）—（　　）—
　　（　　）—（　　）—（　　）—（　　）—
　　（　　）—（　　）

19.　아침에 나의 동선을 순서에 따라 배치하시오. (3점)

　　（　　）—（　　）—（　　）—（　　）—
　　（　　）—（　　）—（　　）—（　　）—
　　（　　）—（　　）—（　　）—（　　）—
　　（　　）—（　　）

20. 퇴근 후에 나의 동선을 순서에 따라 배치하시오. (3점)

(   ) ─ (   ) ─ (   ) ─ (   ) ─
(   ) ─ (   ) ─ (   ) ─ (   ) ─
(   ) ─ (   ) ─ (   ) ─ (   ) ─
(   ) ─ (   )

21. 나의 주말 동선을 순서에 따라 배치하시오. (3점)

(   ) ─ (   ) ─ (   ) ─ (   ) ─
(   ) ─ (   ) ─ (   ) ─ (   ) ─
(   ) ─ (   ) ─ (   ) ─ (   ) ─
(   ) ─ (   )

22. 보기에는 나와 있지 않지만 필요한 공간의 이름과
　　기능을 적으시오. (개당 5점)

23. 나열된 집의 각 구성 요소를 기호에 따라 통합,
　　혹은 분리하여 창의적인 새로운 공간의 이름을
　　부여하시오. (개당 5점)

예) 현관+침실＝잠깐 침실(퇴근하자마자 잠깐 누워
　　있고 싶어)

예) 세탁실-세탁기＝건조실(난 베란다 말고 빨래만 널 수
　　있는 전용 공간이 필요해)

다음 문제는 집의 본질에 대한 사고를 함양하기 위한
서술형 문제입니다. 각 문항을 잘 읽고 서술하시오.

24. 나의 취미 생활, 혹은 가지고 싶은 취미에 대해
    나열하시오. (5점)

25. 내가 정말 살고 싶지 않은 집에 대해 서술하시오. (5점)

26. 자신이 살게 될 집의 능력치 그래프를 완성하시오. (5점)

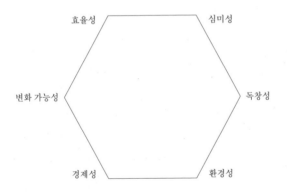

27~8. 자신이 살게 될 집의 능력치 그래프를 자신의 기호에
맞게 항목을 적은 후 완성하시오. (개당 5점)

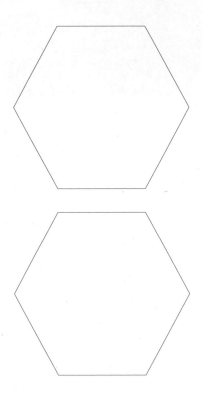

29.　나에게 집이란? 40자 이내로 서술하시오. (10점)

30.　우리에게 집이란? 40자 이내로 서술하시오. (10점)

차고와 연결되는 현관.

건축
체크 리스트

빼먹기 쉬운 것들 체크 리스트 〈소규모, 고급자용〉		
법규		계획 지구 지역 확인
		인근 건물 규모 확인
		각종 심의 확인
		의무 감리 대상 확인
		심의 확인 두 번 확인 세 번 확인
		지분, 건축주 등 소유 관계 확인
		허가 필증 허가 조건 확인
		진짜 아무리 확인해 봐라 빼먹는 거 있다
		주변 건물 보고 빼먹은 거 있나 확인
		기타 다 확인
건축	계획	신발 벗는 위치 지정(현관, 발코니, 외부 정원)
		문 닫을때 신발 걸리는지 확인
		휴지통 위치 지정
		분리 수거함 위치 지정
		출입구 외부와의 단차 확인
		천장 속 에어컨 배관 경로 확인
		흡연 구역 설정

재

ㅁㅁㄷ 고양이 문.

건축	계획	교통 약자의 이동 경로 확인*
		이삿짐 이동 경로, 이사용 개구부 사이즈 확인
		타일,벽돌 매지 색상 모두 지정
		적절한 길이로 재료 분리
		계단 논슬립
		콘크리트 계단 마감재, 시공 방식 결정(미장 ×)
	도어/창호	개폐 고정 장치 필요 여부
		열리는 각도 설정
		방충망 설치 여부
		화장실 문 열리는 방향 확인
		창문 크기 확인(틸트 창호 처짐 방지)
		시스템 창호로 현관하면 문턱 생김
		젠다이 지정(석고 보드 위 도색 ×)
		결로 취약 부분 물받이 계획
		시스템 창호 잠금 장치 설치 가능 여부 확인
		세콤 도어록, 공배관 협의
		도어록 우수, 직사광선 피하여 설치
		무조건 캐노피 설치
		실리콘 색깔 확인(프레임/프레임, 프레임/외장재, 프레임/유리)
기계 설비	공통	맨홀 개수 표시
		고지서 갯수 확인
	급수	외부 수전 높이 지정(바닥에 매입인지, 벽식인지, 대가리 튀어나오음에
		외부 수전 위치 지정(조경 식수, 발코니 청소, 세차 가능하도록)
		싱크대 급수 방식 벽식/바닥식
		욕실 급수 방식 벽식/바닥식
		수도 계량기 위치 확인
		세대별 급수 개별 컨트롤 가능하도록 계획
		부동전 확인
		매립형 수전 점검구 확인
		해바라기 수전 벽체 매립형인지 확인
		화장실 청소용 수전 설치
		분리 수거장 수전 설치
		주차장 수전 설치
	배수	하수 배관 크기, 경로 확인(무조건 크게, 심하게 꺾어지는 부분 없도
		분류식/합류식 확인

* 교통 약자의 이동 동선 확보는 우리가 할 수 있는 거의 가장 유익한 일.

상수	하수	정화조	연결 맨홀	전기 맨홀	통신 맨홀
전기	수도	가스	인터넷		

		그리스트 랩 설치 여부 확인
		조경 배수 위치 확인
	배수	하수 역류, 악취 발생 우려 검토
		아일랜드 싱크대 배수 구배 확인
		우수 이동 경로 확인
		외부와의 단차 확인(우수 유입 방지)
		우수관 도면 최대한 자세히
	우수	빗물받이 계획 확인
		물 끊기 계획
		벽면 눈물 자국 확인
		지하 우수조 필요 여부 확인
		에어컨 배관 경로 확인
		에어컨 드레인 확인
		환기 덕트 길이 확인(너무 길지 않도록 계획)
		에어컨 실외기 개별인지 통합인지 확인
		에어컨/냉난방기 조절 주체, 위치
기계 설비	공조	에어컨/냉난방기 확인
		음식점의 경우 환기 경로 계획
		에어컨 실외기 배관 경로 확인
		에어컨 실외기실 확인
		전열 교환기 설치 여부 확인
		환기 캡 지정
		보일러 종류, 설치 위치 확인
		보일러 컨트롤러 위치
		보일러 온수 분배기
	난방	보일러 급배기 경로 길이 확인
		보일러 급배기구 천장 확인(천장 막혀 있으면 안 됨)
		급탕 방식 확인(보일러, 가스 온수기, 전기 온수기)
		온수기 크기 확인
		도시가스 여부 확인
		가스 배관 경로 확인
	가스	가스 계량기 인테리어에 반영
		가스 사용하지 않을 시 계량기 제거 가능하도록 계획
전기 통신 설비	공통	전봇대 위치 확인
		전력량계 위치 확인
		배전함 크기 확인

		전기 맨홀 위치 확인
		제어 방식 확인(스위치, 리모컨, 중앙 제어, 기계에서 제어 등)
		고용량 전열기 확인
		단상/삼상/단독 여부 확인
		공용 전기 배전함 위치, 요금 부과 대상 설정
		보안 장비 위치 배선 확인
	전열	싱크대 상부 콘센트 위치 확인(싱크 볼, 가스레인지와 가깝지 않도록)
		전기차 충전기 여부 확인
전기 통신 설비		분리 수거실 콘센트 설치
		오븐, 전열기용 추가 콘센트 확보
		보일러용 콘센트 설치
		배수 펌프 콘센트 설치
		조경용 배선 확인
		주차장 콘센트 설치
	전등	(벽등의 경우) 안정기 여부 확인
		인터넷 설치 위치
		CCTV 메인 기기 위치
		CCTV 배관 경로 확인
	통신	공유기 위치 확인
		인터넷 배관 경로 확인
		TV 위치 확인
		보안 장비 위치 배선 확인
		수신기 못생김
		소화전 못생김
소방	공통	소화기 못생김
		소방창 못생김
		소방관 진입창 스티커 못생김
		완강기 못생김
	공통	지내력 검사, 지질 조사 선행
		기타 토목 관련 보고서 리스트 확인
토목		정화조 구체 간섭 여부 확인
	정화조	정화조 배수펌프 위치 확인
		똥차, 똥차 파이프 동선 확인
		식재 시기 확인
조경	조경	배수구 확보
		관리 방법 확인(너무 까다로운건 피하면 됨)

	전등	전열	에어컨	보일러	전열 교환기	

1 2

지집 안에

깔모?

부모가 주인이 되는 집이 아닌, 가족 구성원
모두가 주인이 되는 공원 같은 집.
마치 마을처럼 큰길과 다리로 각 공간을
연결하고, 거실은 광장처럼 다양하게 쓰이도록
구성했다. 집과 집 사이에 넓은 계단이
놓인 연희동 골목의 특성을 내부까지 끌고
들어왔다.

220629 첫 출근하던 날 횡단보도 앞 능소화.

구ㅅ바이 브ㄹㅜㅅ

220704 -_-   220704 굿 모닝 브루스!

2022.07.04.

이번 주부터 인턴을 시작했다. 사무소 이름은
푸하하하프렌즈. 5월에 우리 학교에 특강을 왔는데 그때
연이 닿아서 인턴을 시작하게 되었다. 처음 듣는 사람들은
대체로 뭐 그런 데가 있느냐는 반응이다. 사람들이 건축에
기대하는 진중함이나 엄숙성, 이런 것과는 이름에서부터
거리가 느껴진다.

　푸하하하를 처음 알게 된 건 디네댓thisisneverthat
사옥 프로젝트가 실린 어느 잡지 덕분이었는데 그땐
지금보다도 더 괴짜 같고 마이너한 분위기로 가득했다.
궁금해서 홈페이지를 찾아봤더니 유머 블로그처럼
웃긴 글로 가득한 웹 사이트가 나와 당황했던 기억이
난다(소장 세 명 중 한 명의 출소 기념으로 구름 케이크를
만들었다는 내용의 글도 있었음).

　부모님은 이름을 들어도 자꾸 까먹으셔서 묻고
또 물으신다. 아들이 일하는 사무실이 어떤 곳인지
궁금하시겠지. 다행히 이름이 왜 그 모양이냐는 말은

집 안에 골목

220707 디스이즈네버댓.

220707 집 안에 골목의 고사리.

하지 않으셨다. 혹시나 걱정하실까 봐 인스타그램은 차마
부모님께 보여 드리지 못했다.

첫 출근날은 주소 그대로 찾아왔지만, 사무실 문에
엉뚱한 이름이 붙어 있어서 살짝 당황. 장난기 가득한
사무소 분위기가 곳곳에서 묻어난다. 그리고 이번 주에
금요일을 빼고 매일 비가 와서 정말 죽다 살아났는데
금요일엔 해가 쨍하게 뜨고 회사 에어컨은 고장 나버렸다.

그래도 일주일 출근 소감을 말해 보자면 일단 사람들이
너무 따뜻함. 구석에 박혀서 모형 만들고 있으니까
거기서 짱 박혀서 땀 흘리지 말라고 에어컨 앞을 비워
주려고 함. 근데 그 앞에 하필 소파랑 테이블이 있어서
갈 수가 없으니까 아예 사무실 배치를 바꿔 버림. 에어컨
고장 났을 때는 수박화채도 해주고. 무엇보다 격식 없고,
장난기 가득한 모습은 정말 대외적 이미지일 뿐 누구보다
집중해서 일하는 곳인 듯하다.

220707 집 안에 골목 바닥에 낀 이끼.　　　　220708 굿 모닝 브루스!

2022.07.13.

이번 주도 폼 보드를 열심히 썰었다. 늘 학교에서 하던
거지만 사무소마다 모형 만드는 방식이 다르므로 어떻게
만들었는지 이리저리 들여다보는 건 꽤 많은 도움이
된다. 일단 모형은 건물의 외형을 가장 값싸게 실험해
볼 수 있다는 점에서 충분히 좋은 도구다. 또 공간감을
유지하면서 건물을 설계하는 데 아주 많은 도움이 된다고
느낀다. 캐드로 평면을 그리는 순간 자꾸만 도면이 말이
되게끔 만들려고 노력하게 되고 결국 너무 사소한 것들에
집착하고 있는 나를 발견하게 되는데 그럴 때 모형을
만들면 둘 사이 균형을 잡는 데 많은 도움이 된다.

　　나랑 가장 가까이 일하고 있는 사원은 푸하하하에
오기 전에 하세가와 고 건축가 사무실에서 일했다.
그리고 일본에선 과장을 조금 보태 3D 모델링 툴이 필요
없을 정도로 모형을 정말 많이 만든다고 한다. 디테일한
스터디조차 모두 스케일을 키운 모형으로 직접 한다고.
당연히 모든 사무실이 각자만의 방식으로 작업하지만

220712 브루스 윌리스 사단.　　　　　220715 동교동 모형.

나라마다 문화마다 정말 다양한 방식으로 일하는구나
싶다. 유럽의 사무소들은 점점 CG를 적극적으로 쓰고,
이러다가 건물을 짓는 과정까지도 CG로 찍어 내겠구나
싶던데 일본은 아직도 모든 걸 손으로 직접 한다는 게…….

어느새 인턴 출근한 지 3주 차에 접어들었다. 학교
다닐 때도 수업 시간표가 있고, 나름 정해진 리듬이 있긴
했지만 그보다 훨씬 규칙적인 삶을 살다 보니 첫 한 주는
은근한 몸살을 앓았다.

루틴이 생긴다는 건 일단 좋은 일이다. 흔히들
반복되는 일상에…… 어쩌고저쩌고하면서 권태로움에
대해 이야기하지만, 나는 적당한 반복은 오히려 삶에
꽤 안정감을 준다고 생각한다. 그런 의미에서 나는 요즘
꽤 건강하다. 그리 늦지 않은 시간에 잠이 들고, 매일
오전 7시 50분에서 8시 10분 사이에 일어나 8시 53분에
올림픽공원역에서 9호선 급행열차를 탄다. 11시 30분에
점심을 먹고, 7시에 퇴근하고, 8시에 집에 온다. 삶에 어느
정도 예측 가능성이 생기면 그 틈을 비집고 무언가를

220715 처음이자 마지막 철야.

220719 사무실 창가.

계획해 볼 힘이 생긴다.

　모든 직원이 바라보는 사무실 벽 정면에는
「다이하드」의 브루스 윌리스가 걸려 있다. 사실 여기저기
정대만 그림도 걸려 있고 가족사진도 걸려 있고 옛 직원들
사진도 걸려 있지만 매일 아침 자리에 앉아 짐을 풀고
고개를 들면 브루스가 가장 먼저 눈에 들어온다. 나는
아침마다 속으로 ‹굿 모닝, 브루스!› 하고 인사를 건네며
모두의 시선이 몰리는 벽 한가운데 이 사진이 걸려 있게
된 상황에 관해 생각한다.

　어쩌면 소장들은 뉴욕을 구하는 존 매클레인을
바라보며 심장이 뛰던 그때 그 학생들처럼 여전히 건축을
동경하는 마음으로 총알이 빗발치는 전쟁터를 즐거운
마음으로 뛰어다니고 있는지도.

2022.07.31.
출근하자마자 폼보드를 쓰는 나를 보며 한승재 소장은
한숨을 푹 내쉰다.

　　　　　　　　　　　　　　집 안에 골목

220725 점심은 김치볶음밥.　　　　　220728 전투의 흔적.

「언제까지 이렇게 일만 할 순 없어.」

내 눈에 그는 자신을 스스로 존 매클레인 형사라고
착각한다. 어쩌다 동양인의 몸에 들어와 건축하고 있는
것일 뿐, 사실 본인은 뉴욕에서 세상을 구하고 있어야
하는 사람인 거지.

「건물 구경하러 가자! 연희동에는 푸하하하에서 지은
건물이 세 채나 있다고.」

권태에 몸부림치던 그의 눈빛이 한순간
초롱초롱해졌다. 우리는 브루스 윌리스와 함께 그의
지저분한 차에 올랐다. 디스이즈네버댓에서 우리는
조용히 움직였다.

「건축가임을 들켜선 안 돼!」

티셔츠를 구경하는 척 눈알을 굴리고, 브랜드 이름을
섞어 가면서 대화한다. 소장은 겨드랑이 아래로 몰래
천장의 아치를 가리켰다.

「여기에는 천장 한가운데 에어컨이 없어. 모두 벽으로
숨겨 버렸지. 봤지? 양규는 이런 놈이야.」

　천천히 둘러보고 싶은 내 마음도 모른 채, 그는 서둘러
우리 등을 떠밀었다. 그다음 도착한 어라운드 사옥
앞에서는 시동조차 끄지 않았다.

　「여기도 사람 일하는 곳인데 이렇게 갑자기
들이닥치면 너무 민폐 아닐까? 그리고 이미 너무 많이
찾아와서 또 건물을 보러 들어간다고 하면 쫓겨날지도
몰라. 홈페이지 사진으로 볼래? 한진이한테는 비밀이야.」

　우리는 또 멀리 달아났다.

　연희동을 한바탕 휘젓고 도착한 골목집은 빈틈이 많은
곳이었다. 세련되고, 닿을 수 없을 것 같은 아득한 느낌은
아니었다. 그러나 주름 하나 없는 모습보다는 인간적인
빈틈이 더 오래 사랑받는 것 같다는 생각이 들 때가
있고, 그러면 나도 아무래도 틈이 많은 사람이 되고 싶다.
자꾸만 눈이 가던 장면들은 대체로 투박했다. 시멘트
바닥을 얇게 물들인 이끼들, 여기저기 깨져 있는 모서리와
투박하고 거친 재료들. 북향의 정원과 기어코 연석에
가닿는 햇살. 이 집이 정겨운 벽돌 골목을 누비던 그의

220812 사무실 창가.

220812 출근길.

오랜 기억에 빚지고 있다는 사실만큼은 알 수 있었다.

이 골목의 끝에는 아파랏체에서 설계한 벽돌
건물이 있다. 그리고 이집은 그와 바로 나란히 서 있다.
공교롭게도 벽돌로 지어진 두 건물 아래로 연이어 새로운
벽돌 건물 두 채가 들어섰다. 한 소장은 처음 이 집을 지을
때, 아파랏체 건물과의 호흡을 의식해 비슷한 재료를
골랐는데 그 흐름이 이어지는 것 같다며 상기된 표정을
지었다. 때로는 이런 작은 골목에도 순응할 수 있는
맥락이 생긴다. 모두가 서로에게 등을 돌리고 선 이곳에서
우리는 이렇게라도 다정해질 순 없을까.

소장은 의뢰인에게 매번 이렇게 불쑥 찾아와서
죄송하다고 이야기했다. 의뢰인은 〈언제든지 다시
오세요〉 하고 말했지만 정말 언제든지 온다면 모두에게
안타까운 일이 생길 게 분명하므로, 소장은 1백 번 정도
생각하고, 열 번 정도 근처를 맴돌다 한 번씩 찾아올
테지. 자기가 만든 작업물 앞에서 쿨해지지 못하는 그
모습들. 잘 있었니? 마음속으로 늘 안부를 품고 사는

220816 무슈부부에서 커피를 기다리는
영호와 민식.

220816 무슈부부에서 커피를 기다리는
학성과 영광.

애틋한 마음들. 나는 그 순간 그가 한없이 다정해 보였다.
소장님, 오늘 갔던 그 어느 곳에서도 우린 냉큼 환영받지
못했어요. 잡지에 나오고, 유명해져도 별로 달라지는 건
없나 봐요. 늘 지나가는 행인으로, 가게를 찾는 손님으로
몰래몰래 건물 앞을 기웃거리게 되는 건가요. 그건 더
잘할 수 있었다는 아쉬움일까, 헤프게 쏟았던 마음에
대한 그리움일까. 어쩌면 회사에 걸려 있던 또 다른
액자가 그 답이 될 수도 있겠다는 생각이 들었다. <우리는
언제나 과정 속에 있다.> 누군가는 건축을 과정이라고
생각하는구나. 우리가 하는 일이 명사가 아닌 동사라면,
건축은 끝없는 돌보기일 수도 있겠다고 생각했다.

2022.08.14.

인턴이 끝나간다. 처음 사무소에 왔을 땐 들리지 않던
매미 소리도 조금씩 들리기 시작한다. 아침 출근길도
조금씩 익숙해진다. 사무실 앞 사거리 신호등이 얼마나
긴지, 1층 로스터리가 몇 시쯤 커피를 볶는지 알게 된다.

집 안에 골목

230216 유머는 양규처럼.　　　　220823 있어 보이는 게 중요해.

내 나이만큼 서울에서 살았지만 이렇게까지 익숙해지는
곳은 많지 않다.

　강한 욕망은 좋은 동기가 되지만 가끔은 마음을 좀먹어
병들게 하기도 한다. 졸업 설계를 준비하던 지난 학기
내내 나는 마음이 너무 무거웠다. 잘해야겠다는 마음,
잘하고 싶다는 마음, 뭔가 보여 줘야겠다는 마음. 때로는
무언가를 너무 사랑하는 마음이 일을 그르칠 수도 있다.
하지만 모두가 이 사실을 깨달아서 처음부터 뭐든 적당히
사랑하기만 한다면 세상은 어떻게 될까. 언젠가 친구는
힘을 줘어 본 사람만이 그 감각을 알기에 힘을 빼는 법을
배울 수 있다고 했다. 지금 내가 딱 그렇다. 이곳에서
여름을 보내며 그동안 꽉 쥐고 있었던 주먹을 풀고,
조금씩 몸에 힘을 빼는 법을 배웠다.

　두 달 전 영주에 다녀오면서, 나는 이 여름이 다 가고
나면 무엇과 이별하게 될까 생각했다. 회사에서 새로
만나게 된 사람들과 헤어지게 될 테고, 늦은 저녁에도
등줄기를 타고 흐르는 땀, 시원한 바람이 스칠 때만큼은

220823 마지막 퇴근.

밉지 않은 여름도 당분간은 안녕. 이맘때만 겨우 볼 수
있는 나무 그림자들과 창밖으로 걸리는 초록 이파리들.
지금은 매일 질리도록 듣는 몇 곡의 노래도 아마 더 이상
듣지 않게 되겠다고 생각했다.

　그러고 보면 이별은 때론 마냥 슬프기만 한 일은 아닌
듯하다. 그리고 슬프다가도 어느새 까먹어 버리게 되는
것이다. ⟨다시 내가 무언가를 이만큼 진심으로 대할
수 있을까?⟩ 싶었던 마음을 오늘 점심 뭐 먹지? 만큼도
생각하지 않게 되어 버리는 것이다. 자유로워지는 것이다.

　시간이 지나고 이 순간을 다시 되돌아본다면 그땐 어떤
생각이 들까. 나는 늘 과거의 나를 부끄러워하는 편이지만
그래서 아마 더 잘할 수 있었을 텐데, 하고 생각하겠지만
다시 돌아간대도 나는 여전히 속수무책으로 온 마음을
다했을 것이다.

　싱거운 장마가 끝나고 정이 짙게 든 마음을 떠나보내며
나는 헤어지는 법을 배운다.

　　　　　　　　　　　　　　　　　집 안에 골목

13

Teo 101

구조 설계 사무소 터구조의 사옥, 철골조 건물은 주로 H빔을 이용하여 지어지는데, 작은 면적의 건물에서 최대한 효율적으로 면적을 확보하기 위해서 H빔이 아닌 다른 형태의 빔을 제작해야 했다. 십자 모양의 빔을 제작하여 철골 빔을 감싸는 내부 벽체의 면적을 최소화하였다.

공사 중인 계단과 바닥.

비ㄴ 트-ㅁ

장뤼돌프 페로네가 지은 폰 드 뇌이, 1772년.

건물을 설계하기 전 일련의 고리타분한 탐색의 과정이
가진 목적은 한 건축물만을 위한 결론에 도달하는 것이
아닌, 자기 신뢰를 위한 잔상을 심어 두는 것에 있다고
믿는다.

　1772년에 완공된 페로네의 〈폰 드 뇌이〉라는 다리는
거푸집 공사가 과학적 원리에 따라 설계되고 기둥의
크기도 하중에 의해 정확히 계산하여 지어진 최초의
다리다.* 기존의 교량은 시각적 안정성에 기반을 둔
고전 규범에 따라 지어지고 있었는데, 폰 드 뇌이 교량은
고전 규범을 따르지 않고 기술자의 계산을 바탕으로
만들어 더 얇고 평평한 아치가 가능하다는 것을 보여
줬다. 그로부터 7년 뒤인 1779년에는 최초로 주철
교량인 아이언 브리지가 영국 콜브룩데일의 세번강에
지어졌다. 교량 건설의 영역에서 기술자가 등장함에 따라
구조적 합리성에 대한 논의가 시작했고, 그에 따라 고전
규범들의 중요성이 상실되기 시작했다. 이는 건축에서도

* 　이상헌,『철 건축과 근대건축이론의 발전』(서울: 발언, 2002), 74면.

다르지 않았다. 아래는 철 건축에서 합리성을 이야기할 때 주요하게 다뤄지는 사건들의 리스트를 연도순으로 정리한 것이다.*

1796년, 최초로 철제 기둥과 보를 사용한 공장이 지어짐.

1811년, 파리 곡물 거래소 철제 돔(소실된 목재 돔을 철제 돔으로 재건축).

1836년, 파리 식물원 온실, 샤를 플뢰리.

1840년, 에콜 데 보자르의 〈철물을 이용한 설계 경기〉.

1848년, 샹젤리제 겨울 정원.

1849년, 런던 큐 가든 팜 하우스, 데시머스 버튼.

1849년, 영국 석탄 거래소.

1849년, 파리 성 준비에브 도서관, 앙리 라브루스트.

1851년, 런던 수정궁, 조지프 팩스턴.

1851년, 런던 킹스 크로스역, 프랑스 스트라스부르역.

1851년, 런던 패딩턴역, 이점바드 킹덤 브루넬.

1853년, 뉴욕 만국 박람회 주 전시장(뉴욕 수정궁), 게오르크 카르스텐젠과 카를 길데마이스터.

1853년, 생퇴젠 성당, 루이 오귀스트 브알로.

1853년, 파리 박람회 주 전시장 기계 전시장, 장 마리비엘과 알렉시 바로.

1863년, 리즈 곡물 거래소(장축 36미터의 타원형 철제 돔).

* 박인석, 『건축 생산 역사 2』(서울: 마티, 2022)와 이상헌, 『철 건축과 근대건축이론의 발전』의 정리된 내용 참고.

1863년, 콘서트홀 디자인, 비올레르뒤크.

1863년, 파리 북역 개축, 자크 이토르프.

1867년, 파리 만국 박람회 주 전시장, 장밥티스트
크란츠와 레오폴드 하디.

1874년, 파리 중앙 시장, 빅토르 발타르.

1877년, 밀라노의 갈레리아 비토리오 에마누엘레,
주세페 멘고니.

1877년, 파리 세계 박람회, 샹 드 마르스 궁전, 에펠과
아르디.

1889년, 파리 세계 박람회, 에펠탑, 기계 전시장, 듀테와
콘타망.

1899년, 파리 천주교 성당 노트르담뒤트라바이, 자샤리
아스트뤼크.

1900년, 파리 메트로폴리탄역, 엑토르 기마르.

초기에는 철에 대한 산업적인 재료의 인식이 강하여
중요한 건물 교회와 도서관 등에서는 조적조 건물의
바닥이나 천장 내부 구조 등 가려진 곳에만 쓰였다.*
건축의 주 구조로 자리 잡기 시작한 데는 약 1760년부터
시작된 산업 혁명의 영향이 컸다. 산업 혁명은 귀족
중심의 건축이 아닌 산업 중심의 건축을 빠르게 퍼트렸다.
공장, 기차역, 거래소 등의 건축은 넓고 긴 공간이
필수적이었고, 빠르게 많은 건물을 지어야 했기에 고전
규범을 지킬 수 없는 것이 당연했다. 기술자가 보기에
장 스팬을 가지기 위해 가장 합리적인 건축재는 석재도

* 박인석, 『건축 생산 역사 2』, 305면.

파리의 곡물 거래소 내부와 철제 돔, 1811년.

목재도 아닌 주철(무쇠)이었다. 길고 얇은 부재들이
만들어 주는 개방감은 이전에는 볼 수 없던 것이었고,
샤를 플뢰리의 파리 식물원 온실과 샹젤리제 겨울
정원과 같은 구조물을 통해 일반 대중들에게도 서서히
인기를 끌었다. 자연스레 고전적인 용도의 건축물에도
철골의 장점들이 부분마다 사용되기 시작했는데 그
대부분은 천장 구조물이었다. 1767년 완공된 파리의
곡물 거래소는 천장의 돔을 목재로 덮었다가 1811년에
철제 돔으로 개보수하였고(이후 1889년 증권 거래소로
개장되었다. 2022년 안도 다다오가 피노 컬렉션
미술관으로 재건축했지만, 철제 돔은 그대로 남아 있다),
자크 이토로프가 파리 북역을 개축하면서 지붕 구조물을
철 구조로 변경하여 재건축하였다. 영국의 석탄 거래소와
킹스 크로스역을 포함한 여러 건물도 같았다. 그러나
사례를 보면 알 수 있듯이 외관만큼은 여전히 고전
규범을 따른 석조 건축의 모습을 하고 있다. 그것은 아직
철 구조가 합리적인 구조를 미학적인 측면에서 다루는

것보다 주로 특정 요구(산업 혁명으로 인해 큰 공간이 필요하게 된 새로운 프로그램들)의 해답으로 쓰인 것으로 볼 수 있다. 대안적인 측면이 강했던 것이다.

　이는 1851년 영국에서 열린 만국 박람회의 수정궁을 기점으로 점점 변하기 시작한다. 수정궁은 조지프 팩스턴의 석조 파사드없이 철과 유리로만 지어진 거대한 구조물이다. 당시의 만국 박람회나 세계 박람회 등의 행사들은 산업 혁명 시기에 각국의 기술력을 과시하고 우위를 드러내기 위한 목적이 있었고, 그만큼 큰 공간이 필요하다는 점, 빠르게 건축해야 한다는 점을 미루어 봤을 때 다른 산업 건축과 같이 철 건축이 적합하였다. 거대하면서 밝고 세장한 요소로 이루어진 수정궁은 당시 사람들에게 가장 진보적인 건축이라 생각하게 만들기에 충분했다. 이것은 파리나 뉴욕에서도 박람회를 계획할 때 철 건축물 만들기에 열을 올리기 시작하는 계기가 되었다. 국가 단위에서 철 건축을 계속 선보이고 있었지만, 건축가 대부분은 새로운 재료를 경계하며 별다른 반응을 보이지 않았다. 기술자로부터 많은 것이 결정되어 버리는 철 구조물에서 건축가로서 해야 할 부분을 찾지 못했던 것일 수도 있다. 마침 이 시기는 그리스 건물이 본래 채색되어 있었다는 발견, 그리고 다양한 고대 유적이 발견되며 고전적인 규범에 대한 중요성이 상실되던 시기였다. 그만큼 건축의 고전주의자들은 규범을 지키려 하였다. 그중 철골의 합리성에 관심을 가진 몇 건축가가 있었는데, 루이 오귀스트 브알로, 그리고 비올레르뒤크가 그 중심이었다.

철과 유리로 지어진 조지프 팩스턴의 수정궁, 1851년.

1. 철 건축물에 대한 논쟁들

사실 두 명의 건축가 이전에도 앙리 라브루스트가 철
구조를 건축의 주된 요소로 사용하였다. 그는 낭만적
합리주의자 중에서 유일하게 진보적 건축 개념과 근대
산업의 결과물인 철 구조를 결합하여 사용한 건축가로,
1849년 성 준비에브 도서관(현대 도서관 개념의
시작으로 불린다)을 완성했다. 이는 철 구조가 가시적인
구조 요소로 사용된 최초의 공공 기념비적 건축물이다.
라브루스트는 석재 볼트를 위한 보를 주철을 사용한
아치 형태로 설계하였는데, 이 아치 주철 보의 모습을
보면 석조 아치의 모습을 띤 것을 볼 수 있다. 아치 상하에
얇은 철재가 주요 구조 역할을 하고, 그 사이를 얇은 주철
부재로 일정 간격 장식적인 문양을 만들었다. 이 모습은
마치 고전적 언어의 석조 건축 아치에서 역학적으로
필요한 부분과 의무감에 가까운 석조의 양각 장식을
선으로만 남긴 것으로 보인다. 하지만 도서관 천장을
제외한 외관이 석조 건축의 규범을 따랐다는 점에서

앙리 라브루스트의 성 쥰비에브 도서관, 1849년.

여전히 철이 건축의 주인공이 되진 못했다.

루이 오귀스트 브알로는 철이 건축의 새로운 양식을
완성할 것이라고 믿었던 건축가다. 브알로는 고딕을
아직 완성되지 않은 양식으로 보고, 철로 완성해야 하는
역사의 세 번째 통합 단계에 있는 근대 건축의 시작으로
보았다.* 고딕 건축은 외부로 노출되는 플라잉 버트레스에
구조적 약점이 있는데, 그 한계를 철이 극복할 수 있다고
생각했다. 1864년에 브알로는 철 교회 건축을 제안했는데,
이는 종교 건축물에 철 구조를 적용한 최초의 사례였다.**
철 교회 제안은 위원회로부터 거절당했지만, 브알로는
그 이후 생퇴젠 교회에 철로 된 고딕 양식을 선보였다.
그러나 생퇴젠 교회는 고딕 합리주의의 중심이었던
비올레르뒤크에 의해 비합리적이며 고딕의 모방에
그쳤다고 비판받았다. 이는 브알로의 절충주의에

* 이상헌, 『철 건축과 근대건축이론의 발전』, 234면.
** 위의 책, 228면.

루이 오귀스트 브왈로의 생퇴젠 교회, 1854년.

대한 비올레르뒤크의 엄격한 합리주의의 표현으로
받아들여진다.*

비올레르뒤크가 제창한 합리주의의 엄격함은 1878년
파리 세계 박람회의 구스타브 에펠과 아르디가 설계한
샹 드 마르스 궁전에 대한 글을 보면 알 수 있는데,
그는 글에서 이렇게 말한다. 〈과학적 원리를 준수하여
근대 건설 기술자는 시각적으로 만족스러운 조합물을
얻었다. 감정이나 순수하게 경험적인 방법에 따라 하나의
건축적 형태가. 우리의 눈과 정신을 만족시킬 때 우리는
그 형태가 과학적 법칙에 따라 지배받고 있다는 것을
수학적 계산을 통해 보여 줄 수 있을 것이다.〉** 합리주의
건축가들에 의해 철 건축이 시작되었으나 결국 철의
합리성에 대한 논의는 결국 기술자를 향해 갈 수밖에

* 앞의 책, 240면.
** Violletleduc, "Les Bâtiments d lExposition Universelle", *L'Art*, vol. 13/14, 1878, p.
139, p. 195.

페르디낭 뒤테르의 기계 전시장, 1889년.

없었다. 아직은 건축가가 더 중심에 있었지만 말이다.
그러다 1889년 만국 박람회를 기점으로 기술자와
건축가의 영향력이 뒤집혔다. 1889년 만국 박람회에서
에펠의 에펠탑이, 페르디낭 뒤테르의 기계 전시장이
지어졌다. 그는 에펠탑의 비판에 대한 반박문에서 구조
합리주의의 미학적 주장을 들고나왔다.

〈본인은 이 탑이 아름답다고 생각한다. 우리가
기술자이기에 우리가 지은 구조물은 아름다울 수 없다고
주장하는 것인가. 우리가 튼튼하고 견고한 구조물을
만들기에 우아한 구조물은 만들 수 없다고 하는 것인가.
힘의 적절한 배분은 항상 조화와 구현의 비밀스러운
조건에 부합하지 않는가. 건축 미학의 일차적 원리는
기념물의 본질적 선들이 그것이 담당하는 역할에 완전히
부합하도록 결정되는 것이다. 이 탑의 건설에서 내가
우선 고려한 조건은 무엇인가. 그것은 풍력이다. 네 개의
기둥이 이루는 선은 계산에 의해 결정된 것으로 그 자체가

엑토르 기마르의 파리 메트로폴리탄역, 1900년.

아름다움을 느끼게 한다. 왜냐하면 그것들은 시각적으로
나의 개념을 대담하게 보여 줄 것이기 때문이다.〉*

만국 박람회에서 기술자들은 스스로 합리주의
미학을 주장했다. 벨기에의 기술자인 비렌데이엘은
기성 건축가들과 비교했을 때 규범에 더 얽매이지
않을 수 있어서 새로운 예술적 상상력에는 건축가보다
유리하다고까지 말했다. 1889년 파리 세계 박람회는
기술자들의 위협에 건축적 합리주의의 대항이 무력함을
분명히 보여 준 사건이었다. 기술자들에 의해 자신들의
미학이 무너졌다고 생각한 건축가들은 1889년 박람회
이후 보수주의가 더 깊어졌고, 철 건축을 건축의 새로운
가능성이라고 평했던 인문주의자 룰로프 하위스만도
박람회 이후 철은 완벽한 작품을 창조할 수 없다고
의견을 바꿨다.** 합리주의의 끝이 자신들의 역할이 되지
못한다는 것을 깨달은 건축가들은 1889년 만국 박람회

*   일간지『르 탕 *Le Temps*』, 1887년 2월 14일 자.
** 이상헌,『철 건축과 근대건축이론의 발전』, 302면.

이후부터 철을 사용하는 방식이 아르 누보라는 이름 아래 합리주의에서 본격적으로 벗어나기 시작한다.

그러나 아르 누보의 철은 그리 오래가지 못했다. 1917년 러시아 혁명 이후 러시아 구축주의의 영향을 받은 독일의 건축가들이 떠오르기 시작하면서 철 건축은 구조적 합리성에 대한 관점에서 벗어나 생산적 합리성의 관점에서 다뤄지기 시작했다. 1923년 바우하우스의 설립으로 독일의 디자이너와 건축가, 예술가가 산업 생산의 과정을 근대 창작의 가장 중요한 요소로 다루기 시작하면서 철의 형태는 고전적 이미지의 모방이 아닌 산업적 합리성에 기반한 형태를 찾아 나갔다. 미국에서도 시카고의 고층 빌딩을 짓는 데 규격화된 철골이 쓰였던 것과 필립 존슨에 의해 국제주의 양식이라는 단어가 쓰이기 시작했던 것을 빌려 건축의 합리성이 생산적 관점에서 논의되기 시작하면서 철 건축은 새로운 형태를 찾아가기 시작했다. 철의 등장으로 인해 시작된 건축의 합리성에 대한 논의는 이후에도 계속되었으며 이제는 철 건축뿐만 아니라 모든 현대 건축의 가장 중요한 부분으로 자리 잡았다.

2. 현대의 합리주의

고전 양식이 합리성과의 대립으로 건축의 주도권을 잃기 시작한 이후, 근 1백 년간 건축가들은 자신만의 규범들로 건축을 정의 내리기 시작한다. 특히 세계 대전 이후 도시 재건의 명목으로 많은 건축적 실험이 이뤄진다. 그 다양한 실험 중 건축가 개인의 작위적인 이데올로기를 제외한

다른 모든 부분은 구조와 재료에 대한 탐구 그 자체였다. 철근 콘크리트의, 철골의, 벽돌의, 석재의 구축적 이미지에 대한 탐구는 규범을 잃은 건축가들이 가야 할 유일한 길이었다. 각 구조와 재료에 대한 건축적 발전은 빠르게 이뤄졌다. 구축의 관점에서 건축은 엄청나게 발전하였지만, 그것보다 더 빠르게 발전한 인프라 스트럭쳐에 대한 대응은 빠르지 못했다.

도시가 점점 복잡해지고 거주에 필요한 에너지들이 점차 다양해지면서 그와 관련된 시설들은 건축의 많은 면적을 차지하기 시작했다. 과거처럼 구조의 순수성으로 건축을 이야기하기에는 누가 보기에도 인프라 스트럭쳐가 더 중요해 보이기 시작했다. 그렇게 건축은 그 시설들을 숨기기 위해 치장하기 시작하며 구조 또한 숨겨지기 시작했다. 시설을 숨기기 시작하면서 건축은 구조에 대한 탐구를 멈추었던 것이 아닐까? 치장에 대한 아이디어들이 쏟아져 나오기 시작한다. 적어도 서울의 건축은 치장의 발전이라고 봐도 무방할 것 같다. 구조 따로, 시설 따로, 표피 따로로 나눈 건축이 대부분인 이 시기에 내가 쾌감을 느끼는 때는 그 따로 나눈 것들이 어쩌다 하나로 합쳐져서 동시에 드러나는 순간뿐이다. 나는 그 순간이 확장하길 바란다. 그 순간이 철골이 찾아야 할 다음의 합리성이다.

철의 구조적 합리성의 미학에 동의하지 않는 이는 이제 없다. 이제는 무엇으로부터 합리성을 찾아야 하는가가 내가 결정한 질문이었다. 철이 거쳐 온 합리성의 논쟁에서 부산물처럼 생겨난 것들이 눈에

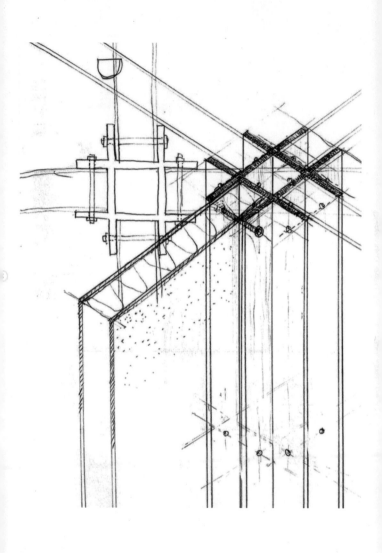

철골에 관한 스케치 1.

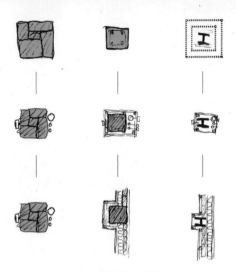

철골에 관한 스케치 2.

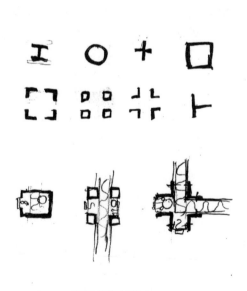

철골에 관한 스케치 3.

들어왔다. 구조적 합리성을 논했던 라브루스트와 브알로, 비올레르뒤크의 건물은 확실한 양식 번안의 일종이었다. 당시에는 그 번안에 담긴 절충의 속성 때문에 그 합리성에 의구심을 품었지만, 그것은 형태에 대한 논의가 주로 이뤄졌던 시기였으므로 당연한 흐름이었다. 역학 계산에서 드러나는 선을 그대로 잇기만 하면 될 정도로 강한 철을 고전적 양식의 형태로 구성한 사례들을 보면 구조적으로 남겨진 부분들이 모두 비워져 양식에 많은 공간이 생긴 것이 보인다. 이 역학적 힘으로 가득 차 있다가 갑자기 비워진 공간들을 무엇으로 채워야 하는가? 역학의 빈 공간이 철골의 합리성에 기여할 수 있는가?

혁명 이후의 철 건축에서는 고전 형태 모방의 행태가 사라지면서 아주 세장한 부재들로 이뤄진 건축을 만들어 내긴 했으나, 그 약간의 비워진 공간들은 사람들의 생활 공간으로 편입되었을 뿐이다. 장점으로 여겼던 철의 세장함은 부수적이다. 해야 할 것은 철의 비워진 면적을 현재 요구되는 합리성으로 채우는 것이다. 철 구조의 비워진 공간은 계속해서 팽창하고 있는 기반 시설들과 함께 탐구되어야 한다. 구조와 시설을 따로 보지 않는 접근 방식의 시작은 철골의 비워진 공간에서 시작하지만, 후에 이것이 발전하여 시설로부터 시작된 구조가 중심이 되는 새로운 방식도 논의될 수 있지 않을까.

사실 과거 일본에서 시설이 건축에서 주요한 역할이 되었던 적이 있었다. 1960년대부터 시작한 일본의 메타볼리즘* 건축이 그것인데, 메타볼리즘은 시설과 구조에 대한 고민이 잘 드러났던 근대 건축 사조였다.

구로카와 기쇼를 중심으로 한 메타볼리즘 건축은
생명체의 신진대사 시스템을 도시와 건축에 적용하는
과정에서 도시의 기반 시설을 건축의 중요한 요소로
두었다. 이는 가장 급진적으로 시설을 건축의 중요한 한
요소로 다뤘던 사조다. 구로카와 기쇼의 캡슐 타워는
중심의 코어를 통해 도시의 에너지 인프라 시설을 모두
공급한다. 주거 공간은 캡슐이라는 단위로 되어 있는데,
이는 코어에 떼었다 붙였다 할 수 있으며 언제든지
코어로부터 에너지 시설을 공급받을 수 있다.

코어 자체의 개념은 고층 빌딩에서 아주 일반적인
개념이지만, 캡슐 타워의 코어는 도시의 땅에 묻힌 기반
시설의 개념을 수직으로 확장하였다는 점에서 주목할
만하다. 캡슐 타워의 이 코어라 불리는 수직 기반 시설의
사례에서 알아내고자 하는 것은 〈결국 내가 찾고자
하는 것, 구조와 시설이 함께 탐구된 결과물은 일반적인
코어가 될 것인가〉이다. 그것이 철골의 비워진 공간에서
내가 찾고자 하는 합리성인가? 그럴지도 모른다. 내가
찾고 있는 합리성은 코어에 있을지도 모른다. 다만 나는
이 코어를 벽으로 둘러싸인 방과 같은 형상이 아닌,
기둥이라고 인식할 만큼 압축하여 구조와 시설이 함께
정립한 양식의 형태를 찾고 싶은 것이다.

캡슐 타워의 코어는 지속해 탐구되었다면 일반적인
코어를 벗어나 하나의 양식으로 발전할 수 있지 않았을까.

---

*   생물이 대사를 반복하면서 성장하는 것처럼 건축이나 도시도 유기적으로 변화할
    수 있도록 디자인되어야 한다는 사상을 토대로 1960년대 일본에서 태동했으며,
    세계가 일본의 현대 건축에 주목하는 계기를 만든 건축 운동.

지금 철거된 이 건물의 중심 구조는 계단실 딸린 코어일 뿐이다. 메타볼리즘은 이후 사조의 요점을 신진대사의 결합과 증식으로 설정해 버리는 바람에 기반 시설에 대한 탐구가 더 깊어지지 못한 채로 끝이 났다.

14

코끼리잠

제주도에 있는 게스트 하우스로 마을의
평온함을 유지하기 위해 주변 건물들과 비슷한
높이로 설계했다. 도로보다 낮은 대지 상황을
그대로 받아들여, 건물 깊숙한 곳으로 갈수록
점점 낮아지며 움푹한 곳으로 들어가는 듯한
경험을 할 수 있다.

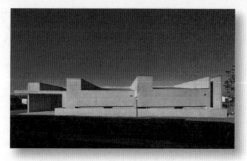

코끼리잠의 외부 모습.

마음대로 그리는 다면

건축가들이 자신의 건축 작업을 발표하는 것을 들어 보면, 건축 그 자체에 관한 얘기보다 그것을 만들기 위해 얼마나 노력하고 고생했는지를 자랑하는 것 같다는 생각을 종종 합니다. 인고의 노력을 들여 다듬고 벼리어 낸 섬세한 도면은 여기서 항상 빠지지 않고 등장하는 필수 요소 중 하나인 듯합니다. 추측건대 실무 능력보다는 거창한 말이 앞섰던 그 전 세대에 대한 반작용으로 생각되기는 합니다만, 저는 이런 모습에서 종종 낯간지러움을 느끼곤 했습니다.

좋은 화가라면 좋은 그림을 그리면 되고, 좋은 작가라면 좋은 글을 쓰면 됩니다. 마찬가지로 좋은 건축가라면 좋은 건축을 만들면 됩니다. 아니면 좋은 건축이란 무엇인지에 관하여 이야기하면 될 뿐입니다. 그런데 남들이 자신의 노력을 알아봐 주는 데에 왜 그렇게 집착하는지, 그리고 왜 작품이 아닌 노력으로 남들과 자신을 구별 지으려고 하는지 저는 잘 이해가 가질 않습니다.

좋은 건축을 만들기 위해 노력하지 않는 건축가가 있을까요? 저에게 도면은 그 당연한 노력 중 하나일 뿐이어서, 도면을 주제로 글을 쓰게 되었을 때 좋은 도면이란 무엇인가에 대하여 기술적으로 서술하거나, 왜/어떻게 우리는 좋은 도면을 그려야 하는지 따위의 말을 설파하고 싶지는 않았습니다. 사실 그럴 능력도 없거든요. 그렇다고 좋은 도면을 그리기 위해 기울였던 우리의 노력을 나열하고 싶지도 않았습니다. 대신 건축의 한 과정 가운데서 도면을 그리면서 느끼는 지극히 개인적인 감정에 관해서 이야기해야겠다고 생각했습니다.

감리 체크 리스트 1. 이동 시간이 많이 소요되는 제주도 현장 감리 특성상 미리
그날 보아야 할 것들을 정리해 두면 시간을 효율적으로 사용할 수 있다.

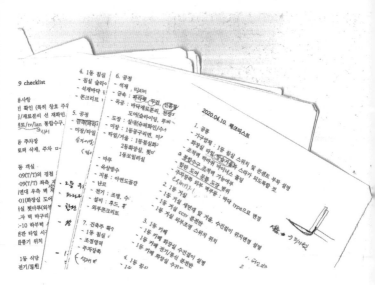

감리 체크 리스트 2.

다들 어린 시절 책상에 이불을 덮어 놓고 비밀 기지랍시고
그 아래로 기어 들어갔던 적이 있을 겁니다. 혹시 그때
느끼곤 했던 세상에 나밖에 모르는 나만의 장소에 있는
듯한 묘한 안정감을 기억하시나요? 좀 웃기긴 하지만,
저는 도면 그릴 때면 그런 안정감을 느끼곤 합니다.
도면을 그릴 때만큼은 내 세상이랄까요?

　평소 푸하하하에서의 생활은 이런 안정감과는
거리가 멉니다. 밥 한번 먹으러 갈 때도, 게임 한판
할 때도, 뭐 하나 내 마음대로 결정할 수가 없습니다.
나만의 물리적, 정신적 공간 따위도 있을 리가 없습니다.
이곳에서는 사장들뿐만 아니라 직원들도 극단적인
집단주의자들이거든요. 하지만 어쩌면 내가 그리는 도면
속에서만큼은 의뢰인도, 시공사도, 심지어 같이 일하는
소장보다도 저에게 우선 결정권이 있다고 생각합니다.
그리고 반드시 이런 생각으로 도면을 그려야만
한다고까지 믿습니다. 그렇지 않으면 손이 잘 나가지 않을
겁니다. 그래서 설계를 더 풍성하게 발전시킬 수 없을
것이고요. 그런 도면은 기준과 원칙도 잘 드러나지 않을
것이 분명합니다. 그저 모호하고 책임감 없는 도면이 될
뿐입니다.

　하지만 이렇게 제가 믿는 바와는 별개로 프로젝트를
진행하다 보면 소장의 의견으로 결정되는 경우가
많습니다. 그것이 큰 방향이나 줄기 같은 것이라면 믿고
따르려고 노력합니다만, 가끔 세부적인 디테일에서는
동의하지 않을 때가 있습니다. 이럴 땐 바로 소장과

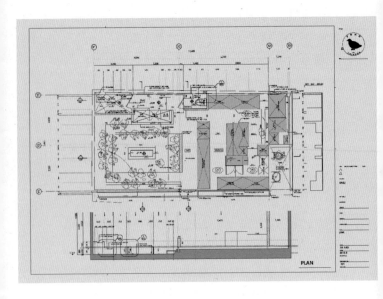

옹느세자매 도면: 도면에 사람이 바글바글.

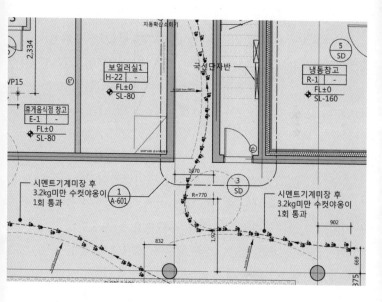

흙담 평면도: 콘크리트 노출 바닥을 고양이가 밟고 지나간 후 도면 수정.

코끼리잠

얘기하면서 고쳐 나가려 하는데, 설득은커녕 저의 의견은
깔아뭉개기 십상입니다. 이럴 땐 속으로 〈하하, 도면 그릴
때 보자〉 하고 생각합니다. 그리고 도면을 그릴 때 의심이
갔던 부분은 몰래 고쳐 놓곤 합니다. 도면 속만큼은
나만의 세상이고 그래서 아무도 나에게 무어라고
참견하는 사람이 없습니다.

　한양규 소장은 〈그려, 도면은 그리는 놈 맘이지〉 하면서
이해해 주려고 하는 것 같습니다. 가끔 오른쪽 귀를
잡으면서 그 애기를 할 때가 있는데 이건 말은 이렇게
했지만, 마음에 들지 않는다는 뜻입니다. 그렇지만 이
악물고 애써 못 본 척하면 그만입니다.

　한승재 소장은 몰래 도면을 고쳐도 잘 발견하지
못합니다. 가끔 나중에 현장에서 〈이게 이랬었어,
딘성아?〉라고 물어볼 때가 있지만, 이거 소장님이 처음에
디자인한 그대로라고 둘러대면, 겸연쩍은 듯 웃으면서
〈아, 그렇지!〉 하면서 넘어가곤 합니다. 그리고 한마디
덧붙입니다. 〈딘성아, 내가 이 정도인 줄은 몰랐어……〉

　윤한진 소장은 조금 성가십니다. 치수가 조금만
바뀌어도 〈아, 씁~ 여기 비례가 안 이랬는데〉라고
중얼거리면서 기가 막히게 알아차립니다. 그리고 지난
파일들을 다 일일이 확인하곤 합니다. 그럴 때 쓰는
저만의 필살기가 있는데, 영업 비밀이라 여기에는
생략하겠습니다. 지금 윤한진 소장과 같은 팀이라서요.

　제가 이런 성향이다 보니, 아무래도 남들도
마찬가지이지 않을까 생각하는 것 같습니다. 그래서
종종 다른 푸하하하프렌즈 친구들이 그린 도면들을 몰래

열어 보곤 합니다. 각자의 도면을 보다 보면 그린 사람의 성향, 그러니까 그들의 세계가 보입니다. 누군가는 사려 깊고 친절하지만 조금은 부담스럽기도 하고, 또 누군가는 구석구석 꼼꼼하지만 너무 강박적이라는 생각이 듭니다. 또 누군가의 도면은 세련되어 있지만 한편으로는 정신병자가 그린 것처럼 정신이 하나도 없습니다. 아마도 사람마다 성격이 다르니, 도면도 그런 것일 겁니다. 사람마다 장단점이 있어서 더 훌륭한 사람을 꼽기 어려운 것처럼, 이 중에서 어떤 것이 좋은 도면인지는 저도 잘 모르겠습니다.

하지만 한 가지 확실한 점은 자신이 주인이 되어서, 자기가 끌리는 대로 그린 도면은 반드시 티가 난다는 것입니다. 그 도면에는 무언가 그린 사람의 즐거움 같은 것이 묻어 있습니다. 무슨 도면 따위에 감정을 이입하느냐고 말할 수도 있겠지만, 정말 그런 게 느껴집니다. 저는 개인적으로 그런 도면을 좋아합니다. 왜 좋은지는 정확히 설명하지 못하겠습니다. 아마도 동병상련이 아닐까요?

코끼리잠

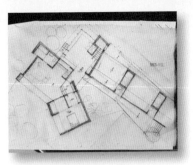

코끼리잠 초기 스케치.

다면 MBTI

딘 재

도면 MBTI에서는 인간의 성향을 다음과 같이 네 가지
경향으로 분류한다.

1. 계획에 대한 성향

숲성Forest

숲을 구상하고 나무를 하나하나 심는 성향. 본격적으로
도면을 그리기에 앞서 도면 목록부터 작성하는 데 많은
시간을 할애한다. 도면의 순서에도 집착하기도 하며, 도면
간 글자 크기나 블록의 스케일 따위를 통일되지 않은
것을 매우 싫어한다. 계획을 먼저 세우고 작업하기에 대게
효율성이 높지만, 계획에 집착한 나머지 시간을 헛되이
사용하는 때도 있다. 예 → 268p

나무성Tree

먼저 큰 숲을 구상하기보다는 나무 하나하나를 그려
나가면서 숲을 만드는 성향. 본인이 도면을 그리다 보면
더 그려야 할 것이 자꾸 생각난다면 여기에 해당된다.
어딘가에 집착하는 부분이 딱히 없어서 가끔은 효율적일
때가 있다. 예 → 270p

2. 균질함에 대한 척도

항상성Hangsang

도면집 전체에 걸쳐 균질한 퀄리티를 유지하는 성향.
계획도나 창호도 등 디테일을 디자인할 것이 별로 없고

그리기는 귀찮은 도면일지라도 충분한 시간을 할애한다.
아무도 시공사마저도 거들떠보지 않을 것만 같은 정화조
상세도 따위의 도면도 일관된 양식에 맞추어 그린다면
여기에 해당한다. 예 → 272p

기분성Giboon

프로젝트를 대표할 만한 중요한 도면, 또는 그릴 때
재밌는 도면에 많은 시간을 할애한다. 보통 디테일이 잔뜩
담긴 상세도를 그릴 때 제일 행복해한다. 디테일을 마구
그린 나머지 공사비를 기하급수적으로 증가시키기도
하지만, 그만큼 세심한 면도 있다. 예 → 274p

3. 도면을 그리는 목적에 대한 생각

탐미성Aesthetic

가끔은 시공을 위해 도면을 그리기보단 순전히
자기만족을 위해 도면을 그리는 것처럼 보인다. 도면을
보았을 때 우선 아름다우면 잘 그린 도면이라고 생각한다.
도면의 선 굵기나 해치에 매우 민감하며, 멋진 도면을 위해
글자나 숫자가 눈곱만큼 작게 하는 경향이 있다. 예 → 276p

실용성Progmatic

기본적으로 도면은 건물을 짓기 위한 것으로 생각한다.
보기에 아름다운 도면보다는 시공사가 보기에 편한
도면을 그리고자 한다. 시공하는 분들은 대부분
노안이기에 글자와 숫자를 크게 그린다. 예 → 278p

4. 도면의 섬세한 표현

시크성Chic

재료 분리대와 같이 일반적인 디테일은 단순히 글자로
표현한다. 그런 것은 어차피 나중에 현장에서 협의하면
그만이라고 생각한다. 가끔 도면이 불친절한 나머지
시공사가 디테일을 곡해하거나 빠트리게 하는 실수를
초래하기도 한다. 다만 도면이 건물을 심플하게 보이게
해서 시공사의 부담을 줄여 주기도 한다. 예 → 280p

친절성Kindness

아주 단순한 디테일마저도 도면에 옮겨 놓아야 직성이
풀린다. 모든 도면에 걸쳐 전반적으로 현미경으로 보는
것과 같이 부분 부분을 확대해 놓은 도면이 많다. 도면이
친절해 보인다. 하지만 가끔은 친절함이 지나쳐 시공사에
부담으로 다가올 때가 있다. 예 → 282p

숲성 도면

여러 차례 도면 수정이 반복되면 도면 목록표는 대개 관심 밖의 도면이 되어 버린다. 그러나 이 도면은 수차례 수정이 이루어졌음에도 도면의 틀을 유지한 채로 업데이트되고 있음을 보여 준다.

■ 도면목록표-1

일련번호	도면번호	도 면 명	축척	비고	일련번호	도면번호
건축 (A)						
	A ~ 0	개요 및 각종계획도				A ~ 1	기본도면
	A ~ 001	도면목록표-1	NONE	수정 (REV3)		A ~ 101	나동 1층
	A ~ 002	도면목록표-2	NONE	수정 (REV3)		A ~ 102	나동 2층
	A ~ 003	도면목록표-3	NONE			A ~ 103	나동 3층
	A ~ 004	도면목록표-4	NONE			A ~ 104	나동 지붕
	A ~ 006	건축개요	NONE			A ~ 111	가동 1층
						A ~ 112	가동 2층
	A ~ 011	조감도 및 투시도-1	NONE	수정예정 (REV4)		A ~ 113	가동 3층
	A ~ 012	조감도 및 투시도-2	NONE	수정예정 (REV4)		A ~ 114	가동 지붕
	A ~ 013	조감도 및 투시도-3	NONE	수정예정 (REV4)			
	A ~ 014	조감도 및 투시도-4	NONE	수정예정 (REV4)		A ~ 121	입면도-1
	A ~ 016	조감도 및 투시도-5	NONE	수정예정 (REV4)		A ~ 122	입면도-2
	A ~ 016	조감도 및 투시도-6	NONE	수정예정 (REV4)		A ~ 123	입면도-3
	A ~ 017	조감도 및 투시도-7	NONE	수정예정 (REV4)		A ~ 124	입면도-4
	A ~ 018	조감도 및 투시도-8	NONE	수정예정 (REV4)		A ~ 125	입면도-5
	A ~ 019	조감도 및 투시도-9	NONE	수정예정 (REV4)		A ~ 126	입면도-6
	A ~ 020	조감도 및 투시도-10	NONE	수정예정 (REV4)		A ~ 127	입면도-7
	A ~ 021	배치도	1/200	수정 (REV2)		A ~ 131	단면도-1
	A ~ 022	면적산출표	1/400			A ~ 132	단면도-2
	A ~ 023	주차계획도	1/200			A ~ 133	단면도-3
	A ~ 024	우오수계획도	1/200			A ~ 134	단면도-4
	A ~ 026	조경계획도-1	1/200			A ~ 135	단면도-5
	A ~ 026	조경계획도-2	1/200				
	A ~ 027	조경계획도-3	1/200			A ~ 141	부분단면
	A ~ 028	단열계획도	1/400			A ~ 142	부분단면
	A ~ 029	장애인편의시설설치계획도	1/400			A ~ 143	부분단면
						A ~ 144	부분단면
	A ~ 031	나동 1층 철거계획도	1/100	수정 (REV1)		A ~ 145	부분단면
	A ~ 032	나동 2층 철거계획도	1/100	수정 (REV1)		A ~ 146	부분단면
	A ~ 033	나동 3층 철거계획도	1/100	수정 (REV1)		A ~ 147	부분단면
	A ~ 034	나동 지붕층 철거계획도	1/100	수정 (REV1)		A ~ 148	부분단면
	A ~ 036	가동 1층 철거계획도	1/100	수정 (REV1)			
	A ~ 036	가동 2층 철거계획도	1/100	수정 (REV1)		A ~ 161	구조상세
	A ~ 037	가동 3층 철거계획도	1/100	수정 (REV1)		A ~ 162	구조상세
	A ~ 038	가동 지붕층 철거계획도	1/100	수정 (REV1)		A ~ 163	구조상세
						A ~ 164	구조상세.
						A ~ 166	구조상세

REV 1 : 180816
REV 2 : 180626
REV 3 : 180702

척 척	비 고	일련번호 도면번호		도 면 명	척 척	비 고
			A – 4	실육		
1/100	수정 (REV2)		A – 401	엘레베이터상세도-1(입면도)	1/50	수정 (REV2)
1/100	수정 (REV2)		A – 402	엘레베이터상세도-2(단면도)	1/50	수정 (REV2)
1/100	수정 (REV2)		A – 403	엘레베이터상세도-3(평면도)	1/25	수정 (REV2)
1/100	수정 (REV2)		A – 404	엘레베이터상세도-4(구조도)	1/25	추가 (REV2)
1/100	수정 (REV2)					
1/100	수정 (REV2)		A – 411	전면 연결브릿지상세도-1	1/50, 1/25	수정 (REV3)
1/100	수정 (REV2)		A – 412	전면 연결브릿지상세도-2(구조도)	1/50, 1/10	추가 (REV3)
1/100	수정 (REV2)		A – 413	전면 연결브릿지상세도-3(투시도)	NONE	추가 (REV3)
			A – 414	후면 연결브릿지상세도-1	1/50, 1/25	수정 (REV3)
1/100	수정 (REV2)		A – 415	후면 연결브릿지상세도-2(구조도)	1/50, 1/10	추가 (REV3)
1/100	수정 (REV2)		A – 416	후면 연결브릿지상세도-3(투시도)	1/50, 1/10	추가 (REV3)
1/100	수정 (REV2)					
1/100	수정 (REV2)		A – 421	계단상세도(가동)-1	1/50	수정 (REV2)
1/100	추가 (REV2)		A – 422	계단상세도(가동)-2	1/50	수정 (REV2)
1/100	추가 (REV2)		A – 423	계단상세도(가동)-3(구조도)	1/20	추가 (REV2)
			A – 424	계단상세도(나동)-1	1/50	수정 (REV2)
1/100	수정 (REV2)		A – 425	계단상세도(나동)-2(구조도)	1/50	추가 (REV2)
1/100	수정 (REV2)					
1/100	수정 (REV2)		A – 431	공용공간 바닥 돌눈 계획도-1(가동 1층)	1/100	추가예정 (REV4)
1/100	수정 (REV2)		A – 432	공용공간 바닥 돌눈 계획도-2(가동 2층)	1/100	추가예정 (REV4)
			A – 433	공용공간 바닥 돌눈 계획도-3(나동 1층)	1/100	추가예정 (REV4)
			A – 433	공용공간 바닥 돌눈 계획도-4(나동 2층)	1/100	추가예정 (REV4)
1/50, 1/25	수정 (REV2)		A – 441	공용공간 천장 돌눈 계획도-1(가동 1층)	1/100	추가예정 (REV4)
1/20	추가 (REV2)		A – 442	공용공간 천장 돌눈 계획도-2(가동 2층)	1/100	추가예정 (REV4)
3/20	추가 (REV2)		A – 443	공용공간 천장 돌눈 계획도-3(나동 1층)	1/100	추가예정 (REV4)
1/50, 1/25	수정 (REV2)		A – 444	공용공간 천장 돌눈 계획도-4(나동 1층)	1/100	추가예정 (REV4)
1/20	추가 (REV2)					
1/10	추가 (REV2)					
1/20	추가예정 (REV4)		A – 2	천장		
1/20	추가예정 (REV4)		A – 201	나동 1층 천장도	1/100	수정예정 (REV4)
			A – 202	나동 2층 천장도	1/100	수정예정 (REV4)
1/30	수정 (REV3)		A – 203	나동 3층 천장도	1/100	수정예정 (REV4)
1/10	추가 (REV3)		A – 211	가동 1층 천장도	1/100	수정예정 (REV4)
1/10	추가 (REV3)		A – 212	가동 2층 천장도	1/100	수정예정 (REV4)
1/10	추가 (REV3)		A – 213	가동 3층 천장도	1/100	수정예정 (REV4)
			A – 221	천장상세도 및 기구설치상세도-1	1/10	수정예정 (REV4)
			A – 222	천장상세도 및 기구설치상세도-2	1/10	수정예정 (REV4)

Project

Key Map

OTD 성수역점 등록설계

Drawing Title   Drawing NO.

도면목록표-1   A-001

Date   2018/09/16
Scale / Size   NONE
Drawn by   Jineung On
Reviewed by   Seungjae Han

FHHH FRIENDS

Han Seungjae
TEL: +82)70-4294-0325
FAX: 02-6455-0365
fhhh@naver.com
SS. World Cup buk-ro, Mapo-gu
Seoul, Republic of Korea

코끼리잠

나무성 도면   일일이 손으로 쌓은 듯 바닥 벽돌과 벽돌 간격이 꼼꼼하게 표현되어
있다. 도면의 다른 부분과 비교해 봤을 때 벽돌 바닥에 유달리
애정을 쏟았음을 알 수 있다.

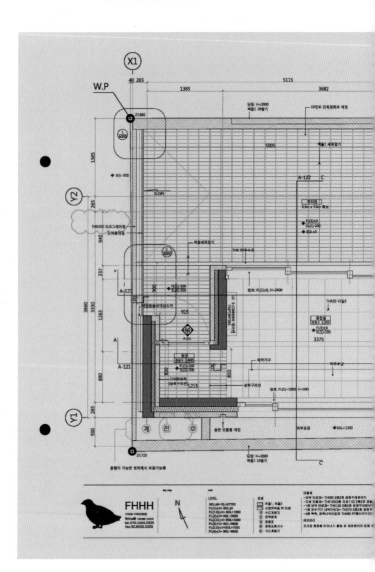

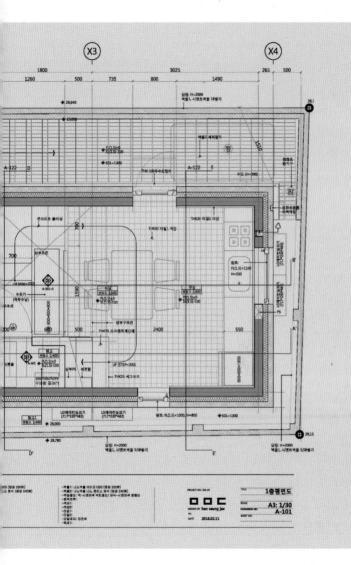

코끼리잠

항상성 도면　　여백을 남기지 않고 빈 곳이 없도록 그리는 것이 중요하다. 도면을
　　　　　　　완성했을때 기계 회로도, 또는 실험실의 차트처럼 보인다.

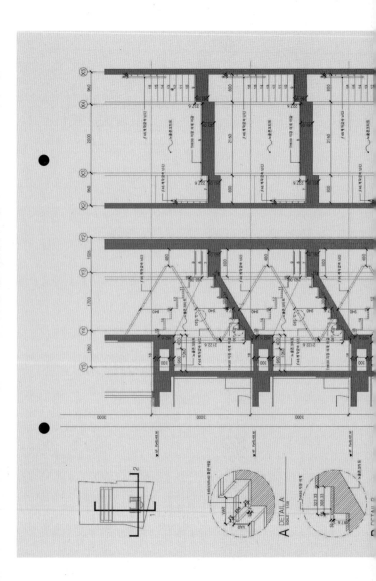

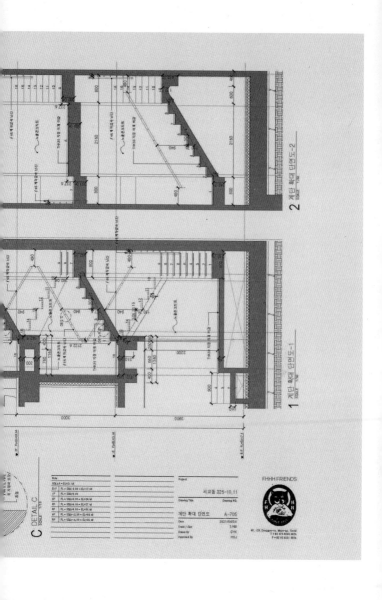

2 계단 확대 단면도-2
SCALE 1/40

1 계단 확대 단면도-1
SCALE 1/40

C DETAIL C
SCALE 1/10

FHHH FRIENDS

Project
서교동 325-10,11

Drawing Title   Drawing NO.
계단 확대 단면도   A-705

Date   2021/04/16
Scale / Size   1/40
Drawn by   GYK
Approved by   HSJ

4F, IDX Dioggaro-ro, Mapo-gu, Seoul
T +82 474 4234 4434
F +82 82 4331 4874

기분성 도면   건물의 어느 부분을 지나치게 상세하게 그리다가 급기야
클라이언트의 얼굴까지 그려 넣는다.

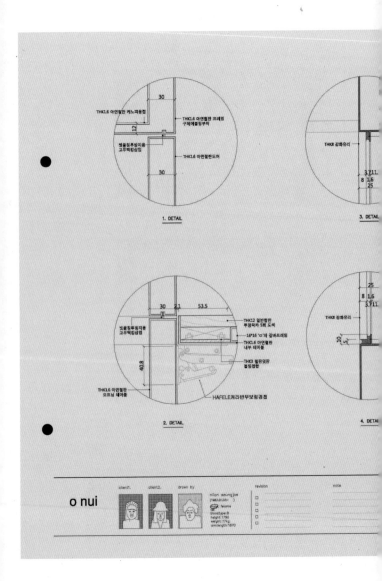

274

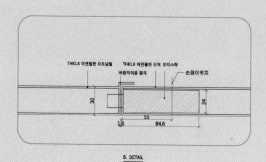

THKL6 아연철판 오프닝될 THKL6 아연철판 도어 모티스락
바원막이용 절곡 손잡이위치

30 24
1.6 84.6
55

5. DETAIL

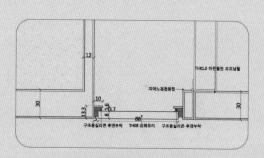

12
THKL6 아연철판 오프닝될
피아노경첩용접

30 30
10
13.3
8 3.7
80
구조용실리콘 후면부착 THK8 강화유리 구조용실리콘 후면부착

6. DETAIL

FHHH FRIENDS
fhhh@naver.com
tel.070.4204.0325
fax.02.8220.0325
www.fhhhfriends.com

2nd floor
631-7 Seongamdong
Mapogu, Seoul
Republic of Korea

PROJECT NO 16-03
FACADE PLAN3

A3. 1/2
A-104
2016.04.08

탐미성 도면 　중요하지 않은 라인은 얇은 선으로, 콘크리트 벽체는 가장 두꺼운 선으로 표현한다. 그래야 도면이 입체적으로 읽힌다. 선 굵기를 조절하는 대신 회색 선을 사용해 도면에 명암을 주는 손쉬운 방법도 있는데 이는 범죄에 가까운 아주 불경한 행위다.

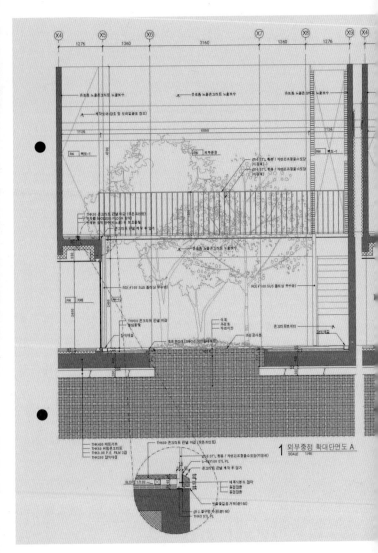

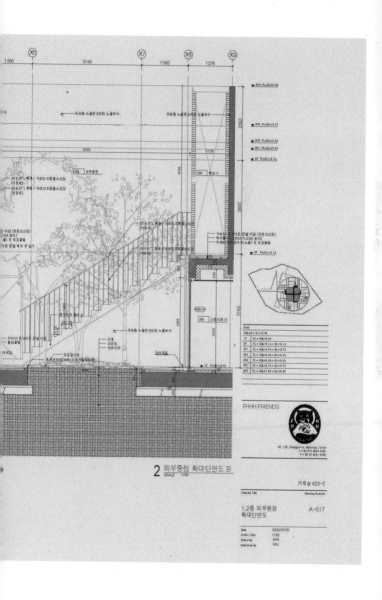

2 외부중정 확대단면도 B
SCALE 1/60

FHHH FRIENDS

4F, 159, Dosan-daero, Mapo-gu, Seoul
F + 82 070 4044 6691
F + 82 02 6421 6691

거제 숲 623-2

Drawing Title   Drawing Number

1,2층 외부중정   A-617
확대단면도

Date	2020/07/31
Scale / Size	1/60
Drawn by	KHS
Approved by	HSJ

치수가 큼지막하고 시원시원해 잘 읽힌다. 언뜻 헹하게 보이기도 하지만 불필요한 정보를 기입하지 않아 정확한 정보 전달에 더 쉽다. 그렇기에 시공 현장에서 가장 선호하는 도면이다.

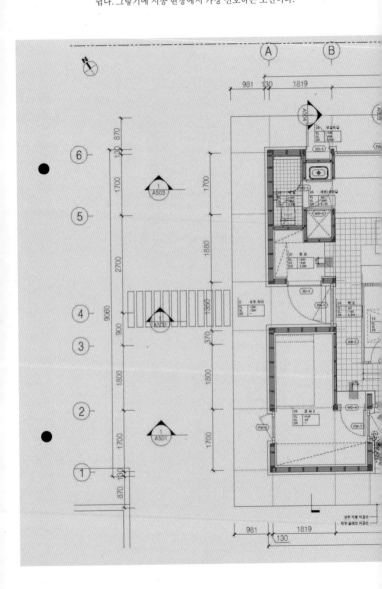

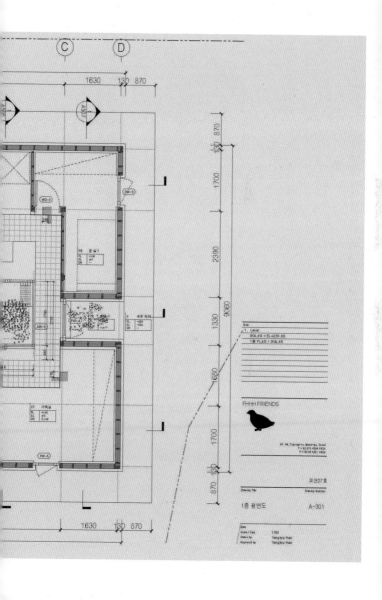

괴산27호

Drawing Title	Drawing Number
1층 평면도	A-301

Date	
Scale / Size	1/60
Drawn by	Yangkyu Han
Approved by	Yangkyu Han

시크성 도면 잘 모르는 분야의 도면은 차라리 시크하게 그리는 게 나을 수도
있다. 건축가가 모든 것을 해결할 필요 없다는 방식이다. 추후에
분야별 전문가가 상세도를 작성하도록 한다.

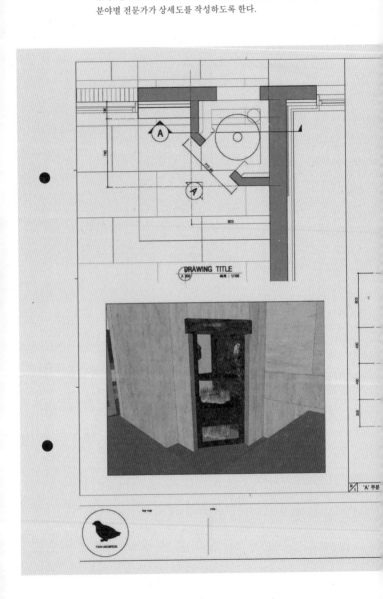

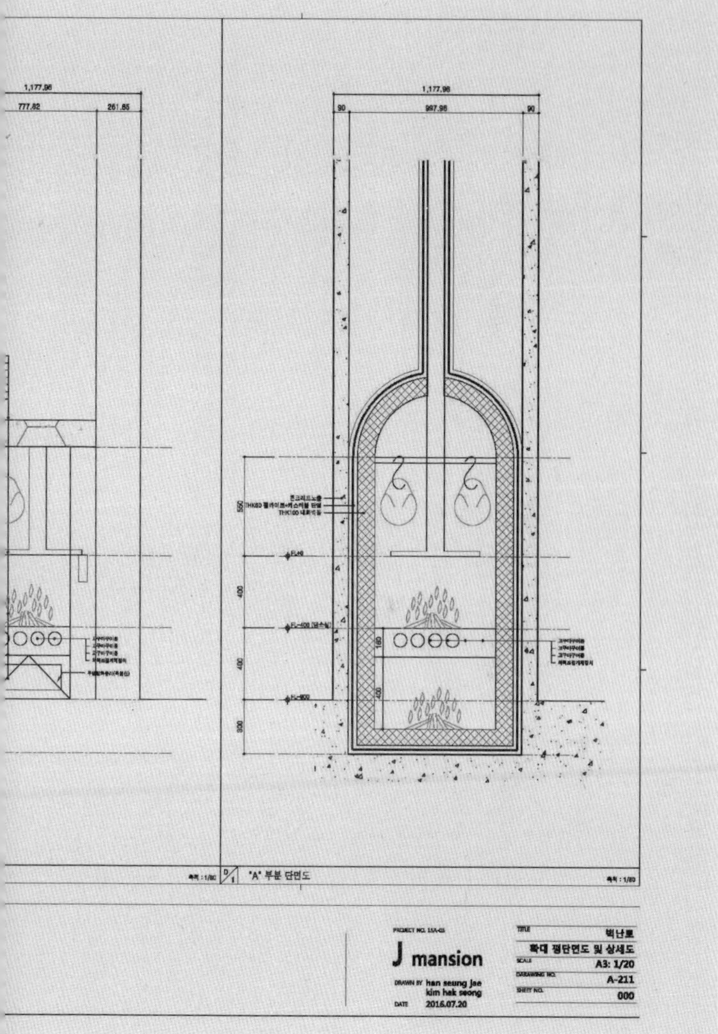
1,177.96
777.82
261.65
1,177.96
90
997.96
90
550
400
400
300
180
400
FL+0
"A" 부분 단면도
PROJECT NO. 15A-05
J mansion
DRAWN BY han seung jae
kim hak seong
DATE 2016.07.20
TITLE
벽난로
확대 평단면도 및 상세도
SCALE
A3: 1/20
DARAWING NO.
A-211
SHEET NO.
000

친절성 도면   건축가가 건축의 모든 부분을 다 알아야 한다고 생각하는 방식이다.
도면에 표기된 〈네오프렌 개스킷〉은 모든 현관문에 달려있는 고무
패킹을 뜻한다. 즉 일반적인 현관문 도면을 되도록 치밀하게 그린
것이다.

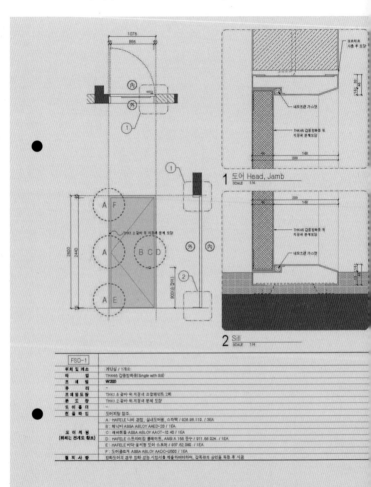

1 도어 Head, Jamb
  SCALE 1/4

2 Sill
  SCALE 1/4

FSD-1	
위 치 및 개 소	계단실 / 1개소
타 입	THK46 강통창하문(Single with Sill)
프 레 임	W200
유 리	-
프레임도장	THK1.6 갈바 위 지공서 초합페인트 2회
분 도 장	THK1.2 갈바 위 지공서 분체 도장
도 어 클 더	-
컨 틀 타 입	도어 디테일 참조
도 어 적 본 (위치는 전개도 참조)	A : HAFELE 나비 경첩, 실내도어용, 스탠탁 / 926.98.110. / 3EA
	B : 패닉바 ASSA ABLOY AAED-20 / 1EA
	C : 세버튼 ASSA ABLOY AAOT-10.40 / 1EA
	D : HAFELE 스트라이킹 플레이트, ANSI A 156 등수 / 911.56.024. / 1EA
	E : HAFELE 바닥 설치형 도어 스토퍼 / 937.62.090 / 1EA
	F : 도어클로저 ASSA ABLOY AADC-U600 / 1EA
협 의 사 항	양화도어의 경우 양화 설능 시험성들 제출하여야하며, 감독편의 승인을 득한 후 시공

282

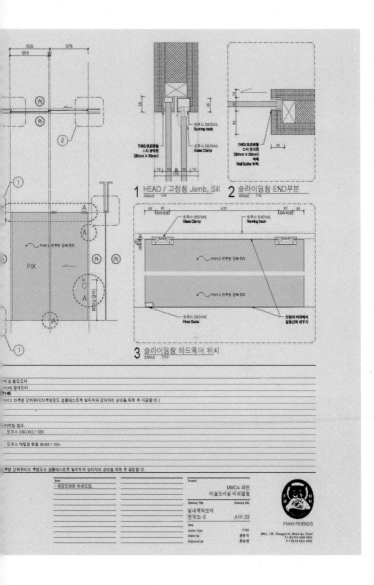

1 HEAD / 고정창 Jamb, Sill
SCALE 1/4

2 슬라이딩창 END부분
SCALE 1/4

3 슬라이딩창 하드웨어 위치
SCALE 1/10

Project
MMCA 과천
미술도서실 리모델링

Drawing Title   Drawing NO.
실내제작도어
전개도-3   A10.23

Date
Scale / Size   1/40
Drawn by   춘환석
Approved by   원승경

FHHH FRIENDS
M0s, 1EX, Dooggorm, Maro-gu, Seoul
T+ 02 070 4194 9826
F+ 02 02 6221 8826

15

빈 모서리 집

2016년 연희동에 단독 주택 대수선 프로젝트를 진행하였는데, 공사 도중 시공자가 잠적하여 푸하하하프렌즈가 직접 현장을 관리하고 공사를 마무리 지었다. 당시 의뢰인인 안윤미는 갖은 고초를 겪었는데도 고생의 맛을 잊지 못하고 다시 한번 건축을 의뢰하였다. 연희동에 있는 단독 주택으로 이번엔 여러 세대의 가구가 함께 거주하는 주택을 설계하였다. 최소한의 기둥을 사용하여 넓은 실내를 확보하고, 내부 구획을 자유로이 변경할 수 있도록 하였다.

윤미 씨의 공간으로 통하는 비밀 계단.

보내지 못하는 답장

윤한진 님께,

동준에 대하여

고등학생인 만큼 학교생활과 입시가 1순위인데 본인은 뭔
생각을 하고 있는지 모르겠어요. 미술 시간이 매일 네 시간씩
있는 학교생활은 재미있다네요. 137명 정원인 미술과에서
남자가 14명밖에 안 되고, 한 반에 남자애 3~4명, 여자애는
30명이 넘는 행복한(?) 생활을 하고 있어요. 몇 안 되는
남자애들과 아주 돈독하게(서로 소중히) 지내고 있지요.
남자애들 댓 명이랑 점심시간에 학교 뒤에 있는 계곡에 가서
독개구리(?)를 밟아 죽이고 논다네요. 고등이면 반어른이라
생각했는데 안 그런가 봐요.

　요즘은 2주씩 등교와 원격 수업을 병행해요. 줌 수업으로,
자기 방에서 이젤 놓고 그림 그리는 시간이 많아요(좁네요).
여유가 생기면 작업 책상과 공부 책상을 따로 놔주고 싶어요.
정리 정돈을 못 해서, 책상은 엉망인 경우가 대부분이고 벗은
옷을 식탁 의자나 옷방 바닥에 아무렇게나 놓는 일이 많아요.
옷장 독립 필수. 공부는 집 근처 스터디 카페에서 하는
날이 많은데, 집에서는 자꾸 딴짓하게 되나 봐요. 집에도
집중할 수 있는 환경(가능은 할지)을 만들어 주고 싶어요. 집
짓는 것에 심드렁했었는데 최근에 집 지으면 자기 방 넓게
해달라네요.

　중간고사가 있던 5월에는 집안이 하루도 편할 날이
없었어요. 저도 잘하고 싶다고는 하는데, 몸뚱이(습관)가 안
받쳐 주는 것 같아요. 미루는 습관이 있어요. 해야 하는 걸
알면서도 하지 못한 자기 자신에 대해 화도 나는 모양이에요.

　　　　　　　　　　　　　　　　빈 모서리 집

자신도 한심한(?) 날은 그 화를 다른 식구들에게 드러내고 저는 그런 걸 용인하지 못하고……. 시끄러운 날이 많았어요. 중간고사 끝나고 요즘은 개교 미술전을 준비하는 기간인데 훨씬 부드럽게 대화가 되네요. 키는 이제 173센티미터 정도 되고, 몸은 많이 말랐어요. 중2부터는 운동으로 검도를 시작했어요. 작년부터 코로나로 가다 말다 제대로 못 하고 있네요. 최근에는 팔 굽혀 펴기를 시작해서 30번씩 하고 있는데, 운동하겠다고 철봉(?)을 사달라는 충격적인 말을 하네요. 거실에 놓겠다고요……. (저는 질색.)

연우에게 참 좋은 오빠였고 둘이 의좋은 오누이였었는데. 사춘기 접어들면서부터 연우에게도 못된 말 자주 해요. (쫑알쫑알 싸우면서도 연우는 의외로 쿨하게 잘 넘기는 편.) 미술 학원 다니면서부터 경제적으로 풍요로운 아이들이 주변에 많아지는 걸 의식하는 것 같아요. <엄마, 누구누구 부자야> 이런 말을 하네요. 괜히 듣기 싫어요. 엄마가 간섭하는 게 너무 싫으면서도 또 신경 끊으면 그것도 싫어요. <어쩌라고>라는 말이 목구멍까지 나오는데, 참을 인 자 새기며 참으려고 노력하다가 한 번씩 빵 터지고 이런 생활의 반복이에요.

연우에 대하여

연우는 사립 초등학교에 다니다 보니 아침에 학교를 일찍 나가는 편이에요. 6시 50분 정도 일어나서 7시 40분 정도 출발해요. 올해 학교 끝나고 집에 한두 시간 혼자 있어야 하는 기간이 있었는데 무서워서 혼자 집에 못 있겠다고 하더라고요. 그래서 바로 학원에 가는 일정을 세팅해 주었어요. 끝나고 집에 오면 6시~7시 사이. 밥 먹고, 씻고, 8~9시 정도부터 숙제하고, 가방 챙기고 하면 10시 30분~11시나 되어야 자요. 하루가 빽빽한 생활이지요. 주로 저와 부엌 식탁에서 공부해요. 그래서 아시다시피 올해 큰맘 먹고 일룸 독서실 책상을 1층에 들였네요. 주말에도 많은 시간을 숙제하면서 보내요. 아직 혼자 자기 방에서는 공부를 밀도 있게 하진 못하고, 제가 옆에서 감시(?)와 격려를 해주네요. 새집에 들어갈 즈음에는 자기 방에서 혼자 해야겠죠.

작년에는 발레 공연도 했어요. 공연하는 게 너무너무 좋았다고 해요. 꿈에서도 나오고 공연 또 하고 싶다고 하며, 다음에는 주인공을 하고 싶대요. 아이돌 춤추는 거 좋아하고 잘 따라서 춰요. 소질이 좀 있는 거 같아요. 큰 거울 달린 춤추는 데가 있으면 좋겠대요. 아래층 사무실 세줬을 때는 제가 맨날 춤추지 말라고 시끄럽다고 그랬었어요. 자기는 유명한 사람이 되고 싶다네요. 이효리나 화사처럼 유명한 사람이 되고 싶대요. 춤과 노래하는 사람이 되고 싶다는데……. 춤은 확실히 남다른 면이 있지만 노래는 음치라 패스. 오빠가 미술 전공 준비하는 걸 보더니, 자기도 뭐를 전공하고 싶대요. 오빠를 자랑스럽게 생각하고 오빠를 많이 좋아해요. 얄밉게 이르기도 잘해요. 요즘엔 둘이 툭하면 다퉈서 화가 많이 나요.

집 짓고 이사 왔을 때 2년 정도는 자기 방 천장이 박공지붕인 거를 너무 싫어했어요. 너무 속상했죠. 그런데 초등학교 입학할 때, 지금 있는 이층 침대를 들여 주면서, 하느님이 이 천장을 계획하신 건가(이대 부초가 기독교

학교라 성경 배워서 믿음이 있길래), 이층 침대 너무너무 잘 어울리고 다락방 같다〉고 제가 의도적으로 말한 뒤부터 자기 방 지붕을 좋아하게 되었어요. 이층 침대 사주면 자기 혼자 잘 잔다고 했으면서, 약발 얼마 안 갔고, 아직 안방에서 같이 자고 있어요. 주말이나 가끔 자기 방에서 자요. 원격 수업할 때와 친구 왔을 때만 아주 가끔 자기 방 이용하고, 특히 1층에 세컨드 책상 놔준 뒤로는 더더욱…… 현재 자기 방 이용률 20퍼센트. 그러면서 자기 방 넓게 해달라네요.

연우가 아주 좋아하는 친구 하나가 성북동 저택에 사는 데, 그 아이 집 같은 데서 살자고 하네요. 그 집은 단독 주택인데, 지하까지 합하면 집이 4층인가 그렇다고 하고, 뒤인가 앞에 대나무 숲이 있고 정원이 엄청 넓은 집이에요. 그 집 바닥에 또 그렇게 좋아하는 대리석(?)이 깔려 있어 부럽다네요. 그 집에 길고양이 새끼 한 마리가 마당으로 들어와서 키우게 됐다는데, 우리 마당에도 길고양이가 와주기를 학수고대하고 있어요. 이사하면 아마도 주차장에 고양이 밥 줘줄 듯. 아빠랑 길고양이 만나러 막대기에 끈 달아서(고양이랑 놀아 준다고) 연희동 골목을 샅샅이 돌아다닌 적도 있어요. 무언가를 키워야 하나 아주 잠깐씩 고민됩니다.

자기 옷은 여성스러운 거 절대 안 입는 아디다스 스타일이에요. 그러면서도 팬시한 거 좋아하고, 제가 샬랄라 원피스 입으면 〈엄마, 오늘 너무 이쁘다〉고 하네요(마음 깊은 곳에 여성성이……). 까칠하기는 또 그렇게 까칠하게 못된 말 잘하면서, 남의 마음에 공감도 잘해요. 오빠 마음, 엄마 마음, 아빠 마음, 제일 잘 알아채는 딸이에요. 감동도 잘하고요.

한번은 주말에 대치동 학원에 간 동준이가 밤에 들어와서는, 저녁 시간에 편의점 세 군데가 다 사람이 꽉 차서 아무것도 못 먹고, 빵 하나 사서 길에서 먹으면서 다시 학원 들어갔다고 하니까, 우리 오빠 밥도 못 먹었다며 불쌍하다며 그렇게 울더라고요.

뭐든 자기 스타일대로 하고 싶어 해요. 옷 입는 것도, 공부하는 것도. 아기 때부터 그랬어요. 이미지를 기억하는 능력이 뛰어난 것 같아요. 마음에 드는 모양이나 그림을 보면, 아주 구체적으로 보고 말하는 것처럼 묘사해요. 눈이 예민한 거 같아요.

제 삶에 대하여

요즘 저의 가장 큰 관심사는 아이들 교육과 미래입니다. 동준이는 어릴 때 너무 공부를 안 시켰더니 근면을 배우지 못한 듯해요. 사춘기, 거리를 둬야 하는 시기에 안 하던 것을 시작했으니. 부딪히는 일은 피할 수 없었어요. 그래도 다행히, 예고라는 눈앞의 목표가 동준이의 동기가 되어 주었고, 사춘기가 남보다는 늦었기에 우여곡절은 있었지만 동준이는 공부와 그림, 입시를 준비하며 그럭저럭 보람 있게 보냈어요. 그 과정에서, 제가 좀 지치고 힘이 많이 들었네요. 그리고 중 3은 피크가 아니었답니다……. 그리고 전 알았어요. 맘이 힘들면 저는 도망갈 동굴이 필요한 사람이었네요. 그래서 2층 별채 꼭 필요!

동준이가 사춘기에 들어설 즈음 저는 복직했어요. 6년 만에 복직으로 학교에서는 업무에 적응하는 데 꽤 시간과 에너지를 들여야 했고, 가정에서는 사춘기가 시작된 아들의 진로와 교육 고민, 정보 수집, 아이와의 조율, 실천 과정 지켜보기 개입, 수정……. 유치원과 초등 저학년 연우의 돌봄 및 교우 관계, 학습 전 과정 함께하기 등을 대부분 저 혼자 해결해야 하는 생활을 하면서, 이성을 몇 번이나 잃었네요. 동준이와는 안 하던 공부를 시작하면서 많이 부딪히고 어느 때는 감정이 격해져 서로 비난하고 상처도 많이 줬어요. 그리고 작년에는 초등학생 연우도 한몫했어요. 코로나로 인해, 등교는 중지되고. 3학년을 시작하는 연우와 하루 종일 밀착해서 학습 지도를 하면서 또 부딪히고……. 일정이 각기 달라서 하루에 밥을 여섯 번을 차리고……. 이게 한계인가 싶기도 했고, 지칠 때가 참 많았어요. 그래도 자식은 존재 자체가 삶의 의미가 되는 면이 있어서…… 강한 책임감으로 어떻게든 힘을 낸 것 같아요. 올해는 작년보다는 많이 나아졌긴 해요.

동준 아빠와의 관계에 대하여

경국 씨와 저는 정말 다른 사람이에요. 그는 크고 작은 문제 상황을 해결하고자 하는 의지가 별로 없어요. 제가 그 부분을 너무 힘들어하는 걸 본인도 알아서 나름 노력하려고는 하는 것 같지만 본래 무심한 사람이라 남의 마음을 잘 모르고 잘 안 돼요. 저는 어떤 문제가 있을 때 어떻게든 해결하고자 하는 편이라면 동준 아빠는 잊어버리고 생각하지 않으려는 사람이에요.

한번은 이런 일이 있었어요. 몸도 마음도 친구들보다 사춘기를 늦게 시작한 동준이가 중학교 1학년 때 친구 관계에 어려움을 겪었어요. 원만하다는 말을 늘 듣고 커온 동준이었기에 제게는 이런 일에 마음의 준비가 안 되어 있었나 봐요. 친구들 집단에서 겉돌며 상처받는 자식을 보는 것은 정말 가슴이 찢어지는 일이었어요. 동준이 앞에서는 의연한 척하며 마음 졸이고 지내던 어느 날, 회식하고 들어온 경국 씨 앞에서 저는 이 이야기를 처음으로 꺼내다가 가슴을 쥐고 엉엉 울었어요. 그렇게 무너지는 모습을 아마 거의 처음 보였던 것 같네요. 어찌할 바를 모르겠다는 얼굴로 아무 말도 하지 않고 듣기만 하던 동준 아빠는 역시나 그게 끝이었어요.

그리고 그 후로도 동준이 어떠냐고, 친구들하고 어떻게 지내느냐고 한 번도 묻지 않았지요. 워낙 그런 사람이라는 걸 알고는 있었지만, 자식 일에도 그럴 줄은 몰랐어요. 옆집 애가 팔에 깁스만 해도 어쩌다 그랬니? 이제 괜찮니? 묻는 게 인지상정인데. 그때부터였던 것 같아요. 저는 이후로 마음을 정말 닫았어요. 그리고 기대하지 말자, 해결해야 하는 문제들은 내가 해결하자고 마음먹었어요. 그렇지만 아이들에게 부모의 냉랭한 모습을 보여 주게 되니 아이들에게 죄책감이 들고. 그러니까 마음이 바닥으로 내려가더군요.

이런 제게 집이란 어떤 의미일까요

매일 반복되는 고단한 일상을 좀 덜 고단하게 해주면 좋겠어요. 사는 동안 집이 고민거리를 얹지 않았으면 좋겠어요. 시간에 흘러 필요가 달라지면 기능적이고 아름다운 가구 배치만으로 쉽게 우리 생활에 맞게 수정할 수 있는 집이면 좋겠어요. 아이들이 정리할 수 있는 습관을 익히기 쉽게 가구 배치를 할 수 있으면 좋겠어요. 거실에서

빈 모서리 집

자연스럽게 책을 꺼내 들고 널브러져 편안하게 읽고 TV도 보고 쉴 수 있는 공간이었으면 좋겠어요. 이왕 집을 짓고 연희동에 살기로 한 거, 아파트보다는 우리 집이 더 좋다고 아이들이 느꼈으면 좋겠어요. 단독 주택의 느낌을 닮았으면 좋겠어요. 쾌적하고 아름다운 공간은 산책하는 것만큼이나 기분이 전환되는 측면이 있는 것 같아요. 지치고 힘들 때 집이 조금은 위로가 되어 주었으면 좋겠어요.

2021년 7월,

안윤미 올림

친애하는 윤미 씨에게,

윤미 씨, 보내 주신 편지는 천천히 모두 읽었습니다.

처음 윤미 씨를 만났던 때를 떠올려 보면 우리가
회사를 그만두고 독립해 사무실을 꾸린 지 만 2년이
되었을 때였을 겁니다. 첫 프로젝트를 끝내기 위해 1년
반을 필사적으로 보내고 난 이후 몇 개의 작은 프로젝트를
진행했던 경험이 전부였던 그야말로 새것과 다름없는
어린 건축가였었지요. 그렇지만 우리가 만들어 온
결과들이 가볍다고 생각해 보진 않았습니다. 당시 건축은
지금도 별다르진 않지만 제게 세상에 맞서는 유일한
무기였기에 모든 걸 쏟아 내었다고 생각하기 때문이에요.

우리가 처음 설계한 건축은 잘 아시다시피
<흙담>이라는 복합 용도의 건축물이었고 부모님이
운영하실 계획이었어요. 그리고 그 건물의 3층엔 두 분이
기거할 주택도 포함되어 있었지요. 저는 설계를 하며
매일매일 부모님의 일상에 대해 생각했었습니다. 오후
2시 점심 식사 후에 뙤약볕을 피해 거실에서 그림을
그리는 어머니의 모습이라든지. 저녁 식사 준비에
열중하는 아버지의 모습 같은 것들이요. 그리고 한 명의
건축가로서의 철학 비스름한 것도 조금(사실은 과하게)
공간에 녹이려 노력했었지요. 그때는 내 모든 영혼이 이
집에 들러붙어 있는 기분이 들 정도였으니 그 모습이
어땠을지 이해하시리라 믿습니다.

그렇게 집이 완공되고 저는 이 집에 붙어 있는 영혼을
회수하는 데 실패하고 말았습니다. 또 한 번 내가

이렇게 나를 온전히 쏟아 낼 수 있을지에 대한 의문이
들었거든요. 내 영혼이 묻어 있는 익숙한 공간에 부모님의
낯선 모습을 지켜보는 건 저에겐 큰 고통이었습니다.
그리고 그 형벌은 7년이 지난 지금도 진행 중이지요.
그렇게 저는 건축가가 아닌 작업자가 되었습니다.
작업자는 사실 참 편합니다. 그저 필요한 일을 하면
되거든요. 그렇게 몇 개의 일을 했던 것 같습니다.

그리고 윤미 씨가 찾아오셨지요. 친구들은 제가
적임이라고 했고요. 그리고 저는 두 번째 영혼을 만들어
<나 홀로 단독>에 묻었습니다. <나 홀로 단독>을
마무리하며 저는 이 집에 대한 소회를 남기는 것이
왜 이렇게 힘든 일인지 잘 이해가 되지 않았습니다.
결국 마무리다운 마무리를 하지 못하고 사진만 남겨
놓았는데 어쩌면 그 집에서 고통받고 있을 윤미 씨가
상상되었을지도 모르겠어요. 우리 어머니처럼요.
　　가끔 찾아가 보기도 했었는데 공사비가 부족해 원목을
쓰지 못하고 합판으로 마감한 계단 밑 창고 문이 점점 더
썩고 있는 장면을 볼 때마다 한숨만 쉬다 그냥 돌아오곤
했지요. 그렇게 5년이 지난 후 윤미 씨에게 연락이 와서
정말 기뻤습니다. 낡은 합판문의 버섯이 되지 않고
꼿꼿하게 살아오신 것도 모자라 다시 우리를 찾아와
주시다니! 사실 조금 감동적이었어요. 5년 전에 어린
건축가가 지은 죄 앞에 마주 서야만 하는 형벌이 내려질
것을 알고 있었음에도 말이죠!

윤미 씨가 보내 주신 편지를 읽으며 많이 울었습니다.
누군가에게 집은 이렇게나 간절한 것임을 잊고 있었어요.
작은 위로라고 표현하셨지만 이 집이 윤미 씨에겐 최후의
보루처럼 느껴졌습니다.

　이 집이 가족과 내면의 나와 연결되는 유일한 끈처럼
느껴졌다면 제가 윤미 씨의 의도를 너무 곡해한 걸까요?
　전화를 드리고 싶었지만 소화가 필요했고 생각을
가다듬을 시간이 필요하여 이렇게 답장을 쓰게
되었어요. 이 편지를 보내는 게 옳은 판단일지는 아직
잘 모르겠습니다. 저의 불안감이 이 답장에 녹아들까
두려운 마음이 들어서요.

뜬금없게 들리실지도 모르겠지만 건축이 무엇을 할 수
있을까요…… (소파에 기대앉으며 한 손으론 턱을 괴고
허공을 응시하며 정말 모르겠다는 표정으로.)
　공교롭게도 저는 건축은, 집은 방향이 없는 그저 공터
같은 곳이라고 생각해요. 그저 과거의 관성으로 미래가
결정되듯이 건축은 연속 안에 있는 장소일 거예요. 건축이
주어진 조건 안에서 억지스럽지 않게 환경에 순응해야
하는 이유가 여기에 있다고 생각해요.
　제가 제안한 안은 이러한 생각에 바탕을 두고 만들어진
안이었습니다. 환경의 범위에는 비단 주변과의 관계뿐만
아니라 예산, 법규, 운영 등의 제약도 포함되어 있지요.
하나를 얻으면 하나를 잃어야 하는 전쟁터에 있다고 해도
과언이 아닐 정도로 복잡한 컨텍스트 안에 이 건축물이
있습니다. 순응한다는 것은 내려놓는다는 것이기도

하지만 사실은 싸우듯이 빼앗아 오고 지켜 낸 것들입니다.

　그런데도 저는 또 한 번 필사의 두건을 꺼내 들어 머리를 묶습니다. 저는 처음부터 다시 설계를 진행해 볼 생각입니다. 제가 길을 잃지 않도록 윤미 씨가 잘 도와주세요.

2021년 7월,
윤한진 드림

P.S. 정북 일조 사선은 땅의 좁은 쪽엔 관대하지만 넓은 쪽일수록 사선의 영향이 큰 상황입니다. 오늘 현장에서 확인한 인접 대지와의 상황은 낙관적이지 않습니다. 도로 레벨의 주차장을 만들기 위해선 토목 공사가 필요합니다. 지상 1층의 레벨은 원하시는 대로 1.5미터 내려오게 된다면 주차장 진출 입구는 하나로 합쳐져야 하고, 주차는 7대 모두 연접 주차로 변경되어야 할 것입니다. 임대 세대의 층고가 높아지게 되면 계단실의 면적이 덩달아 커지고 4층의 경우 정북 일조에 의한 면적 손실이 더 커지게 될 것입니다. 유리 면적을 줄이는 방법은 고려해 볼 수 있으나 구조의 콘셉트는 흔들려서는 안 됩니다. 최근 골조 공사비가 극단적으로 많이 증가했습니다. 다른 방법을 찾아봐야 할 것 같습니다. 벽체와 천장의 노출 콘크리트 면을 유지하고자 제안드린 것 역시 예산 문제를 해결하는 동시에 내부 면적을 최대한 확보하고자 함이었습니다. 그리고 이 모든 사항은 평당 650여 만 원의 공사비에서 해결해야 합니다. 주차장과 근린 생활이 포함된 공사비라고 하나 모든 사항에서 도전적이어야 할 거예요. <이 정도는 괜찮지 않나> 하는 생각이 곧 돌아오는 화살이 될 거라고 저는 생각하고 있습니다.

16

디ㅅ_이ㅈ_

네버대ㅅ

2

패션 브랜드 디스이즈네버댓과 함께한
두 번째 프로젝트. 계단이 건물 가운데를
관통하며 건물 위 각 부분과 층을 연결한다.
계단을 이용하여 건물의 쓰임을 다양화하는
한양규의 설계 수법이 반영되었다.

디스이즈내버댓 2 모형.

하나양규
최트극갑 일저엉표

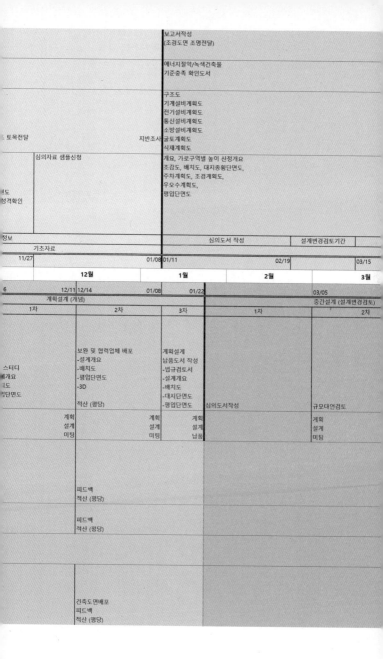

		보고서작성 (조경도면 조명전달)		
		에너지절약/녹색건축물 기준충족 확인도서		
...토목전달		구조도 기계설비계획도 전기설비계획도 통신설비계획도 소방설비계획도		
		지반조사 굴토계획도 식재계획도		
	심의자료 샘플신청	개요, 가로구역별 높이 산정개요 조감도, 배치도, 대지종횡단면도, 주차계획도, 조경계획도, 우오수계획도, 평입단면도		
...도 ...성격확인				
...정보		심의도서 작성		설계변경검토기간
	기초자료			

11/27		01/08	01/11		02/19		03/15
	12월		**1월**		**2월**		**3월**

...6	12/11	12/14	01/08	01/22		03/05	
	계획설계 (개념)					중간설계 (설계변경검토)	
	1차	2차		3차	1차		2차

...스터디 ...개요 ...도 ...입단면도	보완 및 협력업체 배포 -설계개요 -배치도 -평입단면도 -3D 적산 (평당)	계획설계 납품도서 작성 -법규검토서 -설계개요 -배치도 -대지단면도 -평입단면도	심의도서작성	규모대언검토
	계획 설계 미팅	계획 설계 미팅	계획 설계 납품		계획 설계 미팅
	피드백 적산 (평당)				
	피드백 적산 (평당)				
	건축도면배포 피드백 적산 (평당)				

보고서작성 (조경도면 조명전달)			좋은빛위원회	
에너지절약/녹색건축물 기준충족 확인도서	건축위원회		서울시 녹색건축물 설계인증서	
구조도 기계설비계획도 전기설비계획도 통신설비계획도 소방설비계획도 굴토계획도 식재계획도	건축위원회		구조도, 구조계산서 기계설비계획도 전기,통신설비계획도 소방설비계획도, 소방청계획도 굴토계획도, 흙막이 계획도, LID 지하철 안전영향가 조경계획도	소방서 물순환정책과
개요, 가로구역별 높이 산정개요 조감도, 배치도, 대지종횡단면도, 주차계획도, 조경계획도, 우오수계획도, 평입단면도	건축위원회		개요, 조감도, 배치도, 대지종횡단면도, 주차계획도, 우오수계획도, 방수/방화/단열계획도, 장애인 편의시설 설치계획도, 실내재료표준마감상세도, 평입단면도, 에너지절약계획서, 녹색 및 에너지설비 설치계획도	협의부서 -건축과 -도시계획과 -하수과 -주차관리과 -장애인편의시설 -에너지관리공단
설계변경계약	심의도서 재작성	심의 접수 / 보완	허가도서 작성	
심의				허가
		5/24	06/21	07/19

4월	5월		6월		7월
04/02	04/26	05/18	06/11	07/05	07/19
		중간설계 (시스템)			
3차	1차	2차	3차		

3차	1차	2차	3차		전체 상세 계획
대안스터디 -설계개요 -배치도 -평입단면도 -3D	시스템 계획 -설계개요 -배치도 -평입단면도 -3D	시스템 발전 계획 -평면도 -입면도 -표준마감상세도 (실내) -각종계획도 -외부창호도	시스템 상세 계획 -표준마감상세도(실외) -내부벽체열람표 -외부난간,파라펫상세도 -외벽단면상세도 -외벽전개도 -지붕구조물 상세도 -천장도 협력업체 도서검토	허가도서작성	전체 상세 계획 -계단상세도 -ELEV 상세도 -확대평면도 -내부창호열람 -방충실, 외부고 -기타상세도(잡
계획 설계 미팅	중간 설계 미팅		적산 및 내역검토(CM)	내역 미팅	
피드백	피드백	허가도서 작성 (내역관련)		허가도서작성	실시설계 도서작
		외부 조명 계획			실시설계 도서작
					기계식주차 상세 ELEV 상세도 / 하드웨어 상세도 재료 상세도 /

	녹색건축물 예비인증 에너지효율등급 예비인증		
	특수구조심의		
안전영향평가			소규모지하안정영향평가
	철거심의 (시공사) -철거개요서 -현황도면 -해체공사계획서 -가시설설치계획서	철거(시공사)	
	철거/굴토심의	철거	착공신고

착공준비

8/27	10/01	11/01	11/30
9월	**10월**	**11월**	**12월**
09/05	10/01	11/01	

실시설계 (구축)		시공	
2차	3차		

	구조도			
	적산	도면 보완 및 최종적산		
실시 설계 미팅	보안업체 접촉 및 컨설팅	내역 미팅	실시 설계 납품 시공사 입찰	시공사 계약 착공신고
		구조도 날인		
	적산	도면 보완 및 최종적산		
	적산	도면 보완 및 최종적산		
	적산	도면 보완 및 최종적산		

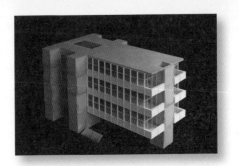

디스이즈내버댓 2 모형 2.

오ㄴ지ㄴ서ㅇ ㅅㅜ어ㅂ 자ㄹㅛ

project	thisisneverthat Seong-su Office
Date/ Place	2020. 11. 10.
Description	구조 분야 킥오프 협의
To	
CC	
From	푸하하하건축사 사무소 (온진성 사원)
Attendence	████████████████
	푸하하하건축사 사무소 (한양규 소장, 온진성 사원)

1. 내진 설계의 범위

1) 지반 조사

— N.X: 구경 100mm, 전단파 시험 암반 평가. 비용 큰
편. 일반적으로 1~2공 검사.

— B.X: 구경 50mm. 지하 수위/표준 관입 시험, 비용
작은 편.

— 심의를 위해선 일반적으로 N.X 1공 + B.X 2공 필요.

— 성수동 일대 일반적인 기초 방식 구조 측에서 확인
후 공유 예정.

2) 타공정 내진 설계 범위 및 방식

— 구조 요소 및 비구조 요소 등 구조 측에서 자료 정리
후 공유 예정.

2. 구조의 이해

1) 수평 하중

— 바람: 15층 이상일 때 주 고려 요소.

— 지진: 15층 이하일 때 주 고려 요소.

2) 일반적으로 코어에서 수평 하중을 받고, 나머지
   부재가 수직 하중을 부담하는 것이 경제적.
— THK200mm, 단변 측벽 THK300~400mm

3) 브레이스 구조: 철골 혹은 전단 벽 등.

4) 라멘 조: 본 규모에선 비경제적. 일반적으로 3층
   이하인 경우 적용함.

5) 슬라브: THK150mm

6) 보: 스판/14

7) 운동 시설: 큰 이슈 없음. 활하중에 좀 더 여유를
   둠(오피스 300~400kg, 운동 500kg).

8) 경량 철골 증축: 접합 부 선시공, 철골 정착(자재 반입
   계획 필요), 층간 방화를 위한 슬라브 시공, 자중에
   대한 보강(미리 예측하여 선보강하는 것이 합리적.
   후보강은 사실상 불가능).

3. 특수 구조 심의

1) 대상: 3m 이상의 캔틸레버, 20m 이상의 스판, 특수
   공법, 다중 이용 시설, 6개 층 이상의 트랜스퍼 구조

2) 시점: 허가 이후, 착공 신고 이전이 원칙이나
   지자체에 따라 허가와 동시 접수 요구할 수 있음.

3) 소요 기간: 최소 1개월 이상.

4) 허가 도서 기반 작업.

5) 주요 구조의 변경 시 원칙적으로 재심의.

project	thisisneverthat Seong-su Office
Date/ Place	2020. 11. 10.
Description	부대 토목 분야 킥오프 협의
To	
CC	
From	푸하하하건축사 사무소 (온진성 사원)
Attendence	▉▉▉▉▉▉▉▉▉▉▉ 푸하하하건축사 사무소 (한양규 소장, 온진성 사원)

1. 업무 프로세스

1) LI(저영향 개발)

2) 건축: 배치도 + 토목, 우오수/급수 계획도(옥외 배관 계획 반드시 포함).

3) 조경: 포장 계획.

4) 토목 반영.

5) 건축 완성.

2. 업무 범위 및 필수 확인 사항

1) 기계 옥외 배관 이후

— 옥외 배관 계획이 나와야 허가 접수 시 반영. 옥외 배관이 허가 이후 변경될 시 인허가 변경 및 적산 변경이 생김.

2) 경계석, 재료 분리는 제외.

3) 지하 매설물 포함 현황 측량 자료 필요함.

3. LID(저영향 개발)

1) 개념: 빗물 재활용, 빗물 투수(지하수 고갈 방지).

2) 인허가 접수 시 서울시청 물순환 정책과에 접수.
   허가 변경 시 재협의하여야 함.

3) 사용 승인 시 별도 서류나 절차는 없음. 단순 확인만
   함(연면적 변동 시 재협의 가능성 존재함).

4) 분야 및 배점

— 조경 분야: 옥상 녹화. 배점 높음.

— 기계 분야: 빗물 저류 시설(중수 활용-옥상 관수,
   외부 보도 스프링클러 등 사용).

— 토목 분야: 투수성 포장, 침투 트렌치/배관.

project	thisisneverthat Seong-su Office
Date/ Place	2020. 11. 19.
Description	토목 분야 킥오프 협의
To	
CC	
From	푸하하하건축사 사무소 (온진성 사원)
Attendence	██████████████████ 푸하하하건축사 사무소 (한양규 소장, 온진성 사원)

1. 지하철 안전 영향 평가

　　1) 허가 접수 > 건축 주무관이 지하철 측으로 공문 송부.

　　2) 이후 두세 달 소요.

　　3) 공사 중 계측기를 지속적으로 확인. 주관은 시공사.

　　4) 지하철 안전 영향 평가 대상일 경우 건물 기초
　　　　방식에 큰 영향을 줌.

2. 굴토 심의

　　1) 지자체별로 기준이 상이함.

　　2) 건축과 주관 심의, 때문에 심의 자료 역시 지자체
　　　　별로 상이함.

3. 흙막이 공법

　　1) 벽체

　　– HPILE + 토류판

　　– SCWSoil Cement Wall: 시공성 낮음, 강성이 약해
　　　　지평에 부적합. 차수성 좋음.

- CIP(Cast In Pile)
- 슬러리 월(Slurry Wall): 공사비 높음. 대규모 현장에 사용. 영구 벽체로 사용 가능.
2) 지지 방법
- 스트러트(strut) 지지: 수직 최대 3m 지지 가능.
- 슬라브 지지: Top-down, 역타공법.
- 외부 지지: Earth Anchor.
3) 차수
- 그라우팅

4. 토목 일반 사항 및 업무 프로세스

1) 일반적인 도심지 공사는 CIP+스트러트 지지.
2) 지하 수위에 따른 부력 대응
- 구조 측 판단 사항.
- 부력 anchor(초기 비용 높음), 디워터링(유지 관리 비용 높음).
3) 흙막이~지하 벽체 1.2m 이상 이격되어 있어야 외방수 가능함. 이외의 경우 일반적으로 내방수.

project	thisisneverthat Seong-su Office
Date/ Place	2020. 11. 09.
Description	기계/전기 분야 킥오프 협의
To	
CC	
From	푸하하하건축사 사무소 (온진성 사원)
Attendence	██████████████████████
	푸하하하건축사 사무소 (한양규 소장, 온진성 사원)

1. 전기 분야

1) 총용량: 500~600kW(1,000평 기준)

2) 비상 전력

— 제연 대상에 해당하지 않으므로, 법적 필수 대상은
   아님.

— UPS 적용 시 약 30~50kW(서버, 비상 조명 등
   커버함).

3) EPS

— 각 층에 필요. TPS와 통합 사용(별도 TPS 법적 필수
   대상 아님).

— 약 1.5~1.8평(한 층 100평 기준).

— 계량기 포함.

4) MDF실(Main Distributor Frame, 집중 분해 통신실)

— 5.4제곱미터 이상 확보 필요. 법적 필수 대상임.

— 지상층 권장. 침수 우려가 없다면 지하 1층 가능.

5) 방재실

— 피난층 또는 지하 1층.

6) 서버

— 별도 서버실 혹은 MDF실에 위치.

— MDF실 위치 시 3평 확보 필요.

7) 전기실

— 약 7m × 6m × 보하부 4.5m.

— 소음, 진동, 하중 등의 문제로 일반적으로 지하층
  위치.

2. 기계 분야

1) 정화조

2) 기계실

— 소화 수조. 펌프 포함. 약 30Ton.

— 저수조: 펌프 포함. 비상 발전기가 Back-up될 필요는
  없음. 사람 접근 필요(양옆 벽으로부터 600mm
  이격), STS 재질. 약 10Ton.

— SUMP

— PUMP

— 약 6m × 6m × 4mh

— 전기실보다 바닥 레벨 낮아야 함.

3) 급탕

— 주방이나 샤워실 등이 생긴다면 보일러실 필요(전기
  or 가스).

— 세면기 등은 각 화장실별 개별 급탕기로 해결 가능.

4) 공조

— 실외기

— option A: access floor, 공조실(각 층별 or 지붕층

통합).

— option B: EHP냉난방 + 전열 교환기(벤틸).

5) ACCESS FLOOR

— 공조실에서 평면 제일 끝까지 40~60m 이내.

— 커버 면적은 400~600제곱미터 이내.

— 바닥 높이floor plenum 350mm 이내.

— 공조실 in/out 입면 방향이 아예 다르거나, 같은
방향일 시 4m이상 간격 필요함.

— 층고: 최소 3.6m, 일반적으로 3.9~4.5m.

— 평당 650만 원 정도.

6) 냉난방 방식 비교표 : 추후 비교표 작성하며
하나기연 측 제공 예정.

project	thisisneverthat Seong-su Office
Date/ Place	2020. 11. 04.
Description	소방 분야 킥오프 협의
To	
CC	
From	푸하하하건축사 사무소 (온진성 사원)
Attendence	████████████████████████ 푸하하하건축사 사무소 (한양규 소장, 온진성 사원)

1. 제어 시스템 개념

1) 감지기

— 개념: 불침번.

— 위치: 각 위치별.

— 연기식 감지기: 배연 창으로 인해 연기식 사용하여야
 함. 지하 주차장 제외.

— 참조 사항: ① 정온식 감지기 - 정해진 온도 이상으로
 상승 시 작동, 일반적으로 주방 사용.

 ② 차동식 감지기 - 정해진 온도 상승률
 이상일 시 작동, 일반적으로 거실 사용.

↓

2) 발신(P.B.L, 지구경종 포함)

— 개념: 당직 부관.

— 위치: 각 층별 옥내 소화전 상부.

— 옥내 소화전: 기계실 펌프실과 연결됨.

↓

3) 수신기 주경종 포함

— 개념: 당직 사령.

— 위치: 방재실 지휘 통제실 개념 안.

↓

4) 경종, 방송 AMP, 배연, 자동 폐쇄 장치, 셔터, SI
공조/보안 등 작동

— 개념: 5분 대기조.

5) 위의 제어 시스템 경로 등 해당 내용 및 내역에 대한
사항은 소방 분야 업무 영역임.

6) 송수구: 옥외 설치, 연면적 5천 제곱미터 이상 시
옥외 소화전 설치.

2. 소화 방식

1) 스프링클러

— 주차장: 건식 스프링클러(프리 액션식).

— 사무 공간: 습식 스프링클러(알람 밸브식).

— 스프링클러 반경 R=2.3m, 그리드상 이격 거리 최대
3.2(다만, 일반적으로 3.0m이내 적용).

— 기계식 승강 시: 주차 타워 최상 주차 면은 상향식
스피링클러, 이외 주차 면들은 측벽식. 다만, 이
측벽식의 거리가 4.5m이상일 시 반대측 벽에 추가
설치 필요함(최근 자동차 크기의 증가로 인해 주차
면의 크기가 5.0m에 육박하므로). 하지만 측벽 설치
시 공간 낭비 심함. 따라서 그 경우 다음과 같은
방식으로 해결함.

— 주 배관, 가지 배관, 플렉시블로 구성.

— 내진 설계 적용 시 가대 설치함.

2) 소화 가스

— 전기실 및 발전기실: 300제곱미터 이상일 시 설치
　필요.

— MDF실 통신 기기: 서울시의 경우 간이 설치 필요.

3) 배연 설비

— 화재 시 자동 작동.

— 제연 설비: 대규모 점포, 근린 생활 시설, 판매 시설
　등의 경우 설치.

— 배연창: 방화 구획별 거실 바닥 면적의 1% 설치.
　피난 계단창 제외 창호 분야와 세부 협의 필요.
　PJ 창의 경우 오픈된 하부 면적만 면적으로 삽입.
　때문에 90도 오픈 PJ로 계획하는 것이 일반적.

3. 건축과 소방

　1) 비상용 승강기

　— 높이 31m 이상일 시 설치. 다만, 면제 조건 네 가지
　　있음. 확인 필요.

　2) 엘리베이터

　— 방화문 TYPE의 도어 설치, 또는 엘리베이터 전실/
　　셔터 설치 필요.

　3) 방화문

— 비차열 시험 성적서: 시간에 따른 갑종, 을종 방화문
  분류. 문의 재질은 무관. 도어에 추가 장식/마감 시
  그에 따른 시험 성적서를 새로 받아야 함.

— 휴즈용 도어 체크 절대 사용 금지.

— 자동 폐쇄 장치: 도어 릴리즈+도어 체크 하드웨어
  협의 필요.

4) 셔터

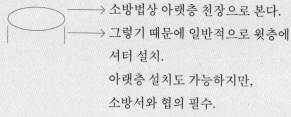 → 소방법상 아랫층 천장으로 본다.
           → 그렇기 때문에 일반적으로 윗층에
                셔터 설치.
                아랫층 설치도 가능하지만,
                소방서와 협의 필수.

5) 소방관 진입창

— 소방 사다리로 진입창을 깨고, 소방관이 진입하기
  위한 개념.

— 유리의 크기 기준이며, 강화 유리 5mm, 일반 유리
  10mm, 복층 유리 이하.

— 소방관 집입창의 입면 방향에는 소방차 정차
  공간(6m × 12m) 확보 필요.

— 소방서에서는 건물 내부의 공용 공간(복도 측)
  선호함.

— 완강기, 배연창, 소방관 진입창 모두 다른 입면
  방향일 것.

6) 방재실

— 지하 1층, 또는 피난(1층) 위치, 별도의 방화 구획일
  것.

7) 방화 구획
— 1,000제곱미터당(스프링클러 설치 시
   3,000제곱미터당).
— 본 건물은 층간 방화 대상.
— 스킵 플로어 가능(건축법상 같은 층일 시).
— 1, 2층 같은 용도일 시 500제곱미터까지는 하나의
   방화 구획으로 가능(여기서 1, 2층은 피난층 개념이
   아닌 건축법상 1, 2층 개념임).

8) 피난 계단
— 피난 계단 필수 개소 이외의 계단도 피난 계단으로
   봄(최근 국토부 질의 답변 참조).
— 피난 계단의 최소 크기 제한은 있으나, 최대 크기
   제한은 없음. 다만, 피난 계단에 장애물 설치 절대
   불가능(기능상의 문제).
— 원형 계단 불가능: 디딤판이 사다리꼴은 불가능함.
— 돌음 계단 불가능.
— 외부 피난 계단 가능: 발코니 연결 가능.
— 가위식 피난 계단 가능: 다만 피난 거리 50m 규정
   준수해야 함.
— 피난 계단 내 바닥 오프닝 가능: 피난 계단은 별도의
   방화 구획이므로.
— 피난 계단 1층에도 갑종 방화문 설치하여야 함.
— 피난 계단은 피난 층까지 피난 계단의 형식으로
   연속되어야 함.

4. 필요 치수/면적/제작

1) 방재실: 약 2평.

2) 보 하단: 400mm이상 필요(스프링클러 주 배관의 크기 약 150파이).

3) 스프링클러 수조: 약 37ton, 4m × 5m × 2m, 기계실 위치.

4) 펌프(소방용, 기계용 등 통합): 4m × 2m, 기계실 위치.

5) 발전기/UPS실: 발주처의 결정 필요. 전기 분야 협의 대상. 기계실 위치.

6) 알람 밸브(AV실): 1.5m × 1.5m. 각 층마다 필요(기능적 요구 사항이 아닌 법규적 요구 사항임) P.S와 같이 사용 가능.

project	thisisneverthat Seong-su Office
Date/ Place	2020. 11. 10.
Description	조경 분야 킥오프 협의
To	
CC	
From	푸하하하건축사 사무소 (온진성 사원)
Attendence	▓▓▓▓▓▓▓▓▓▓▓▓▓▓▓▓▓▓▓▓▓▓▓▓▓▓▓▓ 푸하하하건축사 사무소 (한양규 소장, 온진성 사원)

1. 협의 내용

1) 녹색 건축물 관련 조경 분야 내용

— 생태 면적률: 대지 면적 기준 20%(녹색 건축 인증
   기준이 아닌 서울시 조례 기준).

— 자전거 보관소.

2) 옥상 조경 관련 내용

— 법적 조경 면적의 최대 1/2까지만 인정.

— 옥상 조경 면적은 실제 면적의 2/3만 조경 면적으로
   인정.

— 잔디: 토심(경량토+마사토) 300mm 필요. 다만, 생태
   면적율 인정을 위해선 400mm 필요.

3) 기타 법규 관련 사항: 조경 측에서 정리하여 공유
   예정.

project	thisisneverthat Seong-su Office
Date/ Place	2020. 11. 10.
Description	조경 분야 킥오프 협의
To	
CC	
From	푸하하하건축사 사무소 (온진성 사원)
Attendence	███████████████ 푸하하하건축사 사무소 (한양규 소장, 온진성 사원)

1. 업무 범위 및 기본 사항

   1) 서울시 좋은빛위원회

   2) 설계 초기: 평당 내역 비교 자료(달리 시스템 적용
      여부 등).

   3) 친환경 조명 파트: 친환경 인증을 위해선 평판
      등밖에 선택지가 없음. 때문에 타 분야의 배점을
      노리는 것을 추천함.

2. 서울시 좋은빛위원회

   1) 조경 계획 완료 후 작업 시작(경관, 수목 조명이 주,
      실내 조명의 영향은 미미함).

   2) 심의 통과 이후 별도 절차 허가(변경 또는 사용 승인)
      없음.

   3) 누광이 없게만 설계하면 통과에 큰 문제없음.

   4) 필요한 기초 자료 리스트는 추후 정리하여 전달할
      예정.

   5) 보고서 작성 2~3주 소요 예정.

project	thisisneverthat Seong-su Office
Date/ Place	2020. 11. 10.
Description	친환경 분야 킥오프 협의
To	
CC	
From	푸하하하건축사 사무소 (온진성 사원)
Attendence	████████████ 푸하하하건축사 사무소 (한양규 소장, 온진성 사원)

1. 업무 범위 및 프로세스

1) 기본 계획 도면 > 도면 검토/체크 리스트 확인(50점
   이상 획득 필요).

2) 예비 인증
— 허가 접수~허가 완료 사이.
— 도면 및 계산서.
— 2개월 소요.

2. 허가 접수 후 허가 완료 사이

— 사용 승인 접수 시 사전 협의, 공사 완료 후 기관 주관
   실사/평가.
— 도면 및 계산서 + 친환경 자재 납품 확인서, 환경
   표지 인증서 등.
— 2개월 소요.

3. 적용 등급

1) 녹색 건축 인증: 그린 4등급.

2) 에너지 효율 등급: 2등급 이상.

3) 에너지 절약 계획서

4) 신재생 에너지: 전체 에너지 총량의 10%.

5) 태양광 발전: 최소 설치 기준 있음(서울시 자체 기준), 전체 대지 면적(1,000제곱미터)의 1% = 10kW.

3. 기타 사항

1) 인센티브: 녹색 건축 인증 그린 2등급 이상 필요. 현 규모에선 거의 적용 불가함.

2) 조명: 밀도가 낮으면 ok. 고효율 조명은 에너지 절약 계획서 해당 사항.

3) 건축 계획 심의에 친환경 설계 검토서 포함됨.

4) 연면적 1,000평 기준 신재생 에너지 조건, 예비/본 인증 자료 샘플 등 자료 공유.

17

고안되는 장식들

부부를 위한 작은 집. 여러 채의 주택을
설계한 후에 집의 원형에 대해 고민하게 된
프로젝트로 생활에서 마주하는 집의 다양한
모습에 관심을 가지게 되었다. 이에 〈고안된
장식들〉이라는 주제를 품고 설계하였다.
자잘한 문제가 아직 해결되지 않아 완공
후에도 1년 넘게 현장에 오가고 있다.

쇠똥구리맨의 맨발인지 슬리퍼인지.

ㅅㅚㄸㅗㅇㄱㅜ리맨ㄴ

⦿

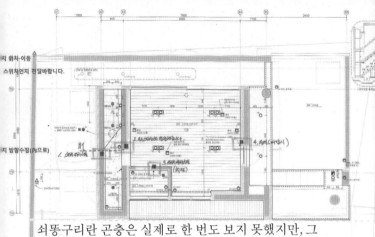

쇠똥구리란 곤충은 실제로 한 번도 보지 못했지만, 그 생명체의 충격적인 모습은 어린 시절부터 내 뇌리에 분명하게 각인되어 있다. 차키 몸보다 큰 소똥을 뭉치고 또 뭉쳐서 거의 완벽에 가까운 구 형태의 똥 덩어리를 만든다. 자신의 검은 몸뚱이에 똥 분진을 온통 묻히고 기어코 물구나무서서 똥을 굴린다. 눈이 보이지 않아 어떤 감정도 느껴지지 않는다. 그 생명체처럼 기막힌 운명은 없다는 생각이 들었다. 평생 거꾸로 서서 똥 덩어리를 굴려야 하는 생명체……

고등학생 때 나는 지리멸렬한 책상머리 삶을 떠나고 싶었다. 아직 채 익지 않은 머리로 갖고 싶었던 것은 바로 발화하는 삶! 그 시절 안도 다다오가 『연전연패』에서 보여 주는 끊임없이 실패하는 모습은 나에게 무섭게 타오르는 건축가의 인생을 보여 주었다. 평면이나 단면 등의 세세한 이야기는 아무래도 좋았다. 건축이 어쩌고 도시가 어쩌고 하는 거창한 이야기는 머릿속에 잘 들어오지도 않았다. 오로지 내가 탐닉했던 것은 찬란하고 아름다운 무협지의

　　　　　　　　　　　　　고안된 장식들

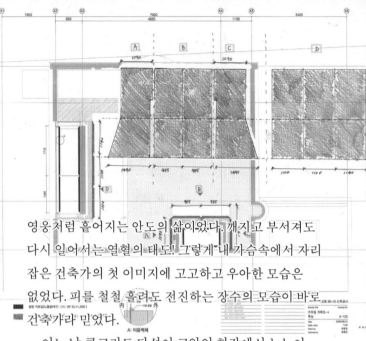

영웅처럼 흩어지는 안도의 삶이었다. 깨지고 부서져도
다시 일어서는 열혈의 태도! 그렇게 내 가슴속에서 자리
잡은 건축가의 첫 이미지에 고고하고 우아한 모습은
없었다. 피를 철철 흘려도 전진하는 장수의 모습이 바로
건축가라 믿었다.

어느 날 콘크리트 타설이 코앞인 현장에서 누누이
강조한 철근 배근이 빠져 있는 것을 확인한 적이 있다.
이전에도 실수가 잦았던 현장 소장은 아무리 시정을
요청해도 듣지 않고 오히려 역정을 낸다.

「어떤 현장에서 배근을 그 정도로 해요? 완전 오버하는
거지. 구조쟁이들은 너무 과하다니까.」

「소장님, 우리가 어찌하겠어요. 그렇게 구조 계산이
되었으면 따라야지. 과하게 보여도 다 이유가 있는
거래요.」

「아, 못 해요. 딴것도 바빠 죽겠는데, 그것까지 못 해요!」

「아오! 영호야, 우리가 해버리자! 시벌.」

타는 속과 사무치는 답답함은 내 손과 발을 움직인다.

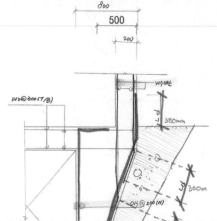

우리 엄마가 그랬다. 눈은 게으르고 손은 부지런하다고.

현장 소장을 통하지 않고 나긋한 반장님께 직접 필요한 철근 가공을 부탁해서 필요한 곳에 이리저리 푹푹 쑤셔 넣었다. 하면 할수록 악에 받쳐 입에서는 욕이 절로 나온다. 에잇, 시벌! 이걸 못 해줘? 이게 그렇게 힘들어? 게으른 놈!

현장 소장에게 요청한 U바 철근은 고작 A3 용지 정도 크기다. 이것을 못 한다는 현장 소장이 너무나 미웠다. 해도 해도 끝나지 않은 고된 작업은 모두를 탓하게 만든다.

「후, 영호야, 이거 구조도 너무 빡센 거 아니냐? 이 코딱지만 한 건물에 뭔 철근이 이리 많냐?」

절대 성내지 않는 영호도 씩씩거리며 여기저기 푹푹 철근을 찌른다. 지긋지긋한 철근 작업은 결국 끝났고 우리는 현장 소장에게 큰소리치며 현장을 뛰쳐나왔다.

도저히 집에 그냥 갈 수 없어 영호와 싸구려 대패 삼겹살을 먹었는데, 맥주를 아무리 부어도 벌게진

고안된 장식들

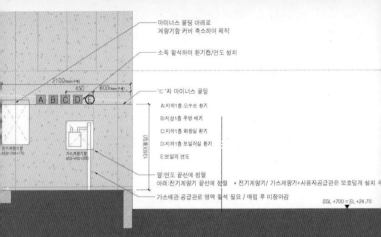

속은 쉽게 식지를 않았다. 잔뜩 힘을 주었던 손은
아리고, 긴장했던 다리는 부들거린다. 뾰족한 철근은 몸
이곳저곳에 생채기를 남겼고, 붉은 피가 슬며시 묻어난다.
역시 바라는 대로 이루어진다. 이것이 바로 치기 어린
고등학생이 소망하던, 피를 철철 흘리면서 전진하는
장수의 삶이 아닌가.

그런 식으로 어딘가에서 먼지 덩이를 잔뜩 뒤집어쓰고
터벅터벅 사무실로 돌아오는 나를 바라보며 한승재
소장이 킬킬거리며 장난친다.

「우리 현석이는 원래 해안건축상*에다가 깔끔하게
흰했는데, 우째 이렇게 돼 버렸을까?」

「하하하, 똥 밭에서 구르다가 똥이 되어 버린 거죠, 뭐.」
그냥 툭 하고 속마음이 새어 나왔다.

이곳은 쇠똥구리의 터전. 여기저기 나뒹구는 똥과 함께
널브러지는 삶의 현장. 똥에는 끊임없는 위기 상황과

---

* 해안건축은 대형 건축사 사무소의 이름으로 주로 피부가 하얗고 키가 큰 사람들이
  재직한다(고 믿는다).

THK1.2 아연도강판 절곡 커버

고성, 뒤범벅된 '땀'냄새에 섞인 알싸한 피비린내가 함께
풍기는데, 그것은 바로 피똥……. 아프고 쓰린 붉은 똥에
감정이란 존재하지 않는다. 부정도 긍정도 할 수 없는
그저 이 업의 부산물로써 절대적이고 가치 중립적이다.
어떤 결과물도 피똥과 유리되어 홀로 존재할 수 없다.
무에서 유를 만들기 위해 피똥은 반드시 수반되어야 하는
요소다. 결국 우리의 일은 피똥을 요리조리 굴리는 일.

오늘도 피똥구리들은 각자의 기묘한 운명을 받아들인
체, 피똥을 예쁘게도 뭉쳐서 공을 만든다. 그리고
엉거주춤 엉덩이를 하늘 높이 치켜들어 물구나무
자세를 잡아 본다. 이제 다들 적응이 된 베테랑들이라,
그토록 충격적인 자세도 불편하진 않다. 그 얼굴들은
쇠똥구리처럼 무표정으로 보이며 별다른 감정이
드러나진 않는데, 오히려 자신의 운명에 온전히 순응하는
그 모습이 무척 온화하다.

고안된 장식들

고안된 장식들 골조 1.

왜 나한테만
지랄이지?

고인된 장식틀 골소 2.

녹번동 단독 주택의 화장실 확대 평단면도는 입사한 뒤
처음 내게 주어진 업무였다.

「세상에 없는 화장실을 만들어 봐라.」

윤 소장이 내게 일을 맡기고선 했던 말이었다. 나는
그 기대에 부응하고 싶었다. 세상에 없는 화장실이라.
잠시나마 새로운 화장실을 만들어서 윤 소장을 놀라게
하는 내 모습이 스쳐 지나갔다. 하지만 이미 큰 틀은
정해져 있었고 그나마 내가 할 수 있는 것은 화장실에
어울리는 수전과 도기를 찾는 일이었다. 그마저도
고심 끝에 마음에 드는 것을 골라 가면 퇴짜를 맞기
십상이었다. 그 이후론 윤 소장의 수전 취향이 뭔지를
알아 가는 과정이었다. 그럴 거면 왜…….

한창 녹번동 공사가 진행되던 때였다. 하루는 현석이
형과 녹번동 현장을 찾아갔다. 2층 슬래브를 타설하기
전에 마지막으로 점검하기 위해서였다. 현석이 형은
거푸집 위에 널브러져 있던 쓰레기 조각들을 확인하고는
시공사에 물청소를 부탁했다. 시공사는 하는 둥 마는

고안된 장식들

피 같은 토요일 오전을 바쳐서 얻어 낸 노출 콘크리트 천장.
물광이 흐르는 표면이 마치 거울 같아서 〈거울 같은 돌〉이라고 부르게 되었다.

둥 반응이 시원치 않았고 현석이 형은 지난 1층 슬래브
타설 때처럼 직접 거푸집 청소를 하자고 했다. 다만
오늘 현석이 형은 친구 결혼식에 가야 한다고, 나에게
맡기겠다고 했다. 철사 한 오라기 보이지 않게 청소했다.
거울 같은 돌*이 만들어진 계기였다. 참고로 그날은
토요일이었다. 왜 이렇게까지…….

　녹번동 현장 소장님은 철근을 잘 빼먹으셨다. 고의는
아니었겠지만 골조 단계에 매주 두 번씩 현장을 방문할
때마다 누락된 철근을 발견할 수 있었고 매번 더해져
가는 보강근에 건물의 철근 밀도는 날이 갈수록 높아져
갔다. 하루는 현석이 형이 전달해 달라고 한 수정 요청
목록에 그날 내가 발견한 누락된 철근 목록을 더해서
혼자 현장 소장님을 찾았다. 하나씩 설명하는 참인데 〈못
해요!〉 하고 현장 소장님이 대뜸 나에게 버럭 화를 냈다. 왜
나한테만…….

　그 후로 시간이 많이 흘렀다. 하루는 다 같이

---

* 　거울같이 빛을 반사하는 콘크리트.

빽빽하게 심겨진 철근들. 현장 소장님의 잦은 철근 누락으로
필요 이상의 철근들이 들어갔다.

스타크래프트를 하고 있는데 한승재 소장이 나에게 포토
러시*를 해왔다. 얍삽한 플레이에 순간 분노가 치밀어
올랐다. 〈아, 왜 이 지랄이지?〉 마음의 소리가 육성으로
터져 나왔다. 줄곧 이 조직의 일원으로서 인정받고 싶었던
나였다. 인정받고 싶은 마음에 윤 소장의 수전과 도기
취향을 파악했고, 현석이 형과 현장 소장님의 사이에 껴서
눈치 보던 나였다. 스스로 기준이 없었기에 분주하게,
그러나 공허하게 움직였다. 자랑스러운 건축인이라면
〈이렇게 할 거야〉라는 막연한 기준이 있었다고 하는
편이 더 정확하다. 개개인의 다름을 용납하지 않는 한국
사회에서 자란 개인으로서 어찌 보면 당연하게 밟는
순서였다. 적응이란 배려로 위장한 채 적개심을 품는것이
아닐까 생각하기도 했다.

하지만 푸하하하프렌즈는 달랐다. 가끔가다
친구들에게 우스갯소리로 무슨 아마존 정글에 있는

*　스타크래프트에서 포톤 캐논이라는 공격 건물을 상대 진영에 몰래 짓는 얍삽한
　플레이.

　　　　　　　　　　　　　　고안된 장식들

고안된 장식들 외관.

것 같다고 소개하던 이 집단은 개인의 욕구를 채우기
위해서라면, 서로를 향해 이빨을 드러내며 으르렁거리고
발톱을 세우는 것도 마다하지 않는 육식 동물들로 가득한
곳이었다. 처음엔 환경의 변화에 적잖이 당황했던 나였다.
하지만 살아남기 위해 나 또한 하나둘 스스로 만든
금제를 풀기 시작했다. 어설픈 미소 뒤에 가려져 있던
투박하고 못생긴 형태가 드러나기 시작했다. 그렇게 나는
어느덧 어엿한 푸하하하프렌즈의 구성원이 되어 있었고
녹번동은 우아한 수전, 거울 같은 돌, 튼튼한 구조를 얻게
개구부 벽체 상세 적용 바람니
되었다.

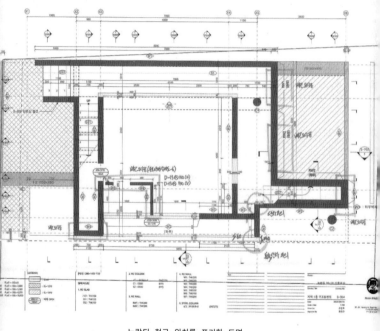

누락된 철근 위치를 표기한 도면.

고안된 장식들

나무로 만든 모형 1.

나라 연대기

나무로 만든 모형 2.

나훈아의 젊었을 적 영상을 몇 번이나 돌려 보았다.
다른 노래는 잘 모르지만 「잡초」를 좋아한다. 어릴 때
어른들이 흥얼거리는 건 너무 자주 들어서 그런지 뻔한
멜로디라고만 생각했는데, 최근에 가사를 주의 깊게 들어
보면서 정말 애절하고 처연한 노래라는 것을 알게 되었다.

아무도 찾지 않는 바람 부는 언덕에
이름 모를 잡초야
한 송이 꽃이라면 향기라도 있을 텐데
이것저것 아무것도 없는 잡초라네

나훈아는 멋있다. 머리가 커서 멋있다. 사람들은 작은
머리를 좋아하지만, 머리가 작다고 다 예쁜 건 아니다.
머리가 작아서 예쁜 사람은 따로 있다. 나훈아의 외모엔
힘이 있다. 머리에 팍! 눈에 팍! 그리고 이빨에 팍! 힘이
들어가 있어 정말 멋진 것이다. 어딘지 모르게 양규와
비슷하다. 양규는 미남형, 옛날 사람들이 말하는

고안된 장식들

나무로 만든 모형 3.

호남형이다. 얼굴선이 굵고 눈에 힘이 팍 들어가 있다.
머리도 작지 않다. 전 직장에서 직장 선후배 사이로 처음
봤을 때 진짜 잘생겼다고 생각했다. 잘생긴 사람들이야
많지. 나도 엄마 친구들한테 잘생겼다는 말 자주 듣지.
그러나 그 말은 밑밥이다. 아니 이렇게 잘생긴 아들이 왜
결혼은 안 하고 있느냐고…… 결혼 얘기를 꺼내기 위한
밑밥이다. 근데 양규의 잘생김은 진또배기다. 나훈아처럼
얼굴에 힘이 팍 들어가 있다.

　발이라도 있으면은 님 찾아갈 텐데
　손이라도 있으면은 님 부를 텐데
　이것저것 아무것도 가진 게 없어
　아무것도 가진 게 없네

잡초라니, 진짜 멋있다. 잡초는 아무것도 가진 것이
없는데 그냥 없는 정도가 아니다. 이것저것 아무것도
가진 게 없단다. 손도 발도 향기도 없다. 잡초는 이가

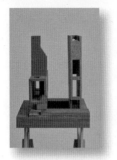

나무로 만든 모형 4.

없어 잇몸으로 고기를 뜯어 먹는 황금 호랑이다. 유년
시절의 양규는 실제로 가진 것이 없었다고 한다. 아, 내가
왜 양규에 대해서 쓰고 있지? 원래 나라 누나에 대해서
쓰려고 했는데, 이젠 무슨 얘기로 시작해도 양규 얘기를
하게 된다. 잡초 같은 것. 그래, 나라 누나에 대한 이야기를
하려고 했었다.

어느 날 꿈을 꿨는데 손목이 잘리는 꿈이었다. 꿈에서
헤어진 연인에게 편지를 쓰려고 했는데 손목이 잘려서
편지를 쓰지 못하고 있었다. 그래서 연필을 손목으로
쥐어야 할지 손으로 쥐어야 할지 몰라서 연필을 손에도
대봤다가 손목에도 대봤다 하고 있었다.

손과 발이 없는 잡초였다.

나라 누나는 내가 조용히 시들어 가는 것을 지켜보고
있었나 보다. 어느 날 같이 점심을 먹다가 누나가 문뜩
단호하게 이야기했다.

「승재야, 너 이렇게 지내지 말고 여자를 만나! 누구라도
만나! 상대가 있어도 꼬드겨서 만나!」

고안된 장식들

대지 모형과 건물 모형.

누나의 눈이 조금 빨개져 있었다. 〈사람들의 시선도 도덕 관념도 중요한 게 아니고 난 네가 중요해〉라고 말하는 것 같아 든든했고, 감동했다. 누구나 공명정대한 사람이 되고 싶지. 누구나 이성적인 사람이 되고 싶을 테지. 그러나 이성? 차분함? 개나 줘 버리라고! 그렇게 소리칠 때 우리는 잡초가 된다.

양규는 귀마개를 하고 장갑을 끼고 책가방을 뒤로 메고 문을 나서며 이야기하곤 한다.

「내가 싸드락 싸드락 어떻게든 해서 일 되게 만들어 올게! 식구들 월급은 나와야 할 거 아녀!」

유달리 힘들었던 올해, 지금 체면이고 이윤이고 따질 때가 아니라며, 일이 없으면 일을 만들어 오겠다고 잡초는 문을 나섰다. 앗, 또 양규 얘기로…… 나라 누나는 본래 직장 선배였다. 나랑 한진이는 동기였고 양규는 선배였고 나라 누나는 그보다 더 높은 선임이었다. 회사를 그만두고 함께 일하기 시작했을 무렵, 우리는 매일 싸우며 지내다 보니 서로가 서로에게 지쳐 있었다. 서로를 싫어한 건

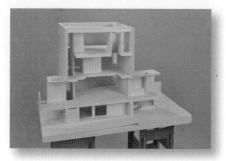

건물 모형 단면.

아니지만 네가 시키는 대로 하고 싶지는 않다는 알량한 자존심이 있었다. 특히 나와 한진이가 그랬다. 하지만 누군가가 시키는 대로 하고 싶은 수동적인 사람이기도 했다. 지금은 수동성이 너무나 비대해져서 누구의 말도 잘 따르는 온순한 사람이 되었지만…….

우리는 나라 누나를 떠올렸다. 나라 누나는 당시에도 대단한 선배였다. 좋은 사람이자 열심히 일하는 사람이지만 도통 무슨 생각을 하는지 알 수 없는 사람이었다. 중요한 건, 혼자서 무언가를 늘 생각하고 있다는 거다. A 얘기를 하면, B 얘기를 하는 사람이었다. 다만 A에서 B로 가는 그 복잡한 사고 과정은 누나만 알고 있는 것이기에, 우리에겐 늘 엉뚱한 선배였다. 그리고 분노하면 욕도 찰지게 내뱉는 사람이라, 누나라면 우리를 마음대로 다룰 수 있을 것 같았다. 누나라면 우리가 감히 협상하려고 들지 않을 것 같았다.

누나가 육아에 전념하기 위해 회사를 그만뒀다는 소식을 듣고 우리는 누나를 초대했다. 망원동 짬뽕집에서

고안된 장식들

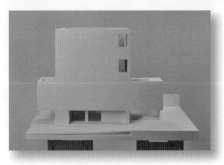
건물 모형 외부 1.

뜨거운 짬뽕 한 그릇 시켜 주고 양규는 말했다.

「뜨끈할 때 들어.」

호로롭, 쫍쫍, 짬뽕을 받아먹는 누나의 모습에서
이질감이 느껴지지 않았다. 양규는 옆 테이블 빈 의자에
팔을 올리고 다리를 꼬고 마치 조직의 중간 보스처럼
말했다.

「누나 회사 그만뒀담서? 집에서 놀면 뭐 해? 여기 와서
일이나 봐.」

그러자 누나는 후루루루 말했다. 「거침없이
하이킥」에서 나문희 여사의 목소리를 떠올리면서 읽어
주길 바란다.

「안 돼~ 나 야근 못 해~ 이제 애기 봐야 돼~ 출근도 못
해~ 퇴근도 일찍 해야 해~ 설계도 못 해~ 엑셀도 못 해~
엑셀 배워야 해~ 아 몰라, 나 판교 사는데 여기까지 언제
와~ 출근하면 11시야~ 차 안 막힐 때 퇴근하려면 3시엔
나가야 해.」

정말 대단하고 이상한 협상력이었다. 나라 누나는

건불 모형 외부 2.

다음 날부터 출근했다. 〈아니, 아니 한달 뒤에~〉 아, 누나
목소리가 들린다. 누나는 갑자기 붙잡힌 수배자처럼
그러면 신변을 정리할 시간을 달라고 한 뒤, 정확히 한
달 뒤에 출근했다. 오전 11시에 출근하고 오후 3시에
퇴근했다. 이제 내년 무렵이면 지유(나라 누나네 아이)는
누나와 비슷한 키가 될 것이다. 이제 아기도 많이
컸으니까 정시에 출퇴근하라고 양규가 말하니, 돈 만지는
사람이 회사에 앉아 있으면 회삿돈 삥땅 칠 궁리만 하게
된단다. 정말 대단하고 이상한 협상력이다. 그래서 누나는
여전히 오전 11시에 출근하고, 오후 3시에 퇴근한다.

　누나가 우리와 함께한 첫 명절, 추석 전날이었다.
양규의 장인어른께서 양규에게 전화를 했다.

　「아니, 한 서방 무슨 돈을 이렇게 많이 보냈어엉?」

　양규는 어리둥절했다. 돈을 보낸 일이 없는데…….
그 순간 양규의 머리를 스쳐 간 것이 있었다. 이노무
여편네를 그냥! 양규가 여편네라고 했는지는 확실치 않다.
양규의 속마음을 내가 들을 순 없으니까. 근데 분명 그런

　　　　　　　　　　　　고안된 장식들

건물 실내 사진 1.

표정이었다. 〈눈으로 말해요〉 게임처럼. 양규는 수화기를
막고 누나에게 물었다.

「누나! 돈 어디다 부쳤어!」

누나는 예전에 뉴스에 나와 나방의 공격을 받았다고
진술한 호놀룰루 아주머니처럼 호룰루 뭐라고 말했다.
누나의 언어를 어차피 그대로 적는 것은 불가능하니까
귀에 쏙쏙 박혔던 주요한 말만 옮겨 본다.

「네가 보내라며~ 철거 사장~ 아니었어? 맞는데?
승재야~ 한진아~ 그러게 내가 못 한다고 했잖아.」

누나가 철거 사장님에게 공사 대금을 보낸다는 걸
실수로 양규 장인어른에게 보낸 것이다. 철거 사장님
성함은 송기영, 양규 장인어른 성함은 송기혁.(따님
이름은 송주희……) 명백한 양규의 잘못이었다. 손도 발도
없는 잡초들이 서로 소리 질러 댔다.

「아니 씨발, 어떡해! 추석 전날인데 무슨 짓이냐고!」

「못 한다고 했잖아~ 내가 송금을 언제 해봤다고 그래~
시벌롬아.」(누나가 송금을 한 번도 안 해봤을 리 없다.)

354

건물 실내 사진 2.

「승재야~ 승재야~」(다급하게 자기편을 찾는다.)

쓸쓸한 명절, 정읍에 사시는 양규의 장인어른께서는
읍내까지 버스를 타고 가셔서 40만 원을 도로 양규
계좌로 보내 주셨다. 장인어른께 그 돈을 다시 보내
달라고 말한 양규도 정말 대단하다. 누나는 잡초다. 힘도
없고 논리도 없고 이것저것 아무것도 없지만 일단 지르고
봐야 살아남는다. 이렇게 모든 것을 불태우고 판교 가는
버스에 몸을 싣는다. 그 속에서 누나는 무슨 생각을 할까?

어느 날 현석이는 해맑게 웃는 얼굴로 〈똥 밭에서
굴렀더니 똥이 되어 버렸어요〉라고 말했다. 녹번동
현장에서 푸닥거리하고 오는 길이었다. 온몸에 먼지가
묻어 있었다. 그리고 그 옆엔 아무도 없는 줄 알았는데
영호가 서 있었다. 똑바로 서 있는데 약간 대각선으로
서 있는 것으로 보였다. 영호는 늘 그렇다. 그리고
현장에서는 늘 그렇다. 우리가 돈을 지급하는 것도
아니고, 그렇다고 우리가 직접 못질하는 것도 아니고,
이것저것 아무것도 할 수 있는 게 없으니 할 수 있는

고안된 장식들

콘크리트 매입 조명의 실제 크기 목업 모형 1.

유일한 일은 뒹구는 것뿐이다. 천장에 들어가고 피트*에
들어가고, 그렇게 해보고 나서 아, 안 되는구나, 정말 안
되는 거구나 인정하는 식이다. 그러나 현석이가 말한 똥
밭은 현장이 아니고 우리 회사다. 우리가 설계한다고
책상에서 폼 잡은 시간은 몇 분이나 될까? 프로젝트를
진행하면서, 어떤 프로젝트를 진행하더라도 깔끔하게,
센스 있게, 정교하게, 알아서, 잘, 마무리되는 일은 좀처럼
없다. 똥 밭에서 뒹구는 게 일하는 거다.

　　나라 누나는 똥 밭에 핀 잡초다. 누나의 자리는 똥
밭의 한가운데에 있다. 누나의 자리는 통로 한가운데로
사람들이 지나는 길을 막고 있다. 책상에서 회의실에 갈
때마다 모두 누나의 책상을 조심스럽게 피해 다닌다.
양규가 풍수지리에 능한 선배를 모시고 와서 기운이
모이는 자리를 알려 달라고 했는데, 이 조그마한
사무실에서 그래도 돈이 모이는 자리라고 한다면

---

* 　전기와 수도 설비등을 점검할 수 있도록 만들어진 비좁은 통로, 주로 바닥 아래
　　위치해 있으며 그곳에 들어가면 왠지 모를 비통함이 몰려온다.

콘크리트 매입 조명의 실제 크기 목업 모형 2.

한가운데 자리라고 말했다. 양규는 선배가 손가락으로
가리키는 곳을 붉은색 스프레이로 표시해 두었다.
그곳이 나라 누나의 자리가 되었다. 누나가 돈을 제일
많이 만지니까…… 그렇게 누나는 사람들이 지나는
길을 가로막고 앉게 되었는데, 왜 나만 따로 앉느냐고,
이게 말이 되느냐고 따져 묻지 않았다. 원래 잡초가
그러는 것처럼 아무 곳에나 책상을 가져다 놓고 곧바로
뿌리내렸다.

고안된 장식들

18

함았당

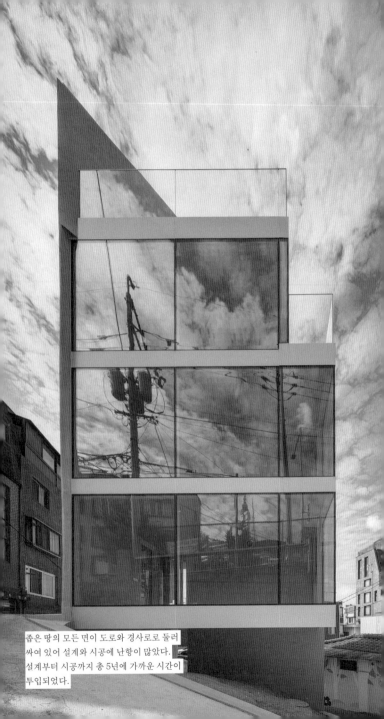

좁은 땅의 모든 면이 도로와 경사로로 둘러
싸여 있어 설계와 시공에 난항이 많았다.
설계부터 시공까지 총 5년에 가까운 시간이
투입되었다.

NO	구 분	규 격	수량	단위	재료비 단가	재료비 금액	노무비 단가	노무비 금액	경비 단가	경비 금액
1	용인 처인구 원삼면 편편하우스 신축공사									
1-4	철근콘크리트공사									
	레미콘	180-8 버림	12.00	m3	92,000	1,104,000	–	–	–	–
		240-15 기초	58.00	m3	105,000	6,090,000	–	–	–	–
		270-15 내력벽	269.00	m3	112,000	30,128,000	–	–	–	–
	콘크리트타설	노무비 및 장비대	339.00	m3	–	–	20,000	6,780,000	20,000	6,780,000
	거푸집 제작, 설치	유로폼	1,757.00	㎡	7,000	12,299,000	45,000	79,065,000	5,000	8,785,000
		일반합판(슬라브+보)	425.00	㎡	10,000	4,250,000	50,000	21,250,000	5,000	2,125,000
		PET합판 거푸집	280.00	㎡	15,000	4,200,000	50,000	14,000,000	5,000	1,400,000
	거푸집 해체, 정리		2,462.00	㎡	1,000	2,462,000	7,000	17,234,000	3,000	7,386,000
	거푸집 반입, 반출		2,462.00	㎡	–	–	–	–	1,000	2,462,000
	형틀소모자재		2,462.00	㎡	3,000	7,386,000	–	–	–	–
	강관동바리	써포트	249.00	㎡	3,000	747,000	5,000	1,245,000	3,000	747,000
		시스템동바리	300.00	㎡	10,000	3,000,000	10,000	3,000,000	5,000	1,500,000
	철근	HD10,13,16,19	34.00	TON	1,120,000	38,080,000	–	–	–	–
	철근가공조립	각종	34.00	TON	20,000	680,000	400,000	13,600,000	50,000	1,700,000
	철근소모자재		34.00	TON	30,000	1,020,000	–	–	–	–
	소 계					111,446,000		159,174,000		32,888,000

거푸집 분자 1,629.93 ㎡

상호 비용 절감용 방안 검토.

실시 설계를 마무리하면 시공사 두세 곳에 도면을 보낸다.
목표한 예산을 넘어선 견적서가 도착한다. 다이어트가
시작된다.

1. 시공사로부터 VE 제안받기

시공사의 전문성이 드러나는 부분이다. 설계 개념과
내용을 바꾸는 일이 아니라면 대부분 진행하는 항목이다.
주의해야 할 점은 동일 성능 이상의 내용인지 꼭 확인해야
한다는 것.

2. 설계 변경하기

설계하다 보면 이래도 되나 싶을 때가 있다. 일종의
과설계 부분인데, 견적서에서도 눈에 띄게 드러나는
부분이다. 이럴 때는 과감하게 아이템을 삭제해야 한다.
VE 때와 마찬가지로 설계 개념과 내용이 바뀌는지
검토가 꼭 필요하다.

후암동

불체

184
세로벽

$(16 \times 6) + (24 \times 2) + (7 \times 4)$
10B + 4B + 2B

30.9
가로벽

$(1.5 \times 2 \times 3) + (1.5 \times 4 \times 1.4)$
9   8.4

$(1.5 \times 2 \times 4.5)$
13.5

87.8
수변호
5.7

$(19 \times 2 \times 1.5) +$

30.8
$(11 \times 2 \times 0.7)$
$\times 2$

3. 지정 스펙 견적서 받기

$) \times 0.15 = 45.405 \ m^3$ 2층바

창호, 마루, 엘리베이터 등 지정한 스펙의 견적서를 직접

요청하고 확인한다. 같은 스펙으로 더 저렴하게 할 수   2층바

있는 업체가 있는지 확인하는 과정이다. 이때 주의해야   26.91 m

할 점은 재료만 취급하는지, 시공까지 취급하는지 확인이

필요하고, 상세 도면을 업체와 확인해서 현장에서 착오가   지붕바닥

없도록 해야 한다. 지정 스펙은 다섯 개를 넘기지 않는

것이 좋다. 나중에 현장에서 컨트롤이 어려워져서 현장   1층 방

소장이 힘들어질 수 있다.

$(1.65 \times 9) + (0.75 \ ) \times 2) \times 0.1$
46.8   12.3
$= 9.95 \ m^3$
7.395

4. 물량 점검하기

1.61   1층바닥

복잡한 설계를 잘못 이해했거나, 하도급 업체들과의   24시오
9

협의용으로 하는 작업이다. 물량이 과하게 잡혀 있는게

있는지, 누락분이 있는지 확인해야 한다. 주의해야 할

점은 반드시 시공사에 양해를 구하고 해야 한다. 검토

의도를 충분히 설명하지 않으면 시공사를 의심하는

것처럼 보여서 신뢰가 깨질 수 있으니 주의 또 주의한다.

고벽 19 x 3 x 0.15 = 8.55 m³

바닥 38 x 0.4 = 15.2 m³

지붕 (38 x 0.2) + (12 x 0.45) = 13 m³

7.6 + 5.4

$\}$ 36.75 m³   차고

벽 21.6 x 1.8 x 0.15 = 5.832

지붕 5.7 x 0.15 = 0.855

$\}$ 6.7 m³   대기실?
외벽하고

5. 크게 체크하고 작게 체크하기

견적서를 한 번에 검토한다는 생각을 버려야 한다.
큰 숫자부터 검토하고 한/번 정리, 작은 숫자만 따로
검토해서 또 한 번 정리해야 한다. 가랑비에 옷 젖는다고
했던가. 위생x지구, 스펙 하나를 바꾼 게 다이어트에 큰
역할을 하게 된다. 0.2 = 3.06

부속동
교회당?
33.16m³

270 m³

다이어트는 금액만 줄이는 작업으로 오해해서는 안 된다.
사람도 밥을 안 먹고 다이어트하면 요요가 오는 것처럼,
기준 없이 금액만 줄이는 다이어트를 한다면 공사비
증액이라는 요요를 겪게 될 것이다. 에너지를 비축하기
위해 약간의 지방도 필요하다는 걸 잊지 말자.

240 → 56 m³

270 → 207 m³

19

인테리어

내추럴하이 .

멀리 달아나기 *

재

*   서울특별시 도시공간기획과에서 발행한 『2021 서울도시건축비엔날레
    데이터북』에 수록된 글이다.

대중유원지.

카페는 구옥을 개조해 만들어진 곳이었다. 건물
내장재부터 가구와 바닥까지 모두 어두운 빛깔의
합판으로 마감되어 있었는데, 샘이 날 만큼 과감하고
섬세한 디자인이었다. 회색 자갈로 가득 채워진 창밖
풍경은 눈에 거슬릴 것이 없어서 좋았다. 다가가기
쉽지 않아 보이는, 그렇지만 차갑지 않은 직원에게
커피를 주문하고 자리로 돌아왔다. 한 주 동안 기다려 온
평온의 시간이 이제 시작되려 하고 있었다. 얇은 책을
꺼내어 테이블 위에 올려 두었다. 그리고 잠시 주변을
둘러보았다. 주변엔 혼자 온 남자들이 많았다. 대체로 잘
갖춰 입은 남자들은 다리를 꼬고 앉아 얇은 책을 읽고
있었다. 남자들은 책에 시선을 집중하고 있었고, 커피를
마실 때도 책에서 시선을 떼지 않았다. 나는 그들의
자세와 외모를 눈여겨보았다. 지나치게 정돈된 자세와
깔끔한 옷매무새, 절제된 시선……. 그들의 모든 것이
연출된 것처럼 느껴졌다. 그래서 나는 그들이 진짜로 책을
읽고 있다고 생각하지 않았다. 어딘가에서부터 참을 수

인테리어

오누이.

없는 염증이 밀려와 서둘러 카페를 빠져나와 버렸다.

싫어하는 것으로부터 출발하는 이야기는 항상 좋지 않은 결과로 이어진다. 부정적인 감정에서 시작한 이야기는 특정한 집단을 소외시키고, 조롱거리로 만들어 버린다. 아주 쉽게 혐오의 감정으로 번지기도 한다. 그래서 싫어하는 것에 관한 이야기는 긴 망설임 끝에 결국 삭제되고 만다.

우리 작업에 관해 이야기하기가 늘 어렵다. 우리의 창작은 언제나 싫어하는 것으로부터 시작하기 때문이다. 여러 차례 우리가 추구하는 가치에 관한 물음을 들어 왔지만, 단 한 번도 속 시원하게 대답해 본 적이 없었다. 〈그래서 정말 무엇이 하고 싶은 것이냐?〉라는 집요한 질문에 거짓으로라도 대답을 지어낼 수가 없었다. 실제로 하고 싶은 일은 항상 변하게 마련이며, 무엇을 하고 싶은 마음에 일관된 이유를 가지고 있지도 않다. 우리는 마니페스토의 시대에 살고 있지 않기 때문에 거창한

옹느세자매.

목표를 지어낼 수도, 그것이 통할 리 없다는 것도 알고
있다. 〈일상〉 혹은 〈평범함〉처럼 무해한 단어 안에 우리를
숨기는 것도 금물이다. 그런 단어들은 미디어에 의해 너무
많이 오염되어 버렸기 때문이다. 그래서 우리는 싫어하는
것들을 수도 없이 나열하곤 했다.

「실제보다 부풀려진 언어를 싫어합니다. 흉내 내는
것을 싫어하고, 솔직하지 못한 것을 싫어하고요. 자본에
부역하는 건축을 싫어하고, 무력함을 소박함으로
착각하는 건축가들을 싫어합니다.」

싫어하는 것에 대해 말하는 진짜 목적은 자신과 대상의
다름을 알리는 것에 있다. 내가 싫어하는 것은 내가
달아나고자 했던 곳에 여전히 머무르고 있는 것들이다.
예를 들어 깔끔하게 차려입고 주변을 두리번거리는
남자들…… 싫어하는 대상은 일정 부분 자신을 닮아
있는 것들이다. 나는 그들과 다름을 알리기 위해서 누가
물어보지 않았는데도 싫어하는 것에 관한 이야기를
꺼낸다. 그들과 내가 다르지 않다면, 그래도 내가 무엇은

인테리어

에이랜드 스타필드 하남.

인지하고 있는지, 그들과는 다른 사소한 부분은 무엇인지, 확대해 보여 주려고 하는 것이다. 나와 조금도 닮지 않은 누군가를 미워하는 건 생각보다 어려운 일이다.

싫어하는 것에 대해 말하는 것이 잘못된 행동이라고 생각지는 않는다. 진짜 문제는 싫어하는 대상을 나로부터 분리하는 태도다. 혐오 역시도 그것의 가장 큰 문제는 부정적인 감정이 아닌 분리에 있다. 무언가로부터 달아나고 싶은 욕구를 느낄 때, 달아나고자 하는 대상은 언제나 내 안에 있는 것임을 인정해야만 한다. 미움의 대상을 타자화하는 것은 솔직하지 못한 것이며, 솔직하지 못한 이야기를 길게 하는 것은 아주 긴 광고를 만드는 것과 다르지 않은 일이다.

요약하자면, 나는 주말 오후 2시에 카페에 앉아 남들을 의식하며 책을 읽는 사람이다. 우리는 실제보다 부풀려진 언어를 사용하고, 때로 흉내 내기도 하며, 솔직하지 못할 때도 있다. 자본에 부역하며, 때로 무력함을 소박함으로

내추럴하이.

착각하기도 한다. 다행히도 우리는 스스로 그것으로부터 분리될 수 없다는 것을 잘 알고 있다. 다만 그것으로부터 멀리 달아날 뿐이라고 말할 수 있을 것이다.

주말 오후 카페에서 느낀 감정은 너무나도 평면적이었다. 한 사람 한 사람이 에드워드 호퍼의 그림 속 풍경이 되어 버린 것 같았고, 카페 분위기를 위해 자신을 헌신하는 협력자들로만 보였다. 욜로, 딩크족, OO충과 비슷한, 나를 포함한 이곳의 모든 남자를 정의 내리는 단어가 트위터 어딘가에 이미 있을 것만 같았다. 그들의 일상을 보는 것이 괴로운 것은 그들을 통해 나의 일상을 보았기 때문이다. 그들을 통해 바라본 나의 하루는 이미 나의 것이 아니었다. 나는 다른 사람의 풍경이었고, 나의 여유는 다른 사람의 눈에 보이는 여유였다. 나는 나를 정의하는 그 단어에서 벗어나기 위해 동지들을 버리고 재빨리 도망쳐 버린 것이다.

현대 사회에서 무엇으로부터 달아나려는 시도는 거의 모든 순간의 이야기가 되어 버렸다. 손에서 떨어지지

인테리어

과천 국립 현대 미술관의 미술 도서실.

않는 휴대폰으로부터, 일과 스트레스로부터, 어디서
튀어나올지 모르는 광고로부터……. 나는 특히 버릇처럼
들여다보는 인스타그램에서 극심한 권태를 느낀다.
비슷한 포즈와 비슷한 표정의 사진들을 넘기고 또 넘기다
보면 풀어 헤쳐진 두루마리 휴지 같은 것으로 머릿속이
가득 차버리는 기분을 느낀다. 피드에 반복해 등장하는
심플한 가구들과 비슷한 장소들, 관조하는 듯 무기력한
코멘트를 보면서 모든 사람의 삶이 하나로 수렴하는
현상을 목격한다. 모든 것이 뻔해지고 예측 가능해지는
것. 그것은 권태의 징조다. 나는 자꾸만 그것을
들여다보며, 동시에 그것으로부터 달아나야만 할 것 같은
기분을 느낀다.

〈안녕하세요. 좋은 아침입니다.〉
　매일 아침 현관에 서면 다정한 기계음이 나의 권태를
깨운다. 반년 전부터 대형 시공사가 만든 아파트 단지에
살고 있다. 이곳의 주민 대부분은 전통적인 가족 관계를

메송 파이프그라운드.

이루며 살고 있고, 이곳의 모든 편의는 그들의 삶에
맞춰져 있다. 엎어지면 코 닿을 거리에 학교와 학원이
밀집되어 있고, 그보다 조금 떨어진 곳에 작지 않은
마트가 있다. 아파트 관리인은 매일 아침 7시 30분부터
8시 30분까지 관리실 문 앞에 서서 출근하는 차량을 향해
고개 숙여 인사한다. 이곳은 모든 위험 요소가 제거된
곳이다. 차량은 모두 지하로 다니도록 계획되어 있고,
언제 위협으로 다가올지 모르는 외부인은 비밀번호와
CCTV의 통제를 받는다. 행여 부딪히더라도 긁히지
않도록 난간엔 둥근 플라스틱 뚜껑이 씌워져 있다.
세상에서 가장 해로운 존재인 흡연자들은 가장 엄격한
통제를 받는다. 그들은 집 밖으로 걸어 나와 아파트 단지
끄트머리에 있는 흡연 장소에까지 와서 담배를 피워야
한다. 그들은 서 있는 자세까지 통제받아서, 흡연하는
동안 구부정한 자세를 유지한다.

　이곳은 편의 시설로 도배되어 있다. 매일 아침 나의
권태를 깨우는 기계음은 현관 벽에 붙은 화면에서

인테리어

서울시립미술관.

흘러나오는 것이다. 그 목소리는 매일 아침 나에게 인사를
건네고 날씨를 알려 준다. 화장실과 부엌과 거실 등 집 안
곳곳에 화면이 설치되어 있고, 스위치에선 똑딱거리는
소리 대신 삐빅 하는 전자음이 발생한다. 아파트는 공간을
벗어나 시간의 위험 요소까지도 제거한다. 아파트 단지의
가격은 쉽게 내려가지 않는다. 주민들은 안정적인 주거를
기반으로 학군과 사교육의 끈을 붙잡고 다음 세대의
안정을 기약한다. 몇 달 뒤에도 몇 년 뒤에도 이곳은 크게
바뀔 것이 없다는 사실을 모두가 믿고 있다. 그 믿음이
아파트 문화의 핵심이다. 매일 아침 현관에서 울리는
기계음이 반복해서 상기해 주는 것은 내가 가장 망각하고
싶어 하는 그 사실이다. 내가 아파트 단지에 살고 있다는
사실, 안전하고 예측할 수 있는 이곳에서 순응하며 살고
있다는 사실이다.

사람은 잊기 위해 산다. 오직 단 하나의 진실인 죽음을
잊기 위해 산다. 우리는 죽음을 잊기 위해 최선을 다해

파이프그라운드.

달린다. 죽음을 잊기 위해 바쁘게 일하고, 여가를 즐기고, 다른 사람들과 관계를 맺는다. 자식을 낳고 또 그 자식이 자식을 낳는 것을 보며 죽음도 갈라놓을 수 없는 영생의 고리를 상상한다. 글과 그림과 건물을 남기며 죽음 이후에도 지속되는 삶을 상상한다. 그러거나 말거나 죽음이라는 결론은 변하지 않는다. 너무나도 똑똑한 어떤 이들은 죽음을 잊지 못한다. 죽음을 잊지 못하는 이들은 우울함에 빠져버린다. 죽음 앞에선 돈도 희망도 노력도 모두 부질없는 짓이다. 내 앞에 켜켜이 쌓인 수많은 날이 두꺼운 지방처럼 느껴질 뿐이다.

〈건축을 통해 무엇을 추구하느냐?〉라는 질문은 〈무엇을 위해 사느냐?〉라는 질문과 다르지 않다. 삶의 모든 행위는 잊기 위한 발버둥이다. 벗어날 수 없는 것으로부터 멀리 달아나는 것. 그것만이 행위의 유일한 동기가 될 수 있다. 이대로 반복하다 결국은 끝나 버릴 것이 자명한 생의 뻔한 패턴으로부터, 머리부터 발끝까지 간단한 단어로 정의 내려지는 인간 군상으로부터, 달아나고 달아나고 또

인테리어

에이랜드 스타필드 하남.

달아나는 것이 우리가 하는 일에 대한 설명이다.

집의 한가운데에 거실이 있는 것. 거실 벽면에 커다란
텔레비전이 있고 그 반대편에 커다란 소파가 있는 것.
텔레비전 화면이 잠시 검은색으로 변하는 찰나, 화면을
통해 무표정한 얼굴이 반사되는 것. 지하철에서, 버스에서,
그리고 집 안에서까지 조증에 걸린 기계의 목소리를 듣는
것. 모든 위험을 거세시킨 안전한 난간, 평평한 땅, 밤에도
대낮처럼 밝은 조명, 좋은 것으로 둔갑한 무해한 것들.
모든 남자가 남자답게 행동하고, 모든 여자가 여자답게
행동하고, 모든 아이가 아이답게 행동하는 것. 이런
〈당연한〉 것들로부터 벗어나 무궁무진한 세계로 향하는
것. 그것이 권태에서 벗어나기 위해 해야 하는 일이다.
그런데 그것들이 정말 당연한 것들일까? 당연한 것을
덮어 두고 사는 것이 당연해진 것은 아닐까?

양규와 한진은 나와 함께 일하는 동료이며, 내가 가장

파이프피자.

가까이에서 지켜본 건축가들이다. 2013년부터 지금까지
9년 동안 거의 매일 함께 보내며 우리는 눈앞에 보이는
거의 모든 것을 헐뜯고 지내 왔다. 우리가 헐뜯어 온
것들은 너무도 따분한 것들이라서 그것에 대해 언급하는
것만으로도 나는 글쓰기를 그만두고 싶은 지겨움에
휩싸여 버린다. 가짜 돌로 치장한 타일 건물, 창문과
창문이 맞닿아 항상 커튼을 치고 살아야 하는 공동 주거,
번쩍이는 재료로 치장했을 뿐 조금의 노력도 들이지
않은 고급 주거 등…… 이것은 〈꾹 참고 작성한 헐뜯는
것들의 리스트〉 중 극히 일부에 불과하다. 햇빛과 바람,
사생활, 이웃과의 관계 같은 정말 당연한 것들을 외면해
버린 결과물들이다. 아주 당연한 것조차 결여된 아파트
외벽에 새겨진 웅장한 문장과 신성한 이름을 보자면
그것을 키치라 불러야 할지 모욕이라 불러야 할지 헷갈릴
지경이다. 우리는 곧 염증을 느껴 차라리 말하기를
그만두곤 한다. 그냥 빨리 달아나 버려야 한다.

인테리어

바온하우스.

그래서 어디로 달아나려고 하는가? 이 글은 또다시
제자리로 돌아온다. 우리는 어디로 달아나야 한다는
명확한 목적지를 제시하지 못한다. 비판만 있을 뿐
해답을 제시하지 못하는 것이 진보의 한계라고들 한다.
해답을 제시하지 못하는 것에 대하여 〈무능함〉, 혹은
〈우유부단함〉이라는 단어로 바꾸어 사용한다면 나는
흔쾌히 동의할 수 있겠지만, 〈한계〉라고 말하는 것에는
동의하지 않는다. 정확한 목표와 확고한 진리 아래 모든
것이 명확해진 세상이 오면, 그래서 모두가 이해할 수
있는 일만 일어난다면, 존재하는 모든 것에 이름이 붙게
된다면, 그래서 더 이상 불필요한 것들, 정해지지 않은
것들이 남아 있지 않게 되는 세상이 온다면, 모든 개인은
한계에 부딪혀 버릴 것이다. 정해진 것들을 피해 가며,
객관적인 진리보다는 개인적인 이야기에 집중해 가며,
전략과 전술보다는 감각과 기억에 의존해 사는 것은
무궁무진함이다. 그것은 한계와는 거리가 멀다.

엑스포럼 사옥.

나는 이해받지 못하는 이야기를 꺼내길 주저하지
않는다. 모든 것을 이해해 버리면 그다음부턴 모든
것이 뻔해져 버린다. 개요가 잘 정리된 글을 컴퓨터에
옮기는 것과 이미 완결된 형태를 도면으로 옮기는 일은
더없이 지루하다. 명확하지 않은 것과 지극히 개인적인
것, 판단할 수 없는 것, 그리고 어느 면에서 보아도 다른
사건이 열어 주는 혼란의 세계에 몸을 빠뜨려야만 한다.
그 안에서 나조차도 이해하지 못할 실오라기 같은 감각을
붙잡고, 그것이 나를 어딘가로 이끌어 주길 기대한다.
나는 마지막을 알고 싶지 않기 때문이다.

공통의 목표를 가지고 있지 않으므로, 우리는 함께
헐뜯을 순 있지만 공동 작업을 할 수는 없다. 그래서
달아나고자 하는 곳을 이야기할 때 우리는 뿔뿔이
흩어지고 만다.

무엇 때문일까? 양규는 복수를 다짐하는 사람처럼
힘주어 설계한다. 양규는 아직 건축을 믿는다. 땅의
이야기에 귀 기울이고, 치수와 도형의 함수 관계를 탐구해

인테리어

섬카인드오브바.

가면서 진리를 찾듯이 건축을 한다. 그리고 가장 먼저
출근한 사람에게 밤새워 찾아낸 건축의 원리를 기쁘게
설명한다. 양규의 설명은 혹독하기로 유명하다. 양규에겐
모든 부분이 중요하기 때문에, 밤새워 생각한 모든 것에
대해 최대한 길고 자세하게 이야기한다. 그래서 양규는
늘 이해받지 못하는 채로 남겨져 있다. 양규의 설명은
지루하지만 권태롭지는 않다. 권태는 누구나 편히 접할 수
있고, 누구나 쉽게 이해할 수 있는 것들에 깃들어 있다.

　한진이가 최근에 설계한 단독 주택 공사 현장을
방문했다. 동그랗게 뚫린 창문과 내부에서 바라본
둥근 하늘이 인상적이었는데, 건물 전체를 아우르는
유기적인 곡선이 아니었고, 부분 부분이 돋보이는 다분히
장식적인 곡선들이었다. 한진은 이 집의 이름을 〈고안된
장식들〉이라고 지었다. 너무 장식적인 거 아니냐는
놀림으로부터 자신을 방어하기 위해 〈고안된〉이라는
설명을 덧붙였을 것이다. 한진은 장식을 통해 집 안
곳곳에 기억될 만한 그림자를 만들고 싶었다고 말했다.

녹번동 주택 〈고안된 징식들〉.

조심스러운 제목과는 다르게 가벼운 의도를 드러내는 데
거리낌이 없었다.

　누군가의 작업을 통해 그것을 만든 사람을 이해할 수
있겠다는 생각이 들 때, 그것은 어느 정도 나를 이해하는
것이기도 하다. 그가 고안한 장식을 통해 인생은 연극이며
건축은 연극의 무대라는 사실이 자명해 보였다.

　　　　　　　　　　　　　　　　　　　인테리어

서교동 콘크리트 상가(2022) © 김경태

매종 파이프그라운드(2021) ⓒ 노경

HYBE(2021) © 김경태

HYBE(2021) © 김경태

후암동(2022) ⓒ 신경섭

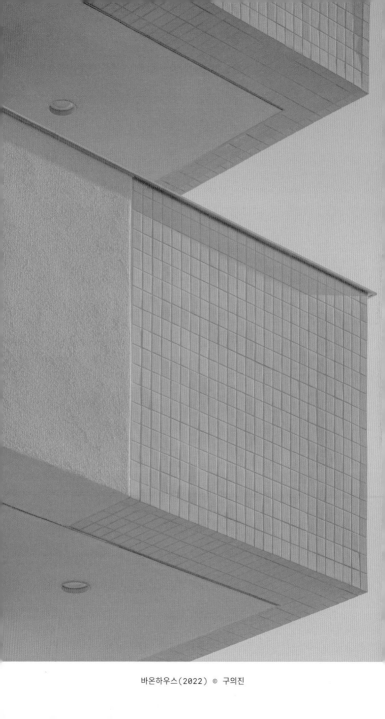

바온하우스(2022) © 구의진

디스이즈네버댓(2019) ⓒ 신경섭

바온하우스(2022) © 구의진

동화마을 주택(2017) © plus202studio

집 안에 골목(2019) © 노경

고안된 장식들(2023) © 노경

워치 앤 칠 3.0(2023) © 홍철기

에이랜드 스타필드 하남(2016) © 노경

서울시립미술관(2020) © 서울시립미술관

Teo 101(2023) © 신경섭

파이프피자(2023) ⓒ 김경태

코끼리잠(2020) © 노경

빈브라더스 스타필드 하남(2016) © 노경

내추럴하이(2019) ⓒ 노경

흙담(2015) ⓒ 김용관

동천동 주택(2018) © 노경

서교동 콘크리트 상가(2022) ⓒ 김경태

스페이스 깨(2018) © 노경

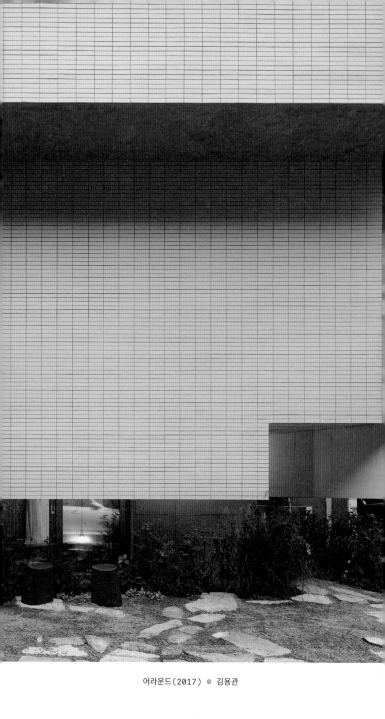

어라운드(2017) ⓒ 김용관

메종 파이프그라운드(2017) © 텍스처 온 텍스처

콜렉티보(2017) © 노경

집 안에 골목(2019) © 노경 (「굿 게임」《2020》 기록 사진)

고안된 장식들(2023) © 노경

콜렉티보(2017) © 노경

서교동 콘크리트 상가(2022) © 김경태

서교동 콘크리트 상가(2022) ⓒ 김경태

20

푸하하하

승재와 한진이 때문에 혼란스러워하는 양규를 승재가 그림.

삼인방
결모른슥

거장 건축가들의 도면, 혹은 건축물을 보면 자신들만의
어휘가 그득하다. 건물만 보고도 누가 설계하였는지 알
수 있다. 우리 사무소의 한양규, 윤한진, 한승재도 거장
못지않게 자신들의 언어로 가득 찬 건축물을 설계한다.
특히 한양규 소장과는 입사 때부터 지금까지 같은
팀이었기에, 그가 무엇을 좋아하는지 잘 알고 있다. 그는
계단을 매우 좋아한다. 한양규 소장이 설계한 건물들을
보면, 다른 건물들보다 계단이 항상 많다. 왜 그래야만
했을까…… 처음엔 나도 이해하기가 어려웠다.

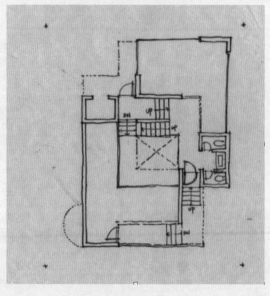

[1] 바온하우스

[1] 바온하우스의 경우는 한 층에 30평밖에 되지 않는
작은 건물이지만 계단이 두 개나 있다. 계단이

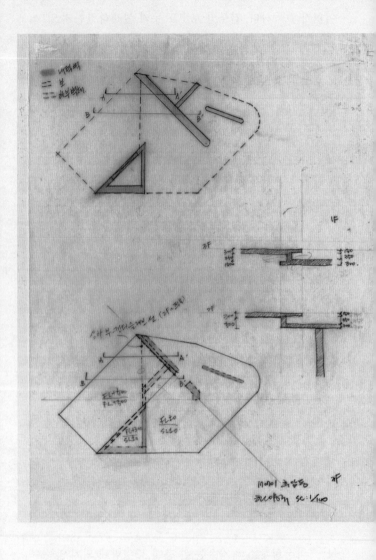

한양규의 스케치 1.

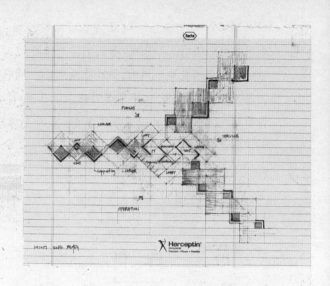

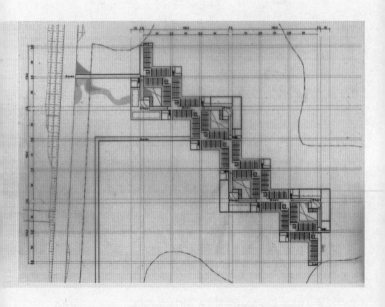

한양규의 스케치 2.

푸하하하

진짜 많다. 바온하우스는 나의 애정 가득 담긴 첫
현장이기도 하다. 80~90번 정도 현장 감리를 하러
갔었는데 아직도 여기가 몇 층인지 모르겠다. 계단이
많은 데다가 스킵 플로어* 형식이라 그런가 보다.
작업자들도 여기가 몇 층이냐고. 8개월 동안 현장에
있었으면서 매번 물어본다.

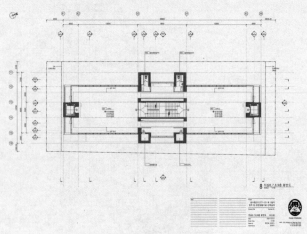

[2] 디스이즈네버댓
한양규 소장의 건물들은 계단이 많다.

[2] 디스이즈네버댓은 의류 브랜드의 사옥이다.
여기에서도 계단이 두 개나 등장하는데 좌우/위아래
층을 연결하는 계단이다. 그 형태가 엇갈려 있어서
건축적인 힘이 강하다. 내가 좋아하는 계단이다.

* 건물 층의 높이를 한 층분씩 설계하지 않고, 층계참 기준으로 반층 올라가거나
내려가도록 설계하는 방식.

가만히 보면 한양규 소장의 계단들은 층을 이동하는
공간 이외에 전용 공간으로 사용되고 싶은 욕구가
강하다. 아마도 그러한 계단이 탄생하게 된 배경에는
한양규 소장의 태생적 기질이 기인하는 듯하다.

한양규 소장은 음식 남기는 것을 매우 아까워한다. 건축도
그렇다. 공용 공간으로 버려지는 면적에 대한 아쉬움을
견디기 힘들어한다. 어떻게든 모두 사용하고 싶어 한다.
한양규 소장의 설계는 강한 질서 체계를 만드는 과정이다.
그래서 논리적이며 뭐든 다 이유가 있다. 그렇기에 질서
이외의 것이 침범하는 것에 대해서 매우 예민하다.
자신만의 방정식이 건물을 꽉 붙잡고 있는 느낌이랄까,
그래서 가끔은 아쉬움이 있다. 조금은 여유로움이
생겼으면 좋겠다. (한양규 소장은 푸하하하프렌즈 세
명의 소장 중 가장 무섭다. 아마 직원 중 김학성 부소장
다음으로 내가 많이 물린 것 같은데…… 자칫하다가
직업까지 바꿀 뻔했다. 실수에 대해서 너그럽지 않다.)

나머지 두 소장과는 일해 본 적이 없다. 그냥 어깨너머로
그들의 설계 과정만 지켜볼 뿐이었다. 얕게나마 지켜본
바로는 윤한진 소장은 보이는 아름다움에 관심이 많다.
그런 생각이 드는 이유는 팀원들과 미팅 시 〈비례〉라는
단어를 자주 사용하기 때문이다.
「에…… 이 부분의 비례가 좋같다. 에…… 좀 늘려 보자.」
내 뒷자리가 윤한진 소장의 자리어서, 줄곧 자주
듣는 말이다. 사실 비례는 지극히 주관적이고 시각에

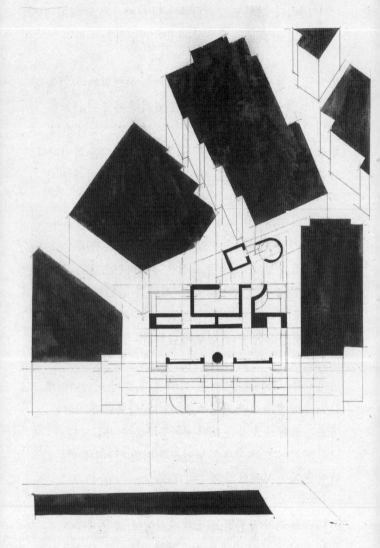

윤한진의 스케치 1.

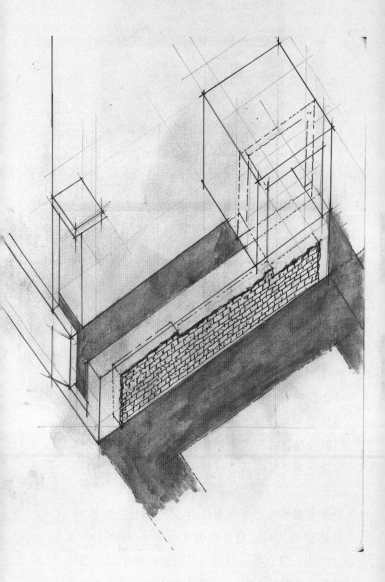

윤한진의 스케치 2.

푸하하하

사무실에서 왼쪽부터 김민식, 김학성, 이호정.

의존하는 단어라 생각하는데 윤한진 소장은 〈비례〉로
팀원들과 소통하고 있는 것이 의아했다. 신기하게도 나도
어느 정도는 그가 말하는 비례가 무엇인지 평면도를
보면 이해할 수 있다. 솔직히 좀 멋있다. 그가 설계한
건축물들은 자신의 취향으로 가득하다. 당연히 그럴
만한 것이, 〈비례〉 혹은 〈야마〉 등 보이는 것에 민감한
사람이다. 그래서 취향을 잘 맞춰 줘야 할 것 같은 걱정이
든다. 왜냐하면 윤한진 소장은 사람이 짓궂은 면이 있기
때문이다. 악의는 없는데, 가끔 사람이 얄미울 때가 있긴
해서 좀 까다롭다. 윤한진 소장은 언쟁에서 탈압박도
먹히지 않는다. 푸하하하프렌즈 직원 중 말싸움을 제일
잘하는 현석이 형도 상대가 안 된다.

한승재 소장의 건축 어휘는 잘 모르겠다. 겪어 본 적도
없고, 나랑 자리도 제일 멀어서 어떻게 설계하는지 도통
모르겠다. 그런데 내가 생각하기엔 어휘가 없는 것이
한승재 소장의 어휘인 것 같다. 2년 동안 지켜본 한승재

현장 확인 중.

소장은, 일부러 그렇게 안 하는 것 같은데 왜 그러는지
모르겠다. 알면 가르쳐줬으면 한다. 그래도 한승재 소장이
설계한 건물들을 보면 대부분 대중에게 많이 알려진
프로젝트가 많다. 건축 인플루언서 느낌인데 이 말
엄청나게 싫어할 것 같다. 아, 이게 맞는 표현이다. 설계해
놓고 보니, 그곳이 유명해졌다. 누군가는 한승재 소장과
일하는 것이 쉽지 않다고 했다. 실컷 회의하고 도면을
수정해 놓으면, 다음 날 아침에 자기가 캐드를 다르게
수정해 놓기 때문이다. PM*들이 힘들어한다. 쉽게 말해서
변덕이 심하다. 난 아직 함께 일해 보지 못해서 모르지만,
난 한승재 소장의 프로젝트들을 좋아한다. 뭔가 얽매이지
않는 순수함이 묻어 있다. 특히나 요즘은 〈집 안에 골목〉이
참 좋다.

*　PM(프로젝트 메니져)은 프로젝트 일정과 비용 등을 관리하는 팀원.

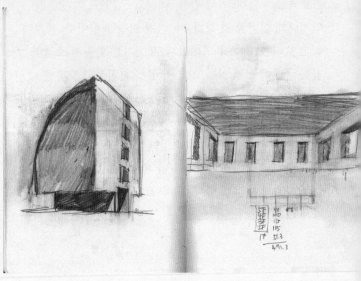

한승재의 스케치 1.

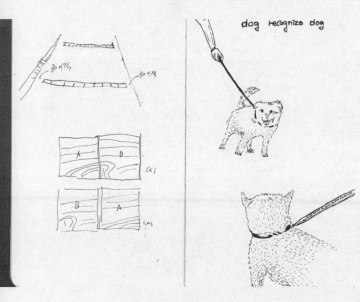

한승재의 스케치 2.

푸하하하

사무실에서 다 같이 점심 식사 중.

탈주 일기

부숴진 의자를 고치는 승재.

이곳은 인천 앞바다 갯벌과 같은 집단이다. 벗어나기가
쉽지 않다.

한양규 소장이 짜놓은 1년 반 주기의 로테이션 시스템은
진행 중인 프로젝트가 끝나기 전에 새 프로젝트로
연결되는 끊임없는 굴레로 이어진다. 독립을 마음먹은
이후로 회사에 언제 말해야 할지 고민을 많이 했다. 고민
끝에 나가기 6개월 전에 말했다. 내가 독립한 이후 한양규
소장은 이제부터 독립하려면 1년 전부터 말하라고 했다.
내가 알기론 이런 회사는 없다.

몸은 어찌어찌 벗어났지만 마음이 벗어나기는 아직도
어렵다. 이곳에서 일도 일이지만 하루 종일 같이 먹고
놀고 했기에 잊을 수 없는 추억이 많다. 물론 난 떠난
사람이기에 나쁜 기억들은 이미 추억으로 분해되어
흡수되었다. 대충 나열해 보자면 한승재 소장의 연애사,
윤한진 소장의 왕따 사건, 한양규 소장의 사자후,

푸하하하

신입 사원 모집 서류 전형.

김학성의 쏠종개 사건, 온진성의 쌍욕, 홍현석의 울음,
박혜상의 귀싸대기 등등 한둘이 아니다. 나열한 것 중
하나만 골라 얘기해도 몇 시간은 떠들 수 있다. 나이가
들면서 대화 주제가 다른 친구들과는 점점 멀어졌지만,
여전히 남아 있는 건 소장들과 직원들뿐이다. 독립한 지
2년이 되어 가지만 지금도 푸하하하프렌즈에 대소사가
있을 때면 그림자처럼 참여한다. 심지어 지금은 같이
일해 보지 않은 직원이 둘이나 되는데도 그냥 간다. 〈애는
왜 여기 있지?〉 싶을 거다. 나가 보면 알 거다. 생각보다
차갑고 외롭다.

내가 좋아서 이곳 갯벌 속에 몸을 진탕 던지고 살았다.
너무 안락한 나머지 먼바다로 한번은 헤엄쳐 보기로
했었다. 여전히 조류에 이끌려 제대로 헤엄치지 못하고
있지만 언제나 다시 쉬어 갈 수 있는 갯벌이 있는 게
얼마나 도움이 되는지 모른다. 그래서 탈주를 못 한 건지
탈주를 안 한 건지 애매모호한 상태인 지금이 좋다.

프로젝트의 성공을 기원하며 절하기도 함.

언젠가는 나도 직원을 이루게 될 텐데 보고 배운 게 이런 거라서 어찌 다를 수 있겠나 싶다. 그때는 나도 갯벌이 되어 봐야겠다.

푸하하하

사무실 배치에 관해 토론 중.

오버 더 레인보우

민원인들과의 조우.

우리 식구들은 모두 알고 있다. 이 코딱지만 한 집단에서
얼마나 많은 다툼이 있었는지 말이다. 유쾌하게 보이는
겉모습이 전부가 아니다. 5년 전 그 모습에 속아 처음
이곳에 왔을 때도, 며칠 안 되어 사소하고 심각한 다툼을
계속해서 목격했다. 그럴 때면 부소장과 서경이 형이
다른 식구들에게 〈조심하시오〉 하고 경보를 울렸는데,
또렷하게 들리던 그 작은 소리는 내뱉는 즉시 풍화되어
흡사 바람 소리 같은 〈쵸시하시오〉라는 암구호가 되었다.

각자의 설계안에 대해서 기어코 한 소리씩 거드는
것은 예삿일이고 시시콜콜하게 나누는 모든 대화 속에
각자의 송곳니가 드러나기 일쑤다. 갓 들어온 새내기인
나에게 욕설, 말싸움, 비난, 논쟁을 포함한 모든 종류의
다툼을 적나라하게 보이는 이 남사스러운 집단의
모습은 황당하지만 새로웠다. 그것은 나에게 본능적으로
무조건적인 무채색 평화를 거부하려는 몸부림, 차라리
무지개색의 균열을 달라는 필사적인 외침 같았다.

푸하하하

호주에서 생활하는 한진이와 이담이와 이우.

솔직히 말하자면 나는 인간들 사이의 소위 다툼이라는
행동들을 사랑한다. 순수하게 오롯이 자신의 감정과
의견을 주장하는 최후의 대변인이 되는 그 순간, 상대방은
사라지고 오히려 스스로 진짜 마음과 마주하게 된다.
내가 진정으로 생각하는 것은 무엇인지, 감정의 호소인지,
상대방에 대한 단순한 미움과 반대인지, 제일 먼저 자신이
눈치채게 된다. 이어서 나와 전혀 다른 타인이 바로 내
앞에 존재한다는 진리를 자각한다. 바로 그때, 유유상종
고인 물 집단 속의 우리는 우주처럼 거대한 서로의
근원적인 다름을 깨닫게 되는 것이다.

직급의 지위 고하를 막론하고 발생하는 다툼이라는
생채기에 필연적으로 여러 종류의 각기 다른 삐짐이
딱지처럼 남는다. 다리에 생긴 딱지는 아물었다 싶으면
긁어서 떼어 버리면 그만이지만, 그놈의 삐짐 딱지는
도대체가 마음대로 떼어 버릴 수도 없다. 시간이 정직하게
흐르고 또 흘러서 깊은 곳에서부터 금이 간 마음이

아물어야 비로소 사라진다. 2019년에 종결된 소장들 간의 〈7년 전쟁〉이 가장 오래되었을 것이고, 같은 학교 동기라는 자존심 싸움 끝에 발생한 나와 진성이 형 사이 〈1년 간의 묵언 수행〉도 참 징그러운 토라짐이었다. 이외에도 소장과 직원 간의 크고 작은 다툼은 이 책의 다른 글에서 눈치챌 수 있었기를…….

 지난한 과정에 마지막으로 남는 것은 서로에 대한 완전한 이해인 것일까, 아니면 완전한 타인이라는 단순한 인정일까? 그게 무엇이든, 이제 더 이상 소장들은 김학성 부소장을 상처 주지 못한다. 〈쵸시하시오〉 소리가 어디선가 들리면 오히려 앞에서 열심히 꼬리 흔들며 그 마음을 사려 한다. 윤나라 수석 매니저의 권세는 이제 누구도 부정할 수 없다. 매니저의 긴급 상황은 푸하하하 모두의 비상사태가 되어 버렸다. 진성이 형이 갑자기 말수와 식욕이 줄고, 쳐진 눈초리로 스산하고 예민한 눈빛으로 일만 한다면, 그 누구도 건들지 않는다. 모두가 한마음으로 그 기분을 맞춰 준다. 이런저런 푸닥거리는 여전하더라도, 모두가 서로의 방식을 짓궂게 응원한다.

이곳에 집단적 사고방식이라는 것이 과연 존재하는지 의문이다. 여기는 철저하게 다른 개인의 사고방식들이 모두 존재하는 곳, 단 그 모습은 평화롭지도 조화롭지도 않다. 살벌하고 치열하게 으르렁댄다. 가끔 마음에 멍도 들고 피가 흐르기도 하면서 속에 있던 다양한 색깔이 드러나기도 한다.

푸하하하

심 할 서

아래와 같은 사유로 심할서를 제출합니다.

소 속	푸하하하하 건축사사무소
직 위	사원
성 명	박해상

심 할 서

본인은 수차례 덜렁거림을 지적 받았음에도
불구하고 2017년 12월 11일 예언니에게
견적서를 엉뚱으로 착각하여 전달하는 우를 범하였습니다.
그로 인하여 예언니의 마음에 지장을 끼쳤을 뿐만 아니라
사무실에 재정적 손해와 정신적 피해를 끼친것을
심히 안타깝게 생각하며 향후 더욱 차분하고 꼼꼼한
업무처리를 위해 노력하겠습니다

상기 기록 사실에 허위가 없습니다.

2017년 12월 12일

작성자 : 박해상 (인)

(상)(경)(규)(라)

심할서

아래와 같은 사유로 심할서를 제출합니다.

소속	푸하하하건축사 사무소
직위	
성명	장서경

죽 쒀 서 개 준 심 할 서

본인은 직원으로서 맡은 바 책임과 의무를 다하여
성실히 근무하여야 함에도 불구하고 2017년 4월경
여의나루 국제 공모전을 접수하는 데 있어서 대표자에
한양규 소장만을 기재하는 과오를 범하여, 서울시에서
제공되는 상장과 각종 매체를 통한 홍보물에 한양규
소장만의 개인적 작업으로 오해를 사게끔 했습니다.
이에 다른 소장님들과 위 공모전을 위해 노력한
직원들에게 피해를 줬고 대외적 회사 이미지에 심각한
차질을 주었습니다. 이에 시말서를 제출합니다. 차후
본 건을 계기로 과오의 재발이 없을 것임을 서약하며,
지금보다 더욱 성숙한 자세로 근무에 임하겠습니다.

상기 기록 사실에 허위가 없습니다.
2017년 6월 8일. 작성자: 장서경 (인)

심할서

아래와 같은 사유로 심할서를 제출합니다.

소속	푸하하하건축사 사무소
직위	
성명	한양규

최연소 인허가 반려 심할서

상기 본인은 2017년 7월 17일 후암동 35213 설계 인허가 접수 시 바닥 면적 산정과 개발 행위 허가에 대하여 도전적으로 접수하였고, 2017년 8월 8일 보완 미조치로 최연소 반려를 받았습니다. 외부 계단과 참 부분에 있어서 담당 공무원과 〈건축법 시행령 119조 ①항 제3호 가. 벽기둥의 구획이 없는 건축물은 그 지붕 끝부분으로부터 수평 거리 미터를 후퇴한 선으로 둘러싸인 수평 투영 면적으로 한다〉에 대하여 적당한 선에서 협의할 수 있었지만, 국토교통부에 3차례에 걸쳐서 질의를 하여 보완 시점을 넘겼습니다. 개발 행위 허가의 경우 지표면이 현황과 달라지는 것을 알고 있었음에도 불구하고 도전적 협의를 해보고자 일괄 처리를 시행하지 않았습니다.

이에 푸하하하프렌즈 전 직원, 협력 업체, 건물주에게 이례적 피해를 주었습니다.

재접수 시 질의 회신 자료 및 개발 행위 허가 자료를 확실히 준비하겠습니다.

상기 기록 사실에 허위가 없습니다.
2017년 9월 1일 작성자: 한양규 (인)

심할서

아래와 같은 사유로 심할서를 제출합니다.

소속	푸하하하건축사 사무소
직위	
성명	윤나라

직원들 등골 빼먹은 점

이번에 본인은 2017년 11월 16일에 점심 식사비를
아끼겠다는 차원에서 디톡스 업체 홍보 무료 점심
제공을 허락했습니다. 하지만 그 점심은 디톡스 시음회
품평에 그치지 않고 거의 방판 수준으로 귀를 홀리게
하는 방문 판매였습니다.

　게다가 우리 직원들은 하나같이 귀가 얇아 귀신에
홀린 듯이 신청서에 카드 번호를 적는 걸 보고 아차
싶었습니다.

　순수한 의도였지만 직원들의 카드를 등쳐 먹는 점심
제공을 마련해서 매우 안타깝게 생각하며 후회감과
책임을 통감하고 깊이 반성하며, 공짜라고 무조건
일정을 잡는 행위는 앞으로 다시는 일어나지 않도록
노력하겠습니다.

상기 기록 사실에 허위가 없습니다.

2017년 11월 16일 작성자: 윤나라 (인)

회사 경영을 맡은 한양규.

자수성가형
경영자

매일 밥 먹으러 가기 전 회의한다.

여기에 온 후로 발 뻗고 시원하게 잠을 자본 적이 없다.
급여 날이 되면 양규와 머리를 맞대며 돈을 어디서
끌어오고 땡겨 오고 갚아 오고 서너 개의 계좌를 돌리고
메꾸고 이런 식이다. 그 가운데 이런 방법이 맞는지
궁금할 때가 생기면 세무 관련 일을 하는 남편에게 종종
물어보긴 하는데 남편은 왜 그렇게 하느냐고 되묻는다. 내
남편이지만 양규의 경영 방식을 설명하기도 어렵다. 상식
이하의 질문이라 남편에게 물어보는 건데, 에이 씨……
결국은 눈보라 누나에게 전화한다. (블리자드 택스라는
이메일 주소를 갖고 있는 우리 사무실 담당 세무사인데
우리가 물어보는 것에 〈녜~ 녜~~〉라고 대답만 해줄
뿐이다. 그래서 늘 불안하다.)

그 후론 남편에게 우리 회사 경영에 관한 얘기는 하지
않는다. 남편은 대표 세 명 중에 양규가 경영을 맡고
있어서 양규가 많이 고생하는 줄로 알고 있다. 나 또한
머리는 그렇게 생각하지만, 마음으론 그게 잘되지 않는다.
뭐랄까…….

푸하하하

블라인드가 짧아서 다 가려지지 않는 자리.

난 문과에 학부는 일어 교육과, 그리고 대학원에서 실내
건축 설계 전공을 했다. 경영, 회계, 세무는 내가 해오던
것들과는 거리가 먼 분야였다. (실제 생각하는 머리도……
멀다. 「나라 연대기」 참조.) 양규는 엑셀만 하면 된다면서
나를 불렀다. 처음엔 매출, 매입 자체의 돈 단위도 크지
않았다. 인테리어 공사로 시작했기에 자잘 자잘한 이체
금액이 많았으며, 직원도 몇 되지 않아서 양규가 만들어
놓은 시스템에서 시키는 대로 일하면 되었는데 생각해
보면 그 당시가 내게는 제일 힘든 시기였다.

그동안 인테리어 설계를 해온 나에게 경리나 관리인
같은 일은 정체성에 혼란스러움을 가져다주었다. 게다가
숫자에 취약한 나는 덜렁덜렁하는 성격으로 실수도
잦았다.

계속 〈잘하지도 못하는데 이곳에 있어야 하는가?〉
하는 의문이 많이 들다가도 이 사장 새끼들과 하루하루
푸닥거리를 하며 시간을 보내다 보니 신입이 한 명씩
생기고 어느 날은 다양한 프로젝트도 들어오고 규모가

왼쪽부터 홍현석, 한승재, 최영광.

커져 운영하는 데 전에는 해보지 않은 일을 도전해 보고
여러 번 하다 보니 실수도 줄어들고 3시에 퇴근해도 일을
다 끝내고 가는 내가 돼 있는 것이다.

지금의 나로 올라오는 데 양규가 묵묵히 기다려 줬다고
말하기는 조금 어렵다. 〈이 여자가 정신 안 차려~~〉 하며
소리도 종종 지르곤 했는데(양규보다 내가 다섯 살이
많다), 어찌나 쩌렁쩌렁한지 무서운 양규의 목소리는 어떤
직원에겐 PTSD를 남길 정도이지만 나에겐 덜렁거리는
나를 침착하게 만드는 기운이 있다.

푸하하하프렌즈에서 오래 일하다 보니 나의 라떼
얘기로 변질되는 거 같지만 지금도 양규의 경영 철학을
누구에게도 말할 수 없다. 남편에게까지도.

사무실의 방치된 상장들.

쯔레넙의 현실

화상 회의 중.

대학을 졸업하고, 첫 직장을 갖고, 어엿한 사회인으로서
한 걸음을 내디디면서 나는 그동안 내가 얼마나 인생을 꿀
빨았는지 깨달았다. 이건 그냥 꿀도 아니고, 개꿀이었다.
먼저 졸업한 친구들이 학생일 때가 좋았다고 이야기할
때마다 나는 남의 떡이 더 커 보이는 건 인간의 당연한
본능이라는 식으로 얄밉게 이야기했다. 애들아, 미안해.

　스물여섯에서 스물일곱이 되었을 뿐인데, 알아야 할
것들이 너무 많이 늘었다. 적금은 얼마를 들어야 하는지,
건축사 실무 수련은 어떻게 등록해야 하는지, 청년 내일
채움 공제는 언제 신청하는지. 내가 아는 모두가 아무렇지
않게 이 시간들을 지내 왔다는 게 믿기지 않는다. 시중
은행과 인터넷 은행의 적금 이율을 비교하고, 우대 금리를
받는 1년짜리 적금과 일반 금리를 적용받는 3년짜리 적금
상품을 비교하다 1년짜리 상품을 들기로 마음먹었다.
적금이 만기 되면 다시 들면 되지 생각하다가 그때 가서
금리가 지금보다 떨어지면 손해가 아닐까 싶어 또 한 번
고민했다. 뭔가를 많이 알면 알수록 생각이 많아지고,

　　　　　　　　　　　　　　　　　　　푸하하하

헬스부 1.

생각이 많아지면 자꾸만 재게 되고, 재다 보면 결국 안
하게 되는 게 아닐까. 내가 이렇게까지 세상을 모르고
살 수 있도록 나를 내버려 둔 건 부모님의 선견지명이
아니었을까?

어른의 시대가 시작됨과 동시에 나는 냉정한 프로의
세계에도 내던져졌다. 나는 이제 건물을 설계하는 일로
내 밥벌이를 해내는 사람이 된 것이다. 창호 목록을
그리는 동시에 미팅이 끝나면 pdf를 말아야 한다. 건축
의뢰인들은 〈그래서 이게 몇 평이에요?〉라고 자주
묻는다는 사실도 깨달았다. 소장의 퍼포먼스 가득한
발표를 보며 갸우뚱했다가도, 만족한 건축 의뢰인이
방심한 틈을 타 세금 계산서에 도장을 받는 모습을 보며
감탄한다. 매일매일 섀도복싱을 하며 데뷔의 순간을
꿈꾼다.

얼떨결에 첫 현장으로 연희동에 지어지는 주택에
다녀오게 되었다. 그곳에 가자 모두가 소장을 찾았다.
1층부터 4층까지 올라가는 내내 〈오늘까지 정해 주셔야

헬스부 2.

해요……〉라는 말이 돌아왔다. 〈이건 야마가 없는데……
여기는 스라잖아요.〉 알 수 없는 단어들의 각축전
사이에서 가만히 고개를 끄덕이고 있었다. 나도 곧 현장에
나가게 될 텐데 누군가 내게 이렇게 물어본다면 어떻게
해야 할까.

　휴대폰 진동이 울리고 카톡 알림이 뜬다. 〈어떤 새끼가
라면 먹고 치우지도 않았어.〉 곧이어 〈지하 옹벽 누수 대책
검토 요청.pdf〉가 올라온다. 누가 무슨 이야기를 하는지
알 수가 없다. 눈물이 났다. 배우 김희원을 닮은 차장님이
내 검정색 어그를 밟았다. 안전화 자국에 눈물이 났다.
한국에선 어그를 여성 크기밖에 안 판단 말이다. 새로 산
패딩 어깨에는 새똥 자국처럼 페인트가 묻었다. 그제야
회사 옷걸이에 걸려 있는 헤지고 터진 옷들의 쓸모가
무엇인지 깨달았다.

　연봉 말고 무엇이 내 가치를 증명해 줄 수 있을까?
인스타그램 속 세상 모든 것에는 너무나도 심한
인플레이션이 와버린 나머지 월 실수령액 1천만 원 판교

푸하하하

성수연방 모형 사진.

개발자의 삶이 평균이라고 느껴질 정도였다. 그들과 나. 우리가 고등학교까지 들인 노력은 비슷한 것 같은데, 거기다 나는 5년제 대학을 나왔는데, 우리들의 삶은 어디서부터 달라진 걸까? 지식 산업과 노동 집약적 산업의 차이일까? 월급과 연봉 앞에서 나의 노력, 나의 열정, 사랑과 관심, 심지어 건축마저도 모두 다 보잘것없어 보였다. 이 직업을 선택한다는 건 친구들이 으리으리한 사옥에서 1천만 원짜리 월급을 받는다는 사실을 부러워하는 비용마저도 포함된 것이라는 사실을 미처 알지 못했다. 건축가는 엔지니어 중에서 가장 가난하고, 예술가 중에서 가장 부자라던 교수님의 농담이 생각났다.

현장에서 돌아오니 한양규 소장이 잠깐 회의실에서 보자며 불렀다. 그는 회사 사정이 어려워 처음 약속했던 연봉보다 1백만 원가량 줄어들 것 같다는 소식을 전해 주었다. 〈괜찮아요〉 하고 웃어넘기는 내게 그는 숫자가 첫째, 마음은 둘째라며 미안해했다. 우리는 반드시 이

베드남 다비엔섬의 공원 및 문회 시설 모형 제작 중.

위기를 넘어 일어설 것이라고. 그리고 영광을 함께
누릴 것이라고. 슬픈 이야기지만 왠지 모르게 기뻤다.
친구들에게 이런 이야기를 한다면 그런 블랙 기업을 뭐
하러 다니냐고 나를 꾸짖었을 것이다. 적어도 내가 아는
이성적인 세상에서는 그렇다. 하지만 이성적인 사람들은
지금도 전쟁을 일으키고, 살다 보면 이것 말고도 모른 척
넘어가는 일들이 많고, 나는 마음만으로도 천 냥 빚을
탕감해 주는 사람이므로, 당분간은 이 순수한 사람들에게
좀 속아 넘어가 보기로 했다.

푸하하하

푸하하하프렌즈의 사무실 풍경.

첫인상

어디서도 푸하하하를 찾을 수 없는 입구.

〈신신 오메가 바이오 테크〉라는 글자가 출력된 낡은 종이가 철문 앞에 너저분히 붙어 있다. 흔들리는 흰 선으로 쓰인 〈401〉이라는 숫자를 보고 〈여기가 그곳이 맞겠구나〉 하며 부산스러운 소리가 새어 나오는 문을 열었다. 낯선 풍경이 눈앞에 펼쳐진다. 모두 다르게 만들어진 책상들이 어수선하게 배치되어 있고, 그들은 소파에서 나뒹굴고 있거나, 책상에 앉아 모니터를 바라보며 골똘히 생각에 잠겨 있다. 문을 열고 들어온 나에게 격식 없이 〈안녕!〉이라고 말을 걸며 몇몇 사람이 반긴다. 나는 어쩔 줄 모르고 문 앞에 무안하게 서 있다. 나보다 1년 먼저 입사한 중섭이는 나에게 다가와 어떤 게임을 하는지 첫마디를 건넨다. (첫 출근을 하게 된 날 이 질문의 의도를 알게 됐다. 오후 5시가 되면 사람들은 모두 스타크래프트에 접속해서 4대 4로 팀전을 벌였다.) 그리고 50인치 모니터가 놓인 책상 앞에서 발표하면 되고, 지금은 잠시 쉬는 시간이라고 일러 주었다. 혼란스러운 지금의 상황에서 나는 숨을 고른다. 5분

추위를 참으며 잠자는 사람.

정도 시간이 흐르고 직원과 소장이 모두 자리에 앉았다.
열댓 명의 사람은 모두 〈디스이즈네버댓〉이라는 로고가
프린트된 옷을 입고 있다. 이들의 유일한 공통점으로
보인다. 발표와 질의응답으로 한 시간 반 정도의 시간이
나에게 주어진다. 사무실의 부산스러운 환경처럼 면접도
격식 없이 편하게 진행되었다. 나의 작업에 대한 심도
있는 질문부터 건축가로서 나의 한계가 어디까지라고
생각하는지, 한 시간이 지나서는 지난달 주식 수익까지 알
수 있는 〈폭넓은〉 대화가 오갔다.

출근하고 처음 하게 된 건 내 책상을 만드는 일이었다.
직원들의 책상을 보니 모두 그들이 만든 책상에서
작업하고 있었다. 다소 부산스러운 느낌이 나던 것이 이
때문인지도 모른다. 내가 잘 알고 있는 나의 습관으로
디자인을 해볼 첫 기회였기에 20만 원의 주어진 예산으로
책상을 만드는 임무는 낭만적이었다. 나는 서랍 속에
무엇을 넣어 놨는지 잘 잊어버리는 성격 탓에 수납함이

다 함께 점심 먹으러 가는 평범한 풍경.

모두 보였으면 좋겠고, 상판의 재료로 유리를 떠올렸다.
모니터와 키보드를 두고 모형을 만들기 위해서는 적당한
너비, 그리고 발에 땀이 많아 작업하며 발을 올려 둘
발판도 필요했다. 책상 옆에는 가방이나 수건, 긴 쇠 자를
걸어 둘 걸이도. 작업할 때 필요한 기능들을 나열하다
보니 멋도 중요했다. 용접과 볼팅을 생각하니 예산도
부족하고 만들기도 어려울 것 같았다. 그러면 프레임은
기성 콤비락 모듈을 가지고 콤비락 같이 안 보이게
만들고, 상판이 얇았으면 해서, 유리 두께는 5T로 잡았다.
한승재 소장은 〈아무래도 5T는 너무 얇지 않을까〉 하고
말해 주었다. 그렇다면 유리를 보호할 비산 방지 필름까지
붙여야겠다. 커다란 유리 상판에 비산 방지 필름을
붙이고 처음으로 만든 내 책상에 앉았다. 그리고 〈신입
사원을 위한 안내서〉가 적힌 폴더를 열었다. 푸하하하의
역사(?)를 정리한 파일과 푸하하하의 언어(?)와 유행어가
정리된 파일을 볼 수 있었다. 〈뭐야, 이 정도면 살짝
고였네. 진입 장벽이 생각보다 높잖아.〉 창립 10년을 앞둔

사무실에서 고기를 구워 먹기 위해 설치한 환기 설비.

이 작은 사회의 구성원이 되는 일이 쉽지만은 않다.

회사의 점심시간은 일정하지 않았지만, 대체로 11시
30분이 되면 민식이는 무엇을 먹으러 갈 것인지 물었고,
의견이 모이면 밥을 먹으러 나갔다. 가끔 날이 좋으면
연희동이나 망원 유수지까지 두 시간, 세 시간이 넘도록
거리를 쏘다니며 이름 모를 건축가가 지은 이름 없는
건물 앞에 서서 한참 동안 이야기했다. 한양규 소장은
〈근디 나는 이 건물은 현관의 계단이 왜 이렇게 기분이
좋은 건지 모르겠어〉라는 물음을 던지기도 하고, 소위
〈야마〉가 있는 건물을 봤을 땐 어떻게 이렇게 짓느냐며,
가던 길을 갑자기 멈추고 집중한다. 가설 패널이 세워져
있으면, 그곳을 들여다보곤 어떤 건축사가 설계했는지
확인해야 했고 현재의 공정 상황이 어떻게 진행 중인지
팀장급의 형들이 브리핑했다. 우수 처리를 어떻게 했는지,
이게 어떻게 일조권이 통과됐는지 따위의 이야기를
논하는 것을 보면 좀처럼 헤아릴 수 없는 그놈의 뜬구름

시무실 계단에 비치는 식물의 그림자.

잡는 한국 건축의 한국성이 눈앞에 있다는 걸 느낄 수
있었다. 점심시간은 익숙하던 동네를 새롭게 볼 수 있는
여행이었다.

매번 드나드는 〈신신 오메가 바이오 테크〉가 붙은 철문이
익숙해질 무렵에 이놈의 종이 쪼가리는 왜 그대로 붙어
있는 거냐는 생각이 들었다. 문 앞에서 의뢰인이, 혹은
인터뷰로 방문한 학생들이 조심스럽게 문을 열게 하는
이것이 왜 아직 떼어지지 않는지를. 무심함인 걸까,
이것도 일종의 〈야마〉인 건가? 모르겠다. 회사에서
작업하다 보면 〈야마〉에 관해서 이야기를 많이 한다.
도대체 뭐라고 정의할 수 없는 이 느낌, 〈필링 건축〉일지도
모르겠는 그 모호함. 이 단어가 무엇인지는 모르겠다.
하지만 이것이 어느새 내 입에도 찰싹 붙어, 설계하면서
나도 모르게 그 〈야마〉를 찾고 있다. 어떤 느낌적인
느낌으로, 문 앞에서 아, 이곳이 푸하하하겠거니 했던
느낌인지도 모르겠다.

사무실 벽의 브루스.

푸하하하
엉어 사전

건축가 양반

본질에 대한 고민을 물질에 녹여 낸 사람이라고 스스로 여기는 사람을 조롱하듯 이름.

과하다

기능적, 시각적 충족도가 너무 지나쳐 덜어 낼 필요가 있음.

귀여운 짓

실리적이지 않으며, 본질을 건드리지 못하는 아기자기한 작업. 창작자의 열정을 비하하는 의도가 담겨 있음.

귀엽다

모든 상황에 사용 가능한 극한의 칭송.

그럴 바엔……

한진이가 주창한 극단주의 말싸움 화법으로 내용과는 무관하게 상대방의 미온적인 태도를 비난함으로써 말싸움의 우위를 점하는 방법이다.

예 A: 우리 돈 없는데 알바라도 해야
　　하는 거 아니야?
　　B: 그럴 바엔 그냥 굶는 게 낫지
　　않겠냐?
　　A: 우리 그냥 굶게 생겼는데?
　　B: 그럴 바엔 알바라도 할 생각을
　　해야지 않겠냐?

너무 갔다

기능적, 시각적 충족도가 너무 지나치며 노력의 방향이 잘못되었음.

데시근

디자인을 뜻하는 한양규 명사. 한양규 소장은 어릴 적부터 위대한 건축가가 되는 것이 꿈이었습니다. 〈남들보다 한발 먼저 걷고 한 번 더

생각하고 하다 보믄 위대한 건축가가 되는 거 아니었어?〉 캐드 학원을 등록한 날 학원 간판에 적혀 있는 〈design〉이란 단어를 골똘히 보던 양규는 〈데시군?〉이라고 읽어 버리고 맙니다. 안타깝게도 어린 양규는 design과 디자인을 연결 짓는 데 실패하고 말았던 것입니다. 왜 꼭 이런 작고 귀여운 실수에 사람들은 그냥 넘어가는 법이 없을까요? 한 친구가 〈너는 건축가가 꿈이라면서 design도 제대로 못 읽느냐〉며 놀려 대기 시작했답니다. 여기서 잊고 넘어가면 안 되는 사실, 양규는 가오에 지배된 사나이입니다. 〈야! 데시근이라는 말도 있것든?〉 하고 우겼답니다. 그리고 양규는 아직도 디자인을 데시근이라고 읽습니다. 푸하하하프렌즈에서는 디자인보다 더 디자인된 디자인을 칭하는 용어로 쓰이고 있습니다.

예 「딘성아, 뭐냐? 이 귀여운 거는?」
　　「헉, 이거 윤 토장님(윤 소장님)
　　데티근(데시근)이에여……」

디자이너 양반

본질에 대한 고민 없이 바쁘게 작업을 진행하는 사람을 조롱하듯 이름.

라면

라면은 양규가 끓인다.

맛

바둑에서 유래한 용어로, 간단한 수로 큰 변화를 불러올 수 있는 특별한 자리를 지칭하는 용어.

예 이곳에 맛이 있는데…….
→ 이곳에 간단한 장치로 큰 변화를
　불러올 수 있을 것 같은데…….

묘하다

그리 대단하지 않은 정도의 감탄으로, 상황에 어울리지 않으나 고려해 봄 직함.

예 이거 각도가 묘하네.

→ 이거 각도가 좀 이상하긴 하지만 고려해 봄 직한데?

삼삼하다

휘발성이 크고 자극적인 디자인 요소가 보이지 않는다는 뜻으로, 무미건조하지만 좋음을 뜻함.

섀도복싱

말싸움을 잘 못 하는 양규와 학성이의 말싸움 법으로 평소 시간이 있을 때 화장실에서 거울을 보면서 모든 상황에 대비해 말싸움을 연습하는 것을 의미한다. 누군가 무례하게 말을 걸면 〈당신 나 알아?〉라고 대답하기, 누군가 빈정대며 놀리면 입 냄새가 난다고 조롱하기 등 양규가 개발한 여러 가지 말싸움 파해법이 전해지고 있다.

섹시하다

건물이 섹시하다는 것은 참으로 멋있다는 뜻과 함께 보이는 것을 가장 중시하는 시각 중심의 건축관을 찬양하는 태도가 담겨 있음.

스케지

스케줄을 세련되게 표현할 때 쓰입니다. 한양규 소장의 할머니께서 자주 쓰시는 단어이기도 합니다. 스케줄은 발음할 때 구강 구조가 입이 쭈욱 나오면서 약간 재수 없게 보이지만, 〈스케지~〉는 자연스러운 미소가 만들어지기 때문에 들을수록 기분이 좋아지는 특징이 있습니다.

예 「할미~ 이번에 군산 가는디 시간 디야?」

「응~ 그려, 할미가 스케지 좀 볼게잉.」

심심하다

휘발성이 크고 자극적인 디자인 요소가 보이지 않는다는 뜻으로, 무미건조하나 나쁘지 않음을 뜻함.

심할서

시말서를 뜻합니다. 윤나라 매니저가 명절 전날 철거 사장님에게 입금해야 할 대금을 한양규 소장의 장인어른에게 송금한 실책을 범한 날, 윤나라 매니저는 시말서를 써야만 했습니다. 평소 같았으면 윤나라 매니저도 〈엠병! ×만 한 사무실에서 시말서는 무슨 시말서여!〉 하고 소리를 질렀겠지만, 사건이 사건인지라 이렇게라도 해서 수습된다면 그건 그거대로 윤나라 매니저에겐 다행스러운 일이기도 했겠지요. 하지만 아쉽게도 윤나라 매니저가 써온 시말서는 〈심할서〉였습니다.

「누나…… 아니지?」

「응? 뭐가?」

「아니, 누나. 심할서 이거 뭐여. 장난친 거지?」

마음 심, 할복할 자를 써서 몸이 죽지 못하니 대신 마음을 죽여 사죄한다는 뜻이 담겨 있습니다.

쓰레기/양아치/건달

사전적 의미와는 다르게 기백 있는, 용기 있고 무모한 등의 의미로 사용.

예 와, 완전 쓰레기다.

→ 와, 기백이 넘치는구나.

아쉽다

기능적, 시각적 충족도는 적절해
보이나 기억에 남을 만하지 않다.

알이 꽉 차다

기능적, 시각적 충족도가 너무 높아
지나치나 그 노력을 높이 사줄 만함.
생선의 알 주머니에서 비롯되었음.

예 이 도면 알이 꽉 찼다.
→ 이 도면은 기능과는 상관없이
    노력이 충분해 보인다.

야마 있다

건물이 야마 있다는 것은 참으로
멋있다는 뜻과 함께 보이는 것을
가장 중시하는 시각 중심의 건축관을
조롱하는 태도가 담겨 있음.

얄궂다

실리적이지 않으며, 본질을 건드리지
못하는 아기자기한 작업. 작업물의
현존을 안타까워하는 태도가 담겨
있음.

오스냅

오토 캐드에서 점, 선, 면 등 특정한
지점에 마우스 커서가 끌리도록 하는
기능으로, 특정한 인물 혹은 사물에
시선이 고정되는 경우를 이른다.

예 나만 오스냅 안 켜졌나 보다.
→ 왜 나만 안 보이지?

옹골지다

기능적, 시각적 충족도가 적절하고
지나침이 없다.

예 디자인이 옹골지다.

이 새끼들

승재와 한진이를 뜻함.

작가 양반

본질에 대한 고민이 물질에까지
이르지 못하는 사람을 조롱하듯 이름.

잘 빠졌다

디자인이 잘 빠졌다는 것은 대중적인
사랑을 받을 만큼 멋지다는 칭송으로
철학이 부재한 시각 중심의 건축관을
비난하는 태도가 담겨 있음. 유의어로
〈세련되다〉를 사용하기도 함.

재택 근무

윤나라가 합법적으로 출근하지 않음.

주무관

모든 공무원을 지칭함.

주최 측

〈쵸시하시오〉와 같은 방식으로
발음됩니다.
    원음: 좆됐다…….

지랄

〈왜 지랄이지?〉 영호가 케논 러시당할
때마다 자기도 모르게 내뱉는 말에서
유래한 것으로, 실제 의미와 같은
뜻으로 쓰이나 일반적인 쓰임보다 더
광범위하게 사용됨.

예 여기 계단은 왜 이 지랄이지?
→ 여기 계단이 조금 낯설다.

직원 지원

신입 사원 모집. 처음 신입 사원
모집할 때 나라 누나가 〈직원
지원〉이라는 폴더를 만들었는데 뭔가
어감이 이상하다 하면서도 그대로
사용하게 되었음.

푸하하하

쵸시하시오
지향성 마음 상처 발생 경고음입니다.
　　원음: 조심하시오.
누군가 상처를 주는 발언이 선을 넘을
것 같을 때 경고음이 발생합니다.
성대를 울리지 않고 공기 농도를
올려서 귀가 간지러울 정도의
음량으로 울립니다. 모두가 경악할
정도로 누군가 심하게 선을 넘으면
경고음이 다발적으로 발생하기에
아름다운 화음처럼 들리는 특징이
있습니다.

포인트
휘발성이 크고 자극적인 디자인
요소로서 반지성주의적 태도와 시각
중심의 사고방식을 맹비난하는
태도가 담겨 있음. 포토 존 등의
용어를 비슷한 맥락에서 사용하기도
한다.

한양규 생가
한양규 소장은 어릴 적 단열재가 없는
절벽에 기댄 집에서 살았습니다. 매일
밤 산사태를 걱정하며 잠이 들곤
하였던 우리 어린 양규를 기억하기
위해 용어 사전에 등록했습니다.
상태가 온전치 않아 무너지기 직전의
집을 표현하는 대명사로 쓰입니다.
예 「승재야, 어제 새 현장
　　다녀왔다며? 어땠니?」
　　「완전 한양규 생가!」

한양규 생가 복원도.

허전하다
기능적, 시각적 충족도가 낮으며
때로는 노력이 부족하다는 것을
뜻하기도 함.

형
한양규 소장과 윤한진 소장의
아들들을 칭하는 대명사입니다.
예 「야, 어제 너네 형 혼자 유치원
　　가던데?」

인간의 손길이 미치지 않은 태초의
섬. 갈라파고스 제도를 발견한 찰스
다윈의 마음으로 10년간 고인 물
푸하하하프렌즈의 천박한 언어
진화 현상을 용어 사전으로 묶어
보았습니다.

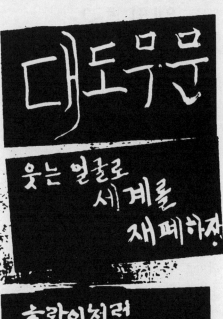

대도무문

웃는 얼굴로
세계를
재패하자

호랑이처럼
언제나 밝게

우리는 언제나
과정 속에 있다...

지금만
같아라....

에피로그

어느 날 우리도 사훈이라는 걸 만들어 볼까? 하며
사훈 콘테스트를 열었다. 나는 〈호랑이처럼 언제나
밝게〉라는 귀여운 사훈을, 한진이는 〈웃는 얼굴로 세계를
재페하자〉라며 일부러 맞춤법을 틀리게 쓴 사훈을
제출했다. 그리고 페이스북에 모두가 쓴 사훈을 올려
투표를 통해 사훈을 정하기로 했다. 가장 많은 표를 받은
사훈은 학성이가 쓴 것이었다. 〈우리는 언제나 과정 속에
있다.〉 나와 한진이는 하나도 안 웃기고 진지한 사훈이
당선되어 아쉬웠고, 페이스북에 공개적으로 투표한 것을
후회했다. 학성이에게 투표한 사람들의 유머 감각을
원망했다. 그리고 어떻게 이 투표를 되돌릴 수 있을까
궁리했다. 마치 영화 속에서 죽은 인물을 다시 살려
내려는 각본가의 고민처럼……. 그런데 이제 와 생각해
보니 사훈은 일찌감치 우리를 좋아해 준 사람들이
우리에게 준 선물인 것 같다.

지금은 이 말이 너무나 좋다. 〈우리는 언제나 과정

속에 있다〉는 문장을 통해 우리는 과정 속에 있는
사람임을 선언했고, 동시에 완벽하지 않은 사람임을
시인했다. 완벽한 척 연기해야 한다는 부담에서 벗어날
수 있었다. 사실 어느 누구도 우리를 보고 완벽하다고
생각하지 않았지만, 경험이 부족했던 우리는 스스로
완벽해 보이고자 하는 욕심에 날이 서 있었다. 모르는
걸 모른다고 말하지 못했고, 어떤 면에서도 부족함을
들키지 않으려고 애썼다. 그러던 중 자신을 스스로 과정
속에 놓으면서 자리를 찾게 되었다. 그리고 무엇보다도
〈우리〉라는 말이 좋다. 〈우리〉라는 실체가 정말 있을 리
없다. 〈우리〉는 세상과 다르다고 자부하며 외부 세계와
선을 긋는 천진함이다. 〈우리〉라는 낱말은 그 자체로
낭만적이고 무모하고 조심스럽지 않아서 좋다.

〈우리〉라는 말은 동시에 한계를 상상하게 한다.
어디까지가 우리인지? 우리는 언제까지 우리일 수
있을지? 우리는 매일 우르르 몰려 나가 함께 식사한다.
양규가 점심을 먹을 때는 언제나 다 함께 먹어야 한다는
규칙을 만들었기 때문이다. 요즘 인류가 들으면 기겁할
이야기다. 한진이는 까칠한 성격 때문에 직장 내 왕따를
경험한 적이 있다. 그때 나에게 비밀스럽게 다가와 옛날로
돌아가 양규와 나, 그리고 한진이 〈우리〉 세 명이 함께
일하고 싶다고 말한 적이 있다. 내가 왕따 주동자인 줄도
모르고……. 나는 울며 겨자 먹기로 열심히 일할 때가 있다.
나중에 모두 떠나고 나면 아무것도 할 줄 모르는 사람이
될까 봐 두려워서.

푸하하하

그러나 우리는 과정 속에 있다. 과정은 결코 닿을 수 없는 것. 완벽을 꿈꾸지만 완벽해질 수 없고, 영원을 꿈꾸지만 영원할 수 없는 것이다. 과정은 완벽을 꿈꾸는 사람들에게 주어지는 긴 선물이다. 과정 속에 있다는 말은 결말을 유예한 채로 영원히 이 장소에 머물게 한다. 우리는 변하겠지만, 그리고 헤어지겠지만 앞으로도 계속 과정 속에 있을 것이다.

사진 카피라이트

1. 연희동 꼭대기 집
— 푸하하하프렌즈

2. 동화마을 주택
— Plus202 studio

3. 흙담
— 김용관

4. 디스이즈네버댓
— 신경섭

5. 성수연방
— 석준기

6. HYBE
— 노경(124~125면, 132~139면)
— 김경태(126~131면)

7. 거제도 게스트 하우스
— 푸하하하프렌즈

8. 어라운드
— 김용관

9. 괴산 27호
— 신경섭

10. 서교동 콘크리트 상가
— 김경태

11. ㅁㅁㄷ
— 노경

12. 집 안에 골목
— 노경

13. Teo 101
— 신경섭

14. 코끼리잠
— 노경

15. 빈 모서리 집
— 노경

16. 디스이즈네버댓 2
— 푸하하하프렌즈

17. 고안된 장식들
— 노경

18. 후암동
— 신경섭

19. 인테리어
— 노경(내추럴하이, 에이랜드
스타필드 하남, 국립현대미술관 과천
미술 도서실, 메종 파이프그라운드,
엑스포럼 사옥, 섬카인드오브바,
고안된 장식들)
— 텍스처 온 텍스처(대충유원지,
파이프그라운드)
— 푸하하하프렌즈(오누이,
웅느세자매)
— 서울시립미술관(서울시립미술관)
— 김경태(파이프피자)
— 구의진(바온하우스)

우리는 언제나 과정 속에 있다

지은이 푸하하하프렌즈   **발행인** 홍예빈·홍유진   **발행처** 미메시스

주소 경기도 파주시 문발로 253 파주출판도시

대표전화 031-955-4000   **팩스** 031-955-4004   **홈페이지** www.openbooks.co.kr

e-mail mimesis@openbooks.co.kr

Copyright (C) 푸하하하프렌즈, 2023, *Printed in Korea*.

ISBN 979-11-5535-297-7 03810   **발행일** 2023년 10월 15일 초판 1쇄

미메시스는 열린책들의 예술서 전문 브랜드입니다.

이 책은 실로 꿰매어 제본하는 정통적인 사철 방식으로 만들어졌습니다.
사철 방식으로 제본된 책은 오랫동안 보관해도 손상되지 않습니다.